当时只道是寻常

【增订版】

他喜欢描述一个个遥远、凄迷的梦
做着温柔、悲哀、寂寞的独语

安意如·著

人民文学出版社

图书在版编目（CIP）数据

当时只道是寻常 / 安意如著.—2版（增订本）.—北京：人民文学出版社，2016（2021.2重印）
ISBN 978-7-02-011691-1

Ⅰ.①当… Ⅱ.①安… Ⅲ.①纳兰性德（1654—1685）—词（文学）—诗歌欣赏 Ⅳ.①I207.23

中国版本图书馆CIP数据核字（2016）第120873号

责任编辑 宋 强
责任印制 王重艺

出版发行 人民文学出版社
社 址 北京市朝内大街166号
邮政编码 100705
网 址 http://www.rw-cn.com

印 刷 三河市延风印装有限公司
经 销 全国新华书店等

字 数 193千字
开 本 880毫米×1230毫米 1/32
印 张 10.375 插页9
印 数 25001—28000
版 次 2011年8月北京第1版
2016年10月北京第2版
印 次 2021年2月第4次印刷

书 号 978-7-02-011691-1
定 价 36.00元

【目录】

【序】

【一生恰如三月花】

对纳兰容若不熟的人，恐怕会比较知道另外一个名字，纳兰明珠。如果我再说一句《七剑下天山》，恐怕你已经在点头微笑了：你说的是这个人。

纳兰容若诞生于清顺治十二年(1655年)，正黄旗人，其祖于清初从龙入关，战功彪炳；其父明珠，是康熙朝权倾一时的首辅之臣。容若天资颖慧，博通经史，工书法，擅丹青，又精骑射，十七为诸生，十八举乡试，二十二岁殿试赐进士出身，后晋一等侍卫，常伴康熙出巡边塞，三十一岁时因寒疾而殁。

到了民国时候，纳兰还是很出名的才子早逝的典例。张恨水先生的《春明外史》中写到一位才子，死于三十岁的壮年，其友恸道："看到平日写的词，我就料他跟那纳兰容若一样，不能永年的……"要知《春明外史》是当时在报纸上连载的通俗小说，若非大多数人都知道此典何意，张先生是不会这样写的。

纳兰容若著有《通志堂集》，包括赋一卷，诗、词、文、《渌文亭杂识》各四卷，杂文一卷。内容丰饶，堪称全才。然而他最大的成就还是在词上。先后结集为《侧帽》《饮水》，后人多称纳兰词。纳兰词现存348首（一说342首），内容涉及爱情友谊、边塞江南、咏物咏史及杂感等方面。尽管他的词作数量不多，因他的身份经历所限，眼界也不算开阔，但这并不妨碍纳兰词独具真情锐感，直指本心。其中尤以爱情（悼亡）词最哀感顽艳，引人共鸣。

容若虽然经历简单，但出身贵胄，又是康熙近侍，多次扈从圣驾前往边塞，他的词中就有一般生活在江南中原的文弱词人无法抵达的边塞风光。而边塞也带给他与身在帝京迥异的心灵体验，在塞上，容若孤卧寒衾梦不成，听着号角涛声，对"故园"、家人思念得越发热切起来。面对着塞上绵延空灵的飞雪，他发出了映衬一生的感慨："冷处偏佳，别有根芽，不是人间富贵花。"辞章意境空灵，格调高远，容若的心胸见识远非一般寒门小户、苦读成名的文人可以企及。

词家的名字少有不好的，像晏几道、柳永、秦少游，但好成纳兰容若这样的，也是异数。"纳兰容若"只这四个字便是一阕绝妙好词。唇齿之间流转，芳香馥郁。所以，从一开始命运就埋下伏笔，安静蛰伏在人生里静候开花结果的一天——他被人记取，不因他是权相之子，不因他是康熙的宠臣近侍，而因他是横绝一代的词人。

在清初词坛中兴的局面下，他与阳羡派代表陈维崧、浙西派掌门朱彝尊鼎足而立，并称“清词三大家”。在他生前，刻本出版后就产生过“家家争唱”的轰动效应。在他身后，纳兰被誉为“清代第一词人”“第一学人”，清家词话和学者均对他评价甚高，王国维赞曰：“以自然之眼观物，以自然之舌言情。……北宋以来，一人而已。”

如果不是天命，你能解释这数千年的词坛魁首之位，怎么就忽然之间让一个满人占了去？轻快地，让人来不及做出反应。人说他是李重光后身。李后主是何人哪！那是词中的千古一帝，不可撼动的人。

今日想起纳兰时，脑中忽地冒出一句：“虚负凌云万丈才，一生襟抱未曾开。”并且固执得纠住大脑神经久久不放。

我仔细地想这种执念从何而来，因为我并不喜欢以这样的话来形容我欣赏的男子。这看起来高远，底气虚弱的话对人是一种贬低。一个男子如果终其一生襟抱不开，抱负难展，其实到最后很难将责任全部归咎于命运的捉弄，而很可能是因为自身的不平整。

在我看来，容若是个作茧自缚的人，对很多人、很多事都放不开。对人放不开，是好的。衣不如新，人不如故，这份眷恋痴情让人称许，对事放不开便惨了，总黯黯地委屈着，心思蜷曲。

纳兰词愁心漫溢，恨不胜收。但我一直世俗地觉得容若是不该委屈的。有太多比他委屈的人，布衣终生，仰人鼻息地生活，茕茕孑立形影相吊，走在小巷里，不远处莺歌燕舞，灯红酒绿，那是另一个世界，一个终身也攀附不进的世界。微微地叹气，继续走在黑暗里，因为已经习惯了这种落差。这样的人才有资格叹一声委屈！

容若是不该委屈的，一个男人该有的他都有了，显赫高贵的家世，惊人眼目的才气，刻骨铭心的初恋情人，美貌聪颖的红颜知己，贤淑大度的妻子，婉转温存的妾室。此外，还有一群相待极厚的知心朋友。他相与的这些江南名士们，是皇帝费心网罗，却还轻易不肯折节的人。

人生至此，夫复何言！

事业上的不得志使纳兰对于情越来越执着，如信仰一般追寻，对于世俗追求越来越淡，直至视为身外之事。他的深情幽婉之中尽显落拓不羁。

当时八旗子弟的浮靡之风已现，容若却与他们不同，他有着不同于一般清代贵族纨绔子弟的远大理想和高尚人格，这使得他的举动在某些程度上背离了社会主流。比如，他热衷交往的“皆一时俊异，于世所称落落难合者”，这些不肯悦俗之人，多为江南汉族布衣文人，如顾贞观、严绳孙、朱彝尊、陈维崧、姜宸英等等。纳兰容若对朋友极为真诚，不仅仗义疏财，而且敬重他们的品格和才华，就像平原君食客三千一样。当时许多的名士才子都围绕在他身边，使其住所渌水亭也因文人骚客雅聚而著名。

这些人中尤其和容若交厚的是顾贞观。他仿佛是一面镜子，是容若对于友情的全部映照，折出这个人生命中的另一半热情。

顾贞观，字华峰，号梁汾，与严绳孙同为无锡才子，生性狷介。为人有侠气。他与吴汉槎是至交好友，吴汉槎落难后，他百般设法营救，纳兰为人称道的营救吴汉槎一事就是在他的极力斡旋下完成的。

顾贞观本身也是明代东林党人之后，文名卓著，著有《积书岩集》及《弹指词》。有才识，但时运不济，一生沉沦下僚。康熙十五年（1676年）应明珠之聘，为纳兰家西宾，容若与他一见如故引为挚友。

容若初见他即在《侧帽投壶图》上题了一首《金缕曲》，当中有“一日心期千劫在，后身缘、恐结他生里。然诺重，君须记”之语，这样热烈的表达，全情投入，对情感内敛的容若来说是极为少见的。阅遍《饮水词》，纳兰与他的交酬之作不胜枚举，内心对于顾贞观的信任和依赖，显然已不仅仅是“朋友”两个字可以形容。

可惜容若他似乎不懂得“人生不如意事十之八九”。否则，他会快乐一点。他完好得如同神捧在手心呵护的孩子，没有机会去经历坎坷。他若多一些经历磨折，也许反而能学会释然。他总为那最后一点未达到的理想长嗟短叹。

其实做不成经国伟业又怎样？一个男子有完美的人格就是伟丈夫，不在乎他是否能够青史流芳。理想和现实的距离总是有一步之遥，从李白到杜甫，从岳飞到诸葛亮，都是这样。

若他真的注定要为国家社稷鞠躬尽瘁，死而后已，老天哪许他这样优渥闲适地生活?

对于人世的险阻沧桑,容若也不是不懂得,却只是从身边的一干寒士身上轻轻获得映照,柳岸观花似的那么一瞧。姜西溟落第了,他去安慰人家;顾贞观失意了,他去劝解人家;吴汉槎被发配边塞,他去营救人家。

没有人可以质疑他的热心和真诚。但是真可气啊!为什么身边的人统统要饱经忧患,连他的父亲明珠都必须在官场倾轧中焦头烂额,他却可以这样清高地活着,像床前的明月之光?老天太眷顾他了,所以连家破人亡也要等到他辞世之后才发生。

我恨他的不经风雨,恨极了!他若像苏轼那样几上几下,宦海浮沉几次多好。如果厌倦官场,也可以像小山一样,以相国公子的身份干净落魄地生活。不要娇花软柳似的,这样你能活得久一点,不要死都死得那么阴柔缥缈——康熙二十四年暮春,容若抱病与好友一聚,一醉,一咏三叹,然后便一病不起,七日后于五月三十日溘然而逝。

这梨花满地,零落成雪,葬的究竟是谁?

容若生命中的刚烈之气是几时被抽干的呢?是因为那影影绰绰的少年情事么?还是因为亡妻之死?恋人入宫成了皇帝的妃嫔,后来也许为了他郁郁而终。他便辗转在这遗憾中不得解脱,以至于险些辜负了身边的妻子。卢氏也是高官名宦之女,父亲是两江总督,自幼得到了那个时代女子所能得到的最完善的教育,成为从容大度的女子,最完美的妻子。

有句话叫:满目山河空念远,不如怜取眼前人。当时一心纠结于旧梦的容若未必想得到。他也许根本不用多想,只需做一个被爱宠的孩子,一个被妥帖照顾的丈夫,安心无愧地接受妻子的爱意。他是男人,他是公子。

直到这温婉的女子因为替他生子溘然长逝,他才恍悟亏欠她多少。

沉思往事立斜阳,当时只道是寻常。

连曹寅这个局外人都知道感叹:"家家争唱饮水词,纳兰心事几人知?"他的心有别恋,真当她不知么。毕竟是夜夜同眠的人,有什么瞒得了?想来,她只是不说,不去和他的回忆争,幻想着他有日会归来,只属于自己一个人。可惜,终究还是等不到。

悼亡之音破空而起,成为《饮水词》中拔地而起的高峰。后人不能超越,连容若自己也不能超越。她遗留在他身体里那枚情感的瘤,在以后的十一年中,如春草般孜孜不绝地蔓延。缠紧他身心,顽固到连容若自己都无法拔除,无法回避。这样的纠缠,早已超越死生。

青衫泪尽声声叹,融化得了冰山,唤不回已逝的人。他终于看见老天的惩罚——是要他在最完满的人生中体会到最大的不完满,像梨花在春光最盛的时候凋谢。

看得见开始,猜不到结局——一生恰如三月花。

【增订版序】

【一生痴，无从计】

十年后，再来写纳兰，犹如打开一卷古画，那画卷上的人容色淡远，题跋墨迹业已模糊，看画的人牵动情肠，泪湿春衫，骤然想起的，是那句："世上无限丹青手，一片伤心画不成。"

然而，从少年时提笔开始，我就不觉得纳兰是真正的苦情胚子，到现在依然是。

别嫌我俗啊！中国人不是爱摆家世讲出身吗？我们先来看一段亮瞎眼的履历：纳兰性德，清初著名词人，字容若，满洲正黄旗人，原名成德，避太子保成讳改名为性德。一年后，太子更名胤礽，纳兰又恢复本名纳兰成德。

纳兰氏，隶属正黄旗，为清初满族八大姓之一，即后世所熟知的“叶赫那拉氏”。清末的时候出了一位更著名的女士——慈禧太后，这是后话了……

纳兰容若（我依然喜欢称他为容若）的父亲是康熙朝权臣纳兰明珠，历任内务府总管、刑部尚书、兵部尚书、都察院左都御史、武英殿大学士、太子太傅等要职，时人以“相国”称之，官居内阁十三载，权倾一时；母亲是英亲王阿济格之女（阿济格为清太祖努尔哈赤之子）。

纳兰容若的曾祖父，是女真叶赫部首领金石台。金石台的妹妹孟古哲哲，嫁太祖努尔哈赤为妃，生子皇太极，后来皇太极继位为帝，庙号“太宗”。如此算起来，顺治和纳兰容若的母亲是堂兄妹，纳兰明珠是康熙的堂姑父，纳兰容若是康熙的表弟。

这样开了挂的出身背景，已然是什么流行的“官二代”“富二代”无法望其项背的了，就算是皇帝老儿亲生的娃，等闲不受宠的皇子，也无法与他相比！

这只是祖上的光辉，而纳兰本人也足够聪颖勤勉，修文习武，人品才学皆为一时俊秀。

康熙十一年（公元1672年），年仅十八岁的容若中顺天府乡试举人；次年，十九岁的他参加会试中第，成为贡士，只是因病错过殿试；康熙十五年（公元1676年）补殿试，中二甲七名进士；康熙十三年（公元1674年），任三等侍卫；康熙二十一年（公元1682年），升二等侍卫；康熙二十四年（公元1685年），任一等侍卫，官居三品。

可以看出，第一，纳兰是有真才实学的，他是自己考的科举，真刀真枪拼到殿试并赐进士出身，不是靠祖荫；第二，即使是在八旗贵胄中，纳兰容若晋升的速度也是快的。如果不算其他政治风险，他又安于富贵功名的话，到老致仕时混个一品妥妥的没问题。

或许，比之深情颓唐的姿态，容若性格中更值得称赏的，是豪情进取的一面——他虽然是个当之无愧的投胎小能手，却积极努力，自己考中进士，不满意庸庸碌碌、唯命是从的职业（侍卫），一心要有所作为。

不论古今中外，比你有背景，比你有才华、有钱，却比你还努力，这才是真励志啊！

当然，拜他的家族出身和居于高位的父亲所赐，纳兰容若一辈子都没有过上自己想过的生活。这听起来像是悖论，实际上却是事实。

与生俱来的一切和家族身份所带来的责任包袱，成为他一生无法摆脱的枷锁。寒门子弟终其一生为之奋斗的目标——金钱、地位、娇妻、美妾，他统统不care。

纵然，世间男子所渴求的一切他都具有；纵然，风度卓然，才名为当世所认可，他依然是不快乐的。如《白马啸西风》里李文秀那句名言："那些都是很好很好的，可我偏偏不喜欢。"——帅是真帅，倔也是真倔。

不消说那些捕风捉影的情事（那些八卦留着后面有空慢慢表），咱们只说实事儿。康熙十三年（公元1674年），时年二十岁的纳兰容若娶妻卢氏。卢氏出身名门，温柔贤淑，为纳兰所钟爱，两人堪称恩爱夫妻的典范。

可惜天妒良缘，三年之后，卢氏因难产病逝，给纳兰容若留下难以愈合的伤痛。此后，他虽奉命再娶，有妻有妾，甚至还有朋友介绍了红颜知己沈宛，都不能让他的生命再度振奋亮丽起来。

"一生一代一双人，争教两处销魂"；"辛苦最怜天上月。一昔如环，昔昔都成玦。若似月轮终皎洁。不辞冰雪为卿热"。现在的女孩都念念于他的深情，恨不得以身相许，嫁他为妻，我一直苦口婆心地劝说，大可不必如此勇于献身，才子薄不薄命不好说，嫁作才子妇的普遍都没有好下场。

以纳兰的心性而言，世事于他本来就如雾里看花，不求甚解，卢氏的死，不过是摧毁了他与尘世最直接的联系而已。他原本就乐意活在自己的世界里，而后更心安理得地活在自己的世界里——实在不必过于拔高他。

纳兰一生所求说穿了也简单，不过是共所爱之人厮守，过称心如意的生活，心中淡泊名利，又想要有所作为，行止像个名士，功业比肩英豪。

简单吗？简单。难吗？难。

说他是个苦孩子，未免太自作多情，言过其实了。但他真是痴，别人是一时痴，他是一生痴。

心是这样干净，只容得下最细腻纯粹的感情。

无欲而有所求，看淡了名利，却参不破情执。不知道上天是很吝啬的，给了你一，就不会给二。不明白完美的是梦想，不完美的才是人生。

已然是万事皆足，若能视作万事皆空——那有多好，只差一步啊，就得大自在！不能借假修真，不能随缘勘破，已是如此清醒，能够不为富贵所拘，不为名利所诱，却就此止步不前。

看着他作茧自缚，浪费了如此好的禀赋和机缘，最终还是输给了心底的缺憾和不满足，这才是叫我扼腕长叹的。

不过这样也罢，这样也好，无他一生痴，哪得如许词。

【如梦令】

正是辘轳金井。满砌落花红冷。

蓦地一相逢，心事眼波难定。

谁省。谁省。从此簟纹灯影。

【一相逢】

词中最广为人知的“相逢”要算秦少游的《鹊桥仙》名句“金风玉露一相逢，便胜却人间无数”了。至少，我一看到“相逢”这两个字时，先想到的便是少游，然后才是容若。两阕不同风格的词，恰如这两个经历际遇完全不同的男人。

这阕短小的《如梦令》像极了容若的一生，前段是“满砌落花红冷，心事眼波难定”的少年风流，后半段是“从此簟纹灯影”的忧郁惆怅。

因为爱情的不如意，容若的词总是凄婉到叫人断肠，这凄美如落花的词章惹得后世无数多情的人爱慕不已，认为他“情深不寿”，“天妒英才”，实在是一个可怜可叹的罗密欧。

虽然他只活了三十一年，其间又为着几个女子缠绵悱恻地过了十一年，然而比起历代数不胜数有才无着、终生颠沛的人，容若实在不算是个悲剧性的男人。作为一个男人该有的应有的，他都有了。他有一个爱他的妻子，一个仰慕他的小妾，一个至死不渝的情人，一群相濡以沫的朋友；他还有显赫的家世，高贵的血统，他所不齿的父亲为他安排了锦衣玉食的生活，让他终生不必为生活烦忧；他自身的才华和得天独厚的地位，使得他考运亨通仕途平顺，年纪轻轻便被康熙取中做了近侍。比起名动天下却直到三十六岁才进士及第，当官不久即屡遭贬谪，最终死在流放途中的少游，我不知道，怎么能说容若的一生是个悲剧？

悲剧是上天给了你抱负，给了你理想，给了你实现理想的才华，却一生不给你施展完成的机会，生生折断你的理想。心怀天下饿死孤舟的杜甫是悲剧，李白不是；有命无运的秦观是悲剧，容若不是。更何况，即使是悲剧又岂能尽归于“天意”？人难道就可以两手一拍，声称自己全无责任？

容若，他只是不快乐，在锦绣丛中心境荒芜，这是他的心性所致。痛苦并不是社会或者家庭强加给他的。社会道德和家庭责任筑就的牢笼困摄住生存在世上的每一个人。意欲挣脱或是甘心承受，是属于个人的选择。

容若的相逢是在人间，在围着栏杆的金井边，落花满阶的暮春时节。少年恋人的眼波流转，是天真无邪的初见。少游的相逢在天上，是一年一度的七夕，宽阔银河的临时鹊桥上。一对永生不死却永生不得重聚的夫妻，见与不见都是万世凄凉。

可是为什么，相逢后，人间的结局是“从此簟纹灯影”；相逢后，天上的结局却是“两情若是久长时，又岂在朝朝暮暮”。

不快乐的原因是，少游于尘世颠沛许久遂懂得寄希望于美满，不再执着于得到；容若万事无缺，反而容易执着于遗憾，始终为没有得到而愁肠难解。

在邂逅爱情的最初都会心花无涯，可是一样相逢，后事往往截然不同。

【如梦令】

万丈穹庐人醉。星影摇摇欲坠。

归梦隔狼河，又被河声搅碎。

还睡。还睡。解道醒来无味。

【星影坠】

细读纳兰词会发现，豪放是外放的风骨，忧伤才是内敛的精魂。“万丈穹庐人醉。星影摇摇欲坠”一句无限风光惊绝。人尚留在“星影摇摇欲坠”的壮美凄清中未及回神，“归梦隔狼河”的现实残酷已逼近眼前。帐外响彻的白狼河的涛声将人本就难圆的乡梦击得粉碎。

奇怪的是，这阕被王国维许之为豪壮的《如梦令》让我最先联想起的并非“黄昏饮马傍郊河”的豪壮，而是李易安“绿肥红瘦”的清寥。也许容若本身透露的意象就是如此。

人沉醉，却非全醉。尘世中总有着夜阑独醒的人，带着断崖独坐的寂寥。就算塞外景物奇绝，扈从圣驾的风光，也抵不了心底对故园的冀盼。

诺瓦利斯说，诗是对家园的无限怀想。容若这阕词是再贴切不过的注解。其实不只是容若，离乡之绪、故园之思简直是古代文人的一种思维定式，脑袋里面的主旋律。切肤痛楚让文人骚客们创造出了这样“生离死别”、这样震撼人心的意境。

那时候的人还太弱小，缺乏驰骋的能力，要出行就得将自己和行李一样层层打包。离别因此是重大的。一路上关山隔阻，离自己的温暖小屋越来越远，一路上昼行夜停风餐露宿，前途却茫茫无尽，不晓得哪天才能到目的地，也可能随时被不可预期的困难和危险击倒。

在种种焦虑和不安中意识到自身在天地面前如此渺小。这种惶惑不是现在坐着飞机和火车，满世界溜达的人可以想象的。归梦隔狼河，却被河声搅碎的痛苦，在一日穿行几个国家的现代人看来简直不值一提。

何必做梦呢，直接视频或者电话就好了，多少话也说得尽，不必可怜巴巴寄望于梦中还家。

今人已经习惯把自己的世界掌握在可以掌握的范围之内，既明哲保身又胜券在握，何乐不为？当一座都市的胃口大到可以吞吐成千上万人，而你又来去自如时，故乡的概念也被淡化。只要你愿意，可以和某人老死不相往来；或者转身把自己投入人海，今天在南半球，明天就出现在北半球。故乡的血液在现代人身上流失殆尽。

像听一场古老的戏曲，看一场皮影戏，读古人留下的诗词常浮起这样的心意。那里没有石头森林钢筋铁塔，没有无休止的工作和无法排遣的压力。桃李芳菲的场景下是人在其间踏歌漫行，时光漫漫，足可用来浪费。他们即使有哀痛，依然似不识人世愁苦的稚子。

读到这阕词的时候会有一点落寞，静静地滴下来。

【浣溪沙】

残雪凝辉冷画屏。落梅横笛已三更。更无人处月胧明。

我是人间惆怅客，知君何事泪纵横。断肠声里忆平生。

【惆怅客】

传说明珠罢相后，在家中读起容若的《饮水词》，忍不住老泪纵横，叹息道："这孩子他什么都有了啊，为什么还是这样不快活？"容若心里想要的，偏偏是他给不了的。物质的极大丰裕会有两种作用：让人懈怠，或者激发人更深远的追求。

往往，越是万事无缺的时候，我们越会觉得掌心里一无所有。

你听，那个捷克人说——生活在别处。

幼抱捷才，仕途虽平顺，却不受大用的容若，恐怕也心知肚明——自己这御前侍卫的荣衔只是皇帝御座前的摆设。明是用来安抚功臣之心，暗地里却是用来阻止他父子权势进一步扩张。明珠的权势那样大，长子又是如此精明而富有才干，不把他带在身边，而放到六部去历练，万一羽翼丰满尾大不掉，对皇权来说是不小的威胁。八岁登极，深谙帝王心术的康熙怎么会犯如此低级的错误？对容若，明是亲近，暗藏挟制。

可以说是明珠的权势阻挡了容若的仕途，任他有“经济之才，堂构之志”也只得匍匐于皇权之下，身不由己地成为皇帝和自己父亲政治较量的牺牲品。

他便时时落落寡合，虽身在富贵之家，气质却逾近落泊文人。如此心意牵引，付诸辞章便成满纸陈旧落寞。

这阕《浣溪沙》身世之悲尤重。

庭院里的残雪映衬着月光折照在画屏上，绘有彩画的屏看上去也显得凄冷。夜已三更，帘外月色朦胧，人声寂绝。不知何处落梅曲笛声响起，呜呜咽咽地惹断人肠。

下阕是容若因笛曲起意，自伤身世的叹息。由词意看来，更像是夜来无眠，灵犀暗生的独自感慨，而不是朋友间当面的对谈倾诉。

本来词句至此，已令观者唏嘘不已，不料还有下一句，“断肠声里忆平生”更是伤人欲死。见惯了哀而不伤，隐而不发，反而更容易被这样痛彻心扉的凄绝之美打动。闭上眼睛仿佛依然能看见容若在绵绵的断肠声里，落泪神伤。

这阕我本解作爱情词，以为是容若为了不遂的情事而自叹惆怅断肠。直到某日翻见岳飞的《小重山》——

昨夜寒蛩不住鸣。惊回千里梦，已三更。起来独自绕阶行。人悄悄，帘外月胧明。　　白首为功名。旧山松竹老，阻归程。欲将心事付瑶琴。知音少，弦断有谁听。

我忽然惊觉此词不但上阕和容若词中意境肖似，连壮志难酬、英雄寂寞的心境也相同。才知之前思路太狭窄，风花雪月地辜负好词。

公元1139年，绍兴九年，南宋和金国达成第一个和议。岳飞在鄂州（今湖北武昌）听说宋金和议将成，立即上书表示反对，申言“金人不可信，和好不可恃”。和议达成后，高宗赵构得意忘形，颁下大赦诏书，对岳飞等文武大臣大加爵赏。诏书下了三次，岳飞都拒而不受，更不惜直言犯谏：“今日之事，可危而不可安，可忧而不可贺。”

面对出尔反尔的君王，相信即使心意坚决如岳飞，也难免会有心灰意冷想撂摊子走人的时候，只要是人，就会有情绪。何况这情绪还不是为了自己。他见这君王昏聩，不明局势，权贵附庸，只知迎合，真正有识有志之士束手缚脚不得重用，如何能不焦虑。

最惹人感慨的不是“欲将心事付瑶琴。知音少，弦断有谁听”，而是那句“白首为功名”。连岳飞这样戎马一生的铁血战神都发出如此感喟，想来是心灰之至，于功名世事皆有不堪回首的沉痛。成王败寇总要看天命。物换星移,芸芸众生中谁又真能青史留名?

人活一世赢来黄土三尺,青史又算什么?光辉的墓碑,是引你用光阴和才华献祭的祭台。男儿唯一可以自许的,不该是追名逐利之心,而是拳拳报国治世之心。明白了这个道理,我们再来读容若的"断肠声里忆平生"会更感慨良多。

江山折腰,功名误人,这道理其实无人不知。可惜贪一世英名追权贵烟云,从来是男儿宿命。谁都知道这条路的尽头是悬崖,唯是谁也不肯先勒马。就连陶渊明那样淡泊的人,归隐还带着几分不容于世无可奈何的色彩。

往事如风,将生平飞落如雪的悲苦,尽数吹散开来。倦极的飞鸟,生是过客,跋涉虚无之境。在尘世里翻滚的人们,谁不是心带惆怅的红尘过客?

【浣溪沙】

谁念西风独自凉。萧萧黄叶闭疏窗。沉思往事立残阳。

被酒莫惊春睡重，赌书消得泼茶香。当时只道是寻常。

【道寻常】

这是一首回忆的词。纳兰词中好句斑斓若星河，而我每次读到“当时只道是寻常”这一句时总要释卷。倘使心情有偏差的时候，几乎会被勾下泪来。这一句亦可以看作纳兰词的精魂。我因为太爱，甚至拿来做了书名。还想起另外一句：“换你心，为我心，始知相忆深。”这样的情语是人人可以想到，却无法完美表达的意念，因此轻轻点破人心。

“当时只道是寻常”一句清空如话，知己两两对坐闲聊，淡而深长。人会老，心会荒，这已不是最初天真到可耻的誓言，而是爱情在情爱中翻转轮回多次后，结就的紫色精魂，看到，会让人沉着寂静。

爱的可望不可即，如同野鹤入云身后云影杳杳。

她是曾经降临于他生活的女子，与他共度三年。由此他记得很多关于她的事。那年春日，他在轩下醉得醺然，恍惚中看见她走来，神色婉约的脸，走过来帮他把被子掖合。

他于醺然中静静看她，默默感动，不觉自身眼角眉梢情意。那时他自觉是不够爱她的，起码在这爱中间一直横亘着另一个女人，“她”的影子，落在他心里，如同河岸那边的桃花，映入眼帘，那抹妖娆，始始终终挥之不去。

那段少年不得遂意的情事，压得他心意沉沉。但他们夫妻的闺趣亦有，志趣相合也甚恩爱互重。在他兴致好的时候，他也会手把手地教她临帖，陪她读书，同她一起玩一些雅致的游戏。像李清照与丈夫赵明诚那样，两人常比赛看谁的记性好，比记住某事载于某书某卷某页某行。经查原书，胜者可饮茶以示庆贺，有时太过高兴，不觉让茶水泼湿衣裳，留得一缕茶香。

她浅笑的脸，新阳熠熠，一如她的人温暖和煦。她爱他爱得那样静好，似是甘心陪衬，为他隐没在不见天光的地方。

他站在这里，立在残阳疏窗之下，看见落叶萧萧。是西风又来过，轻轻翻动心底片片往事，才会骤然间，想起那么多与她生活的枝蔓，被回忆和后悔之心扩大，如同放置在显微镜下的植物，连细胞和脉络都一一巨细无遗。

你看得见我沁入血骨的深悔么？彼此可以生死契阔、执子之手的人，却轻轻放过。是的，我爱你一定不及你爱我深，才敢这样地潦草而轻率。这世上还有多少人曾同我一样，我不知道。

亦仿佛是在黄昏的街道，邂逅一个曾经爱过的人，她的逆光侧脸，睫羽，和脸上细微的痣亦看得清。而你又惊觉你不是因为看见而只是记得。记得她眉间的圆痣，她笑起来，眼角有细细的小纹。

一切这样清楚，但是业已分开太久。时间如水，中间仿佛有河。你过不去。车流穿梭，她，转瞬湮灭在人潮中。

你回首，看见梦里花落知多少？

思量，思量，焉得不思量？

这样血肉相连，当时也只道是寻常！呵，失去以后才销魂蚀骨的寻常。

【浣溪沙】

十八年来堕世间。吹花嚼蕊弄冰弦。多情情寄阿谁边。

紫玉钗斜灯影背，红绵粉冷枕函偏。相看好处却无言。

【好无言】

这首词一说是容若写给青梅竹马的恋人的，一说是新婚之后，写给妻子卢氏的。我个人比较倾向于前者。没什么证据，只是一种感觉，这种青涩的爱是属于年少恋事。

我一直在想，在容若的生命中，在卢氏之前，如果真的曾出现过另一个他深爱的女子，那么她应该是什么样子？又是否真的姓那个情意难当的"谢"字？姑且都当是存在过的吧，情相本虚幻，有过没有过其实都不是信口雌黄。

一个男人同一个女人的携手并行，只有两条路：继续或放弃，是并肩观望世间风月后的花好月圆；抑或是，看到那边风景更好的果断离散。《饮水词》中那么多哀婉情思，或悔或恨，情衷未偿，容若的放弃显然是有外因掺夹，这种种矛盾痛苦实在不是成天对牢一个爱定了自己的妻子，两情相悦可以衍生出来的。

古时男子传宗接代是为人伦大任，甚少娶得自己心中所喜的女子，常常揭盖头之前还不知道对面的女子什么样子，有爱也是后来的事。容若是明珠长子，这便注定了他的爱情永远要摆在家族的责任之后，无可逃避抗拒。容若在谢娘之后，心知必会有一个人来取代她，是谁并不重要。娶卢氏是责任还是需要？无从知晓。

在容若的词中，又仿佛看见他们曾经相处的情景：她是多才的，文墨一定很通，而且善弄筝箫。某个清寒月夜，容若听见箫声，循声来到她住的地方，看见她立在回廊上吹箫，形影清瘦，眉目如画，在月光中愈加清逸出尘。

词中起句“十八年来堕世间”，化用李商隐《曼倩辞》中“十八年来堕世间，瑶池归梦碧桃闲”的现成句子，其典出于《仙吏传·东方朔传》。故事说的是，东方朔临死时对人说，天底下只有太王公是知道我的。他死了以后，汉武帝便召太王公来问：“尔知东方朔乎？”那太王公否认，说他只善于观星历，并不知道东方朔何许人。武帝又问他，天上的星星都在吧？太王公回答道：“诸星俱在，独不见岁星十八年，今复见矣。”武帝才知道，原来在他身边出谋划策十八年的东方朔是岁星临凡。容若用此典不只是点出伊人年少，更隐言两人青梅竹马。

容若并没有从谢娘的相貌、外表、衣着方面去写，而是通过对她的几个动作的捕捉，描绘出一个娇憨可爱、温柔率真的女子。“吹花”，其实就是“吹叶”，即用树叶吹出音调来；“嚼蕊”是嚼花蕊，使口中带有香气；“冰弦”则是冰蚕丝做的琴弦。《太真外传》里曾经记载过，开元中，中官白季贞从四川带回来一把琵琶献给杨贵妃，其弦乃“拘弥国所贡绿冰蚕丝”。容若后来的悼亡词中也有“尘生燕子空楼，抛残弦索床头。一样晓风残月，而今触绪添愁”（《清平乐》）的词句。

一时之间言语尽了，情意仍是相看两不厌的深长绵延，他看见她卧在红锦枕上，发间的紫玉钗在灯影下摇曳轻颤，像一双振翅欲飞的蝴蝶。

在灯下端看她的容颜，她的举止，都是如玉生香。这样恰到好处，自己却拿不出什么话来赞她，心知她是好的，口中说不出来，勉强去说也是词不达意，亦不可轻言挑逗。明明是亲近相对的眼前人，心里竟陡然生出佳人谁属的怅惘。

容若是真爱谢娘的，因此在那个时刻才得以逼近爱的惘然微妙的本相：一只通灵的小狐狸，拒绝被任何人驯养。

【虞美人】

黄昏又听城头角。病起心情恶。

药炉初沸短檠青。无那残香半缕恼多情。

多情自古原多病。清镜怜清影。

一声弹指泪如丝。央及东风休遣玉人知。

【泪如丝】

纳兰主张词要抒写“性灵”，又当有风人之旨。本篇言辞直凉，不好堆砌，情意却能缓缓倾泻而出，不落于寡淡，是直抒胸臆的佳作。全词语境浅显，直白，表现了纳兰词“率直性灵”的风格。

塞外的黄昏，病体沉沉的容若，没有了家中呼奴唤婢的可能。“出差”在外的他连煎药估计也得自己动手。心里没有多少怨气，只是有点萧索，如每个在病中的人一样，身体的感知度被开启。比以往更深切地感受到无常，揽镜自照，镜中清瘦的身影着实令人感伤。

病人心情不免低落，自怜自伤，再添上对家人的思念，多情公子无可排遣之下怕也只能长叹一声潸然泪下。

这一首，值得品味的是黄昏郁郁的心情。又病痛，又情思，又孤旅，这是多少独自淹留在外者的通感啊！灰黄黯淡，一生像一天终将翻过。白日将尽，伤口在夜间慢慢敞开。黄昏给人的感受总是慢慢沉寂下去。

因为词中"弹指"一词还引起争论，长啸和弹指都是古人表达情绪的惯常动作。也有说此词是指吟唱顾贞观所著的《弹指词》而落泪。实际上，联系下句的词意就会发现容若是在思念所爱的女子，因《弹指词》而附会到顾贞观未免牵强。两个男人之间，再怎么要好，他也不至于明目张胆地叫他玉人，说因为吟唱《弹指词》而落泪也有点突兀的。

死死地抠字眼儿以获得乐趣，这是词评家们惯常做的事，说精细也可，说无聊也行。读一首词不是在考古，而是在感受。词意是表象，词境才是内质。我很简单地把弹指理解为弹击手指，表示强烈的感情，也不耽误我领略词义，因为纳兰想表达的感觉不在这两个字上。况且将词义解为写给家中人，与集中另一阕《临江仙·永平道中》倒是很有上下传承之妙。

这首词突出地反映了容若多情体贴的性格，虽然也很思念家人，心里未尝不想让家人知道，可是为免她担心，还是宁愿独自承受着病中寂寞。

看容若总有些宝玉的影子，说着不爱荣华富贵吧，实际上骨子里已经脱不了那富贵安逸，虽然不恋功名，但是极度恋家。容若自己病着却想着不要让家里的“林妹妹”晓得，和宝玉自己淋雨却要人家快躲的痴劲简直是一脉相承。宝玉那句“我就是个多愁多病身，你就是那倾国倾城貌”，还真可看作容若“多情自古原多病”的注解。

【虞美人】

为梁汾赋

凭君料理花间课。莫负当初我。

眼看鸡犬上天梯。黄九自招秦七共泥犁。

瘦狂那似痴肥好。判任痴肥笑。

笑他多病与长贫。不及诸公衮衮向风尘。

【花间课】

容若第一个词集，取晏几道《清平乐》中“侧帽风前花满路”之句，名为《侧帽词》，刊行于康熙十七年（1678年）。后容若因倾慕顾贞观才学人品，将自己的词作交给他辑集，并嘱以“莫负当初我”之语。顾贞观果然也不负其所托，不但为其细心勘集，在吴中增订时，又引道明禅师答卢行者“如鱼饮水，冷暖自知”一语（出自《五灯会元》），为其更名为《饮水词》。

容若以后蜀赵崇祚编的《花间集》比喻自己的词作。他与顾贞观诗词唱和颇多，就请梁汾为他的词作选集付梓。这阕《虞美人》为此而作，因此有“凭君料理花间课。莫负当初我”之语。

零星单薄的文字资料无法让今人真实理解顾贞观到底有什么样的人格魅力。我们只能心怀揣测着看这两个人，彼此是如何映衬？若容若是开在河流之中不能自甘沉没的水仙，梁汾便是岸上临花照水的那个人，他姿态妖娆脆弱，他低头就读懂他的迫切渴望。

于是驻足。停留，相知许。

和顾贞观在一起的时候，容若更多地显露出性格中桀骜不驯的地方。他慷慨笑骂浑浊世道。有小人入仕朝堂，登上高位，有才之士却屡遭排挤。容若以黄庭坚、秦观等才高运蹇的名士代指自己与顾贞观，自命是仕途失意之人，甘心落泊。他不再是个循规蹈矩的贵族公子，抛开礼教，抛开身上背负的期望和要求，甚至抛开风花雪月的柔软喟叹，他成为一个洁净刚硬的男子，如蝶破茧，沉着放纵做自己。

感觉上这应该是容若最锋芒毕露的一首词了，比“仕宦何妨如断梗，只那将、声影供群吠”还要痛快淋漓，说牙尖嘴利也不为过。

若是落泊文人如此说不免有酸溜溜的味道，听容若这样的贵公子如是说，忍不住就很乐。好像，再一次穿过那些花繁叶茂的情孽，看到了容若孩子式的单纯和直率。如同《皇帝的新装》里那个说实话的小孩。就是那么直接犀利，那些名利何尝不像皇帝的新装呢？

或许有人不平，你纳兰容若天生贵胄，你哪里晓得世间的疾苦？十年寒窗一朝成名，这条独木桥不是我们甘心要挤的。很多时候，是命运乾纲独断决定了人生的方向，并不顾虑人的意志。

的确如此。但有些人真有不被名利熏染的心，这是无可辩驳的。

即使有优越条件，他们也不愿做官迷禄蠹，没有振翅飞入青云的欲望，只愿像穿梭花间的蝴蝶，追寻着生活中花粉般细小微妙的幸福，内心有清醒计较，却不为名利扰心。

抑或是对自己有清醒认识，自知不适合官场，容若情愿抽身，和顾贞观一起沉溺仕人们看不上的诗词之道里。

人生长路，目的地虽然由不得我们选择，至少在每个路口，该往哪儿走，我们还是可以有自己的判断。执迷，还是看淡——人各有志吧。

【虞美人】

春情只到梨花薄。片片催零落。

夕阳何事近黄昏。不道人间犹有未招魂。

银笺别记当时句。密绾同心苣。

为伊判作梦中人。长向画图清夜唤真真。

【唤真真】

薄,指草木丛生之处。语出《楚辞·九章·思美人》:"揽大薄之芳茝兮,搴长洲之宿莽。"洪祖兴补注:"薄,丛薄也。"《淮南子·俶真训》载:"鸟飞千仞之上,兽走丛薄之中。"高诱注:"聚木曰丛,深草曰薄。"

梨花薄,谓梨花丛密之处。春情只到梨花薄,并非是说梨花因为春光消退而凋残变薄,而是说春到梨花盛开,来不及欢喜就风吹花落。以春光比喻相处的美好时光,用凋谢梨花来指代心中的爱人,不写悼亡而流露悼亡之伤,感情抒发自然清丽。

同心苣是织有相连的火炬形图案的同心结，和记载了誓言的素笺一样是爱情的信物。也是遗物。

时间令他绝望，这些现实的东西无时无刻不对容若证实当初的恩爱欢娱。面对这些几乎要仓皇而逃的容若，赶紧由实入虚，用“清夜唤真真”之典，写想象中的情景。容若似乎幻想着像传奇故事中那样，只要长唤不歇，伊人就会从画图上走下来和自己重聚。

词中提到的真真是唐传奇里的女主角，又一个因敢爱敢恨而为人称道的女人。据唐人杜荀鹤《松窗杂记》载："进士赵颜于画工处得一软障，图一妇人，甚丽。颜谓画工曰：'世无其人也，如可令生，余愿纳为妻。'画工曰：'余神画也，此亦有名，曰真真，呼其名百日，昼夜不歇，即必应之，应则以百家彩灰酒灌之，必活。'颜如其言，遂呼之百日……遂活，下步言笑，饮食如常。"

这故事很有些《聊斋志异》的风味。本来唐宋传奇就是明清小说的先驱，于是在后来人笔下，就总有痴情的书生无意中捡到一幅画像，画中的女子非鬼即仙，清一色美得不像人类。不争气的男人动了情以后，不分昼夜对牢画像絮絮叨叨，直至把自己整得神神道道，终于把那不争气的仙啊鬼啊的凡心勾起，放弃清修的永恒追求，从画里跑下来感受人世间短暂的爱情，想在万丈红尘中建立自己的城邦。

东方的神话传说教导我们美好光明，似乎只要坚心不改，上天总会许人奇迹。你看这个叫真真的女孩从画里走到人间，与这个叫赵颜的男人生了一个儿子。只可惜，这只是故事的开头，而不是结局。

中国的神话传说和西方的不一样，虽然两种故事里都一样有那种唯恐天下不乱，看不惯别人夫妻生活美满心理变态的人物。

西方的爱情婚姻破坏者一般是女性，我们习惯称其为“巫婆”。巫婆一般喜欢在两人谈恋爱时考验别人的恋情，一旦王子和公主以坚定的信念挫败了巫婆的阴谋之后，巫婆就偃旗息鼓，让“王子和公主从此过上幸福的生活”。诡异的是，东方担任爱情婚姻破坏者的一般是男性，相应地我们可以称其为“巫师”。

我们的巫师则喜欢在人家生米煮了几次熟，往往连娃娃都可以打酱油了之后，猛地蹿出来考验别人夫妻感情。我觉得，这个工作程序估计是根据东西方婚姻文化的差异而特意调整的，西方人喜欢先谈恋爱再结婚，以前的中国人习惯是先结婚再恋爱。

在赵颜和真真之间，自然也不缺这样的巫师。过了一段时间，这男人听信了某人的谗言，带回一把斩妖的“神剑”。真真将以前喝下的百家彩灰酒呕出，流泪道:“妾本地仙，感君至诚才与你结为夫妻，今夫君既已对我见疑，再留下也没有意思，我将带着孩子回去，不会让他给你增添烦恼。”说完，拉着孩子朝画屏走去，男人大惊，拉也拉不住，再看画屏上，真真已换了愁容，双眼泪盈，身边赫然多了一个孩子。

男人后悔也为时已晚。他再像从前一样声声长唤，真真和儿子却是千唤不回头。

结局是灰色的，不像我们年幼时听的美满童话。人生多半是这样，错了一步，身后已是沧海横绝。

你是否会有些遗憾像飞雪一样在身体里猝然涌现，倏然消失。偶尔从梦里醒来，还会因此落泪失神。真真的决绝是对的，她是女仙，为一个男人谪落人间已经难得，她爱着他，因此断然不肯原谅迁就他。

爱如果有那么多回头路好走，人这种贱骨头怎么会晓得“珍惜”两个字怎么写。

容若的遗憾也正在此，他困坐愁城，空留记忆的钥匙，却无门可入。

【虞美人】

曲阑深处重相见。匀泪偎人颤。

凄凉别后两应同。最是不胜清怨月明中。

半生已分孤眠过。山枕檀痕涴。

忆来何事最销魂。第一折技花样画罗裙。

【最销魂】

写男女偷会香艳放荡容易，风流最难。《诗经》里的《野有死麇》《静女》等的风流清洁气质，到了后来都疏落了。诗比词四平八稳，写起感情来也深藏，艳语有限。词比诗放诞大胆。可惜花间词每多男女相欢之词，只是香艳有余，清净不足。五代词中最热辣亮烈的爱当属“须作一生拚，尽君今日欢”。一份爱若冶艳纵情到了极致，便也成了贞烈。与牛峤这首直接记录房中秘事的作品不同，距牛峤之后五十年左右，南唐后主李煜也有一首大名鼎鼎的同调《菩萨蛮》，写自己与小周后偷会——

花明月暗笼轻雾，今宵好向郎边去。刬袜步香阶，手提金缕鞋。　　画堂南畔见，一向偎人颤。奴为出来难，教郎恣意怜。

在薄雾升起月光晦暗的晚上，小周后偷偷跑出来见情郎。她提着鞋，只着锦袜走在台阶上，顾不得冷，只怕弄出声音让人发现，惊破了这良宵好会。

约在画堂南边见面，见到他，像是飞渡千山万水之后的降落。她依偎在他怀里心如鹿撞，娇躯轻颤。

对爱郎娇嗔："我出来一次很难，你一定要好好对我呀。"轻佻却不失温婉。

当时小周后入宫为姐姐大周后侍疾，同时与后主幽会，不免偷偷摸摸，也正因为相见难，才更相见欢，情感奔放行为大胆感受更刺激。后主此句探骊得珠，写透小周后心事，十分逼真贴切地刻画出少女情窦初开、偷尝禁果的娇羞窃喜。这一段风流韵事，成为他们日后的甘美回忆。由怜惜互爱的感情，即使在国破称臣的苦境下，也足以支撑两人不离不弃。

"奴为出来难，教郎恣意怜"与牛峤的"须作一生拚，尽君今日欢"同为狎昵已极的情语，因为感情至真，不觉其淫，反觉其美。

人不能以词论，词却可以因人论，李白的词和苏轼就迥然有别。同样是和伊人相处相偎相依，后主于清新中写出情人间的冶艳，而容若写出的感觉是一份静美婉约，恋人间的温柔爱怜。容若心性高贵纯洁如小王子，作词情语多多而艳语少少，清纯明净的感觉很像学生时代的恋爱，停留在精神层次的需求更强烈。

这阕《虞美人》起拍两句即化用后主名句，生画出当年与伊人相会的情景，曲阑深处相见，她因他心情激荡，轻轻下泪。

这首词回忆当年和伊人相会相处的情景，字句间一片春光凄艳，前两句叫人读来心摇魄转，不能自持。后两句词意陡转，道破这是记忆中的美妙而已，而今已是别后凄凉。春光方才乍泄，转眼竟凋残。凄清幽怨到让人不堪承受。

下阕紧承上阕词意，将失意一倾到底，用词精美婉约，然凄怆词意并未因此而消减，依然辛酸入骨。容若此词和后主词还有一点相似，就是不过多地借助外景，而选择用白描的手法深入内心，感情恳切，用词清净。

江淹说，黯然销魂者，唯别而已矣。是怎样难以排遣的离愁别绪让人憔悴？你的影子，像山一样难以移动。半生已经孤零零地度过，对你的思念却未消减半分。

想起你，泪水依旧会毫无节制地濡出来，沁湿了枕头。想来，余生活着也只是为了生长繁衍重复延续这种孤独。与她离别不过数年，容若却觉得半生已过。心态一老如斯，这种苍老是行在旷野中星光染白了头发，迅疾猛烈瞬间经年。

“忆来何事最销魂。第一折技花样画罗裙。”在柬河买扎染的裙子，送给最好的朋友，图案肆意，随意泼染，想起千年前兰心蕙质的女子，不屑用外面的庸脂俗粉，而别出心裁地用山水画的折枝技法，在素白的罗裙上画出意境疏淡的图画。

时间蹂躏记忆。人往往身不由己地凛冽忘却。记忆消退如潮，难以控制。最终亦只可记得一些细微深入的细节，它们如白垩纪时流落在地球上的植物，那种固执是遗落，也是自存。

记忆中最快乐的事，就是同你一起为罗裙画上图案，隔天见你穿上。看你容光潋滟，柳腰摆裙儿荡，便是旖旎挠人的春光。

而今这盛景不再。我活着亦只为了重复对你的纪念。

别后。你是否，和我一样。因为记得那些清淡时光的秾丽快乐而心意凄凉？

爱销魂，思念更销魂。

【虞美人】

银床淅沥青梧老。屧粉秋蛩扫。

采香行处蹙连钱。拾得翠翘何恨不能言。

回廊一寸相思地。落月成孤倚。

背灯和月就花阴。已是十年踪迹十年心。

【十年心】

和朋友去K歌时,《十年》几乎是大家必点的歌。其实未必是每个人都经历着分手,或者此际逢着别离。但这首歌总是让不同的人一样很有感觉。歌词写得很好:十年之前/我不认识你/你不属于我/我们还是一样/陪在一个陌生人左右/走过渐渐熟悉的街头/十年之后/我们是朋友/还可以问候/只是那种温柔/再也找不到拥抱的理由/情人最后难免沦为朋友。

苏联诗人帕斯捷尔纳克说:“二月,足够用墨水来痛哭”,而十年似乎“足够用来怀念”。一年两年太浅,五年太短,二十年太长,就算能活一百年都已经过了五分之一。即使等得到也已经心上生苔藓。十年，十年刚刚好，足够用来怀念，又不会太浪费。如果来得及，你我还可以赶在华发未生、心血未涸之前，重逢。

我想起，词也是可以唱的。“家家争唱饮水词，纳兰心事几人知？”那么容若这阕《虞美人》，也许当时和《十年》一样被唱成了街知巷闻的“流行金曲”，应该还有更久远的生命力。我们无法证明，再过三百多年后还会不会有人记得《十年》这首歌。不过，三百多年后的今天，我们依然记得容若这首《虞美人》，记得那句：“背灯和月就花阴。已是十年踪迹十年心。”

词中的“十年”，容若是实指还是虚指尚有争论。但我可以确信容若立在回廊花荫下，心中一定充满了沧海桑田的遗憾。

岁月苍苍。

读这首词俨然看见一个伤心的男人，逗留在荒芜的秋草蔓地的庭院里，这是和她曾经同游的地方。那是夏夜，蟋蟀声声，花木繁盛。两人在月下乘凉，清风透罗衣，月辉照得人眼明心亮。

她举扇扑流萤，一团欢喜热闹。而今蟋蟀声不可闻，她也早已不见。他只在草间捡到当年她无意间遗落在此的翠翘。

像一只破空而来的箭矢，刺破了他封存的记忆。以为已经干涸的记忆，依然血如泉涌。

……

十年之后，苏轼对着万顷松涛，一座孤坟；十年之后，容若拾得一只翠翘，有恨难言。但他们的身边都有了新人随侍在侧，真应了歌里那一句："才明白我的眼泪不只为你而流，也为别人而流。"

不可言，不可说，没有人会乐意看到每天与自己生活在一起的人，还珍藏着十年前情人的旧物。每个人对感情的需索都是持续而贪婪的，因此看见旧物，俨然是看见入侵者，会被刺激，有惶恐不安的心理。这些道理容若都是明白的，所以才有"拾得翠翘何恨不能言"的矛盾。

苏轼在十年之后写下悼念妻子王弗的《江城子·乙亥记梦》，其他的话还没出口，起句"十年生死两茫茫"已将凄惶扩大到无尽。而容若的结句说："已是十年踪迹十年心。"更将凄凉意深深蔓延。

看起来会很简单，悼亡词不需要玩弄技巧，不需要堆砌辞藻，只需要人有真实切身的哀伤，可以将它饱满地付诸纸上。实际上却是从苏子开了悼亡词的先河，之后历代悼亡词就少有佳作出现，几乎成了真空，直到纳兰的出现。容若比苏子更投入地写悼亡，他生性没他洒脱豁达，在恋情的周折、襟怀未开的抑郁矛盾中辗转了一生。

十年踪迹十年心，是为爱情，亦是为了知己散失而沉默悲伤。爱人、妻子，是温情的容若最坚定的支持和依靠。他像一颗小小花种，依赖这些女子的爱，获得滋养和绽放。一旦失去，他即以外人不可见的姿态慢慢萎谢，悼亡词是他最后闪现的光华。

【虞美人】

秋夕信步

愁痕满地无人省。露湿琅玕影。

闲阶小立倍荒凉。还剩旧时月色在潇湘。

薄情转是多情累。曲曲柔肠碎。

红笺向壁字模糊。忆共灯前呵手为伊书。

【为伊书】

院子里的虞美人开了，这冷艳的花叫我想到了“霸王别姬”。

垓下一战，艳绝古今。那种艳丽是霸王泪美人血，楚地将士的英魂铸就的。霸王悲歌，将士垂泪，虞姬自刎，这种恩爱互酬在刘邦和吕后身上绝不可能出现。霸王虽败犹荣，血泪之地后来长出一种极其艳美的花——世人称之为“虞美人”。

虞美人入词也有一种艳，有一种凄，宛如虞姬在霸王面前舞剑作别，绝世风流不可再现。最最著名的《虞美人》还是后主那首：

春花秋月何时了，往事知多少？小楼昨夜又东风，故国不堪回首月明中。 雕栏玉砌应犹在，只是朱颜改。问君能有几多愁，恰似一江春水向东流。

因李煜此词太过出名，此调又名《一江春水》。李煜的成就和际遇都是旁人无法企及的，亡国之痛换来词家绝响，他诚然是个失败者，却也是个成功者。千古以来的词家，为个排行名次没有不惹争论的。唯有李煜，只有他，是当之无愧，舍我其谁的“词中之帝”。沦为阶下囚的李煜，因这词招来杀身之祸，死时罹受“牵机”酷刑。所有的一切痛苦和罪孽，不过是因为，他是个错生在帝王家的可怜人。

纳兰被清代人推崇为“李重光后身”，虽不乏溢美之意，然容若小令善用白描写情语这一点还是颇得后主神韵的。其词品贵重处，又和后主相通，这大抵是因为两者一为君王一为相国公子，都是身份贵重心性不俗的人，寻常整日为稻粱谋的人比不了。因此即便是频作情语也没有轻狎下流之意。而容若自己也很欣赏后主的词，尝言：“花间之词如古玉器，贵重而不适用。宋词适用而少贵重。李后主兼有其美，更饶烟水迷离之致。”可见他极称许后主。

词中“潇湘”二字使我想起黛玉所居之地。红楼的后四十回不爱看，写黛玉死后宝玉的悼念，且不说语言功力悬殊，单是感觉已不对，总是“隔的慌”。宝玉对黛玉之情，不是世俗淡笔可以摹画出来的。

容若这首《虞美人》倒应了红楼事，颇有些“宝玉对景悼颦儿”的味道。“愁痕满地无人省。露湿琅玕影。闲阶小立倍荒凉。还剩旧时月色在潇湘。”读到词的上阕就好像看见宝玉抱病，满怀愁绪走到潇湘馆，月色下苔痕深浅，露湿青竹，站在空无一人的台阶上遥遥看那已经空落的屋子，想起已经离开的人，心中凄切难言。

纳兰词中每多往事粼光碎影，都是昔日相处小事，读来欲断人肠。唯其沉湎往事不能忘情才感人至深，以至达到王国维说的“真切”的境界。我所爱的，正是最后一句：“忆共灯前呵手为伊书。”想起当年寒夜和她一起在灯下写字的情景。往事历历在目，其实何曾薄情？

不言伤而伤。淡淡一句清言，二人缱绻深情便呼之欲出。这一句还让人想起《红楼梦》中宝玉曾在冬天写“绛芸轩”匾额时为晴雯呵手的温存。晴雯是黛玉影子，所以宝玉写完之后恰巧黛玉走来，宝玉请她指正，黛玉便赞他书法进步。

此事恰可与这首词的最后两句相映成趣。

【蝶恋花】

辛苦最怜天上月。一昔如环，昔昔都成玦。

若似月轮终皎洁。不辞冰雪为卿热。

无那尘缘容易绝。燕子依然，软踏帘钩说。

唱罢秋坟愁未歇，春丛认取双栖蝶。

【天上月】

古人与自然亲，今人宁与物质亲。天上月即是重要一例。月对古人来说，可以亲，可以敬，可以怨，可以恨。李煜说："春花秋月何时了，往事知多少"；太白说："举杯邀明月，对影成三人"；苏子说："明月几时有，把酒问青天"；容若说："辛苦最怜天上月"。而现代天文学和航天技术的发展使人认识到月亮不过是星际的一颗小行星，还是地球的卫星，看见月食只当是天文景观，不会敲锣打鼓地惊慌，相反倒很激动……

登上月球以后我们对月亮的认识更加平实而僵化。知道月亮上遍地沙砾，生物灭绝，根本没有广寒宫，没有兔子和桂花树，也没有寂寞的嫦娥和伐树的吴刚。情意和思维变得刚正而有规律，失却了古人仰视未知的敬畏之心和幻想的快乐。

你约会一个人，不再需要偷偷逾墙而入，生怕惊动了人家的父母和狗；不再需要字斟句酌地写好约信，低声下气转托红娘，然而同时，你也永远不会知道“月上柳梢头，人约黄昏后”有怎样的忐忑曼妙。

你思念一个人，对他说，今天晚上几点我们网上见，你开了视频，从邀请到连接不过一分钟，多么快捷，古人渴望的天涯若比邻，只在你的弹指之间。你清晰看见想念的人，可惜也失去了“海上生明月，天涯共此时”的心有灵犀。

你想念家乡和父母，如果时间来得及，你可以乘飞机回去看他们，再远的地方，也不过数天时间。如果来不及，你可以打电话。这是个消费至上的时代。如此，还需要和李白一样发出“举头望明月，低头思故乡”的感喟吗？

从什么时候开始，神话被我们亲手捏碎，如水的月光，从指尖流失了。

西方哲学强悍的地位，使人接受物质统治的观念，灵魂的不死不灭宛如虚无笑谈，是与科学的概念不符的。于是，人开始相信人一旦死去便不具有任何意义，思念也是枉然。

容若在《沁园春》词前《自序》中写道：“丁巳重阳前三日，梦亡妇澹妆素服，执手哽咽，语多不复能记。但临别有云：‘衔恨愿为天上月，年年犹得向郎圆。’妇素未工诗，不知何以得此也……”这样心怀悱恻的哀思，化月之说，在今天的人看来，是优美但不实的。一个男人，为了自己的妻子对月吟诗，今天已是少之又少。

“若似月轮终皎洁。不辞冰雪为卿热。”若你果如皎月照我余生，我亦可不畏严寒，不辞辛苦地飞到那冰冷月宫，去温暖你的身体。此一句，披肝沥胆，情之所钟终至死不渝。千古情话也！

这样的话，现代男子连发梦时都不会说。你在他枕边吹气，拨弄他的耳垂，追问他爱不爱你，通常得到的答复是——别闹了，明天还要上班。

是的，别闹了！肯每个月按时交上家用的已属珍稀物种，他为你，可能在朋友中间承担了“气管炎”的绰号。如是，该感激涕零了。想他同你化蝶双飞，共许来生么？尘缘易绝刚刚好。感谢老天帮忙让我不用费心找借口分手。

容若这首《蝶恋花》凄美，却不减清灵。“辛苦最怜天上月。一昔如环，昔昔都成玦。”“环”和“玦”皆为美玉制成的饰物，古人佩在身上。“环”似满月，“玦”似缺月。物理相通，容若以寻常佩物解自然之物，可见其格物致知，常怀世事难圆的隐恨，此句比之苏子的“人有悲欢离合，月有阴晴圆缺，此事古难全”，深情胜之，豁达减之，各得其所。

化蝶之说，魏晋开始不绝于书，然而用得最切，也最感人的，无疑是容若。因有些文人不过是借典煽情，而他，是真正感同身受，心向往之。

这样的男人，虽然有时多愁善感得让人发腻，却不失为一个好男人。怪不得现时很多女子打出了“嫁人当嫁纳兰君”的口号。容若是张敞式的男人。一个依依挽手，妆台前细细画眉的美少年，给你讲最好听的话语来熨帖心灵。而你在他的护卫下，永远都是枝头上最鲜嫩的新芽，床前低眉才见的明月光，惹到无数艳羡的目光。

——多么妄想。

【蝶恋花】

散花楼送客

城上清笳城下杵。秋尽离人，此际心偏苦。

刀尺又催天又暮。一声吹冷蒹葭浦。

把酒留君君不住。莫被寒云，遮断君行处。

行宿黄茅山店路。夕阳村社迎神鼓。

【君行处】

临别宴后赠诗、赠词，是古代人的一项文化发明。不似现在的公款吃喝严重，古人大多是私费请客。而且除非是节日或者真正的达官贵人，一般的小老百姓能在家里整只鸡鸭，买点时鲜蔬果回来弄一桌子家常菜煞是郑重了，跟现在的生猛海鲜胡吃海塞简直没得比。

再寒微一点的人，拿着花生米炒豆干，提溜着二斤酒在渡口桥头的长亭边折柳送客的也有。像容若在散花楼为张见阳置酒送行，应该属于规格和档次比较高的了。寒微文士自然不甘在金钱面前自惭形秽，于是寄托感情，比拼才气的赠别诗、赠别词就应运而生了。

这无疑为诗词的发展注入了活力，对文化的丰富起了重大作用。后来却也成为诗歌衰颓沦亡的一个重要契因。一旦诗词沦为觥筹交错的唱酬之作，像十里洋场里的交际花一样，你还指望她保持清纯质朴的本色吗？不过这是后话，容后再叙。

在赠别的诗歌刚开始出现的时候，如同初出茅庐的有志青年，的确还是很值得赞赏的。比如唐诗里，王昌龄在芙蓉楼送别辛渐，写下了“洛阳亲友如相问，一片冰心在玉壶”；王维送沈子福写下了“惟有相思似春色，江南江北送君归”；李白送友亦是疏豪，磊落道：“挥手自兹去，萧萧班马鸣”。老苏更牛，一句“醉笑陪公三万场，不用诉离觞”被今人化成“醉笑陪君三万场，不诉离伤”。成功将无数人艳倒。如果不是送别，哪能如此彻底地激发诗人的才情和灵感呢？

纵使我们现在的生活已经不复当时的情景，这些千古名句，仍能给我们最初最真切的感动。在酒足饭饱从KTV里抽身出来的时候，深夜大风凛冽行人稀少的街头，远远看见街灯晕散昏黄如一段回不去的光阴。

城市像深旷的船，季节变换，月数转移。在干实的陆野，突然兴起的无着，我们骤然与过去的自己重逢。

这是一首送别词。其事是——康熙十八年，容若挚友张见阳被任命为湖南江华县令，容若为其送行，赋词。

秋天的离别从来最伤情，历来多愁善感的容若不能幸免，于是上阕，他用的那些词："清笳""刀尺""蒹葭浦"勾勒出的画面都是寒意沉沉，使人心意飘摇，心绪黯然。一声声凄冷的胡笳声和捣衣声使得长满芦苇的水滨更添清冷。这一切，正应了江淹名句："黯然销魂者，唯别而已矣。"

如果仅仅是这样，这也不过是一首寻常的赠别词，而且它有很多用典和化用，实在不能算好，幸好还有让容若施展才气，推陈出新的下阕。"莫被寒云，遮断君行处"本是极为萧瑟之句，似是警醒，又是担心。而下句"行宿黄茅山店路。夕阳村社迎神鼓"又极为温暖，是宽慰语。如人含泪微笑相送。

"行宿黄茅山店路"是苦中有乐，已显豁达。"夕阳村社迎神鼓"一句，更别有野趣，如风吹浓云，猝然破开一片新天。农家风光如新阳艳美，世俗欢腾场面让人忍不住要破颜一笑，悠然神往，不觉卸了离愁。

容若此词，有凉凉古意。字里行间蓦然带我回归了好几百年，不是清代，而是更遥远的唐宋，那时的送别诗词里独有洒然壮美的境界。

能在结尾翻转全篇词意而有突破，破而不毁，纳兰才力由此可见一斑。

"村社"是农村祭祀土地神的活动，在每年立春或立秋后的第五个戊日举行。如《红楼》里宝玉途经乡村时对村居生活的好奇留恋一样，“夕阳村社迎神鼓”这种寻常农家的清平热闹，又何尝不是生在钟鸣鼎食之家的容若追求和向往的呢？

门前若无南北路，此生可免别离情。天色将暮，宴席已阑。当真，留不住你了。然而也无须强留。人生聚散各有因。人，若有必须要行的事，不如洒然上路。

你知，明日天涯，也必有我思忆追随。

【蝶恋花】

萧瑟兰成看老去。为怕多情，不作怜花句。

阁泪倚花愁不语。暗香飘尽知何处。

重到旧时明月路。袖口香寒，心比秋莲苦。

休说生生花里住。惜花人去花无主。

【看老去】

古代如果有形象指导，或者是经纪人行业的话，南朝的庾信应该可以做到行业的翘楚。庾信小字兰成，长大后才名卓著。平生际遇“坎坷”，著有《伤心赋》等诗文，自我塑造的落魄伤心的形象颇为成功，且对后世影响甚大。杜甫《咏怀古迹》诗：“庾信平生最萧瑟，暮年诗赋动江关。”容若习惯以他自比，多少自伤自怜。取其同是伤心人之意。

容若虽然爱以兰成自比，可是既没有庾信的坎坷际遇，也没有所谓的怀才不遇。一身萧瑟只是因他作茧自缚，太看不开。赞美他痴情也可，说他痴蛮却也不委屈他。人生百事可为，何况又是个男儿身？连探春都晓得讲："我但凡是个男人，可以出得去，我必早走了，立一番事业，那时自有我一番道理。"积极进取，才是正确的人生观和态度，符合时代进步的需要。重情是好的，但一个大男人在"情"树上吊死，真是不值当。

这首《蝶恋花》写自己旧地重游，想起昔日和爱人携手同游花间的情景。容若抒写的词意倒是很合词牌的字面意思——蝶恋花。

明月路照惜花人。记忆中的风景如画。如今只有爱如花香残留指间，为我证明。我曾拥有过你，我将怀抱着对你的记忆死去。可是老去，老去是如斯缓慢，我们要到哪一天才可以两两相忘？是否唯有死亡的黑暗降临覆灭时，我才会不再为你感到寂寞？

《饮水词》每多出现"花"和"惜花人"的指代，这应该是他和她的爱情隐语。这里的"惜花人"应指已经故去的"她"而非容若自己。这和将男子比做"惜花人"，将女子比做"花"的习惯有所差异。想来，是容若自认如兰草般清高出尘，而伊人明了他的心志，容若视她为知音，因此称"她"为"惜花人"。

我所喜和不喜的一切，在这首词中都显露无遗了。这首词婉约中带出欲说还休的凄凉。用词的精巧和意境的雕琢是很值得玩赏的。"为怕多情，不做怜花句"一语道破心底的矛盾，而深情难遣，欲罢不能，更是颇能引起人的共鸣。

纳兰词，虽是王国维极许的"未染汉人习气"，但许是这位公子饱读诗书的缘故，容若翻用前人诗句的次数和频率都太高了。这首词里就有四句是有清楚出处——“阁泪”句：语本宋佚名《鹧鸪天》词：“尊前只恐伤郎意，阁泪汪汪不敢垂。”“袖口”句：语本宋晏几道《西江月》词：“醉帽檐头风细，征衫袖口香寒。”“心比”句：语本宋晏几道《生查子》词：“遗恨几时休，心抵秋莲苦。”“惜花”句：语本宋辛弃疾《定风波》词：“毕竟花开谁为主，记取，大多花属惜花人。”虽然用得恰好，甚至比之原著毫不失色，可我认为容若的才气应该不止如此而已。

清时人用典像蹩脚的小贼，怎么看行藏太露。不似盛唐北宋，用典用得出神入化，宛如百万军中摘人首级探囊取物一般。读了许多《蝶恋花》，认为最好的还是柳永那首——

伫倚危楼风细细，望极春愁，黯黯生天际。草色烟光残照里，无言谁会凭阑意？　　拟把疏狂图一醉，对酒当歌，强乐还无味。衣带渐宽终不悔，为伊消得人憔悴。

三变的词由景入情，生动饱满，既有《短歌行》的萧壮，也有月落河塘的温柔缱绻，也用典，用到无迹可寻的地步。整体感觉是如此的一气呵成，叫人不忍终篇。

结句“衣带渐宽终不悔，为伊消得人憔悴”，这不是普通的经典啊！情语本已叫人过目不忘，再经王国维《人间词话》里这么一点拨，但凡语文成绩及格的中国人该都知道。

容若和柳永两阕《蝶恋花》相比不说高下立判，至少也强弱悬殊。

我自这悬殊中看见了衰亡。不单人会老，连诗词歌赋也会有老去的一天。无力挽回这种衰微。这世间必有超越万物时间存在永恒的道，然而那又注定不被人有限的生命轻易触及。

【蝶恋花】

今古河山无定据。画角声中，牧马频来去。

满目荒凉谁可语。西风吹老丹枫树。

从前幽怨应无数。铁马金戈，青冢黄昏路。

一往情深深几许。深山夕照深秋雨。

【昭君怨】

自古就有昭君怨之说，但大多文人习惯拘泥于陈情。连诗圣杜甫也只是感慨："画图省识春风面，环佩空归月夜魂。千载琵琶作胡语，分明怨恨曲中论。"（《咏怀古迹五首·其三》）

诗圣定了基调，后世更少见发人深省的意义翻新。历代女子中，王昭君获得的吟诵最多，而且几乎全是正面的。难得没有什么"红颜祸水"的责难加诸她身上，反而对她由怜生敬，由敬生爱。

这固然是因为王嫱女士做了件极漂亮的事。她不仅绝色倾城，而且简直是绝顶的聪明，没有寻常女子的软弱拖沓。她勇敢而有主见，想到与其在汉宫中荒耗一生，还不如远走他乡。人皆言塞外苦寒，匈奴人彪悍。可是和荒茫无尽的等待比，那又算得了什么呢？

只是寻常宫女，因为拒绝了画师毛延寿的勒索，可能再也得不到君王的看顾。一个清寒孤傲的少女想在宫中脱颖而出，如同黑夜在海面上泅渡，希望渺茫。十几岁的王嫱，有着超越一般人的坚定果敢，老天亦赋予她机会和能力，她纵身扑入，竟因此成功。

如果美貌是能量，昭君将自己的能量发挥到极致，当埃及艳后忙着摆布男人，颠覆了几个男人的霸业时，王嫱也利用自己的绝色姿容摆布了两个男人。她让一个为失去她而饮恨终身，从此视后宫粉黛如飞尘；她让一个为得到她而心满意足甘心放弃争霸天下的念头，对大汉朝俯首称臣；最重要的，与克丽奥佩特拉的祸国殃民比，她确保了数十年的和平，使老百姓安享太平，即使这和平相对于历史的发展也很短暂。

一向对女人挑剔到洁癖的读书人能在思想上将王嫱视为同类，是值得惊奇的，然而也未尝不空虚。这些为责任理想所牵绊的男人们，又怎能真正了解昭君坟头的青草到底为什么而盛，又因什么而衰呢？

王昭君，她不过是不由自主地在后人的诗文中做了一面映照很多命途多舛的有识之士的镜子。她美貌而智慧，一如那些有才识的文人；她拒绝给毛延寿贿赂，一如清高之士所标榜的气节；她以女儿身做出一番千秋赞叹的事业，将身许国，亦是读书人所称许的。百般萧瑟，终于积聚力量的绽放。昭君寄托了文人太多的理想。

后世戎昱说："汉家青史上，计拙是和亲。社稷依明主，安危托妇人。岂能将玉貌，便拟静胡尘。地下千年骨，谁为辅佐臣。"他算是摸着良心讲了句公道话。如果不是眼前身后逼仄到无路可退，谁愿意带着未完成的爱情将自己放逐到万里之外。

昭君怨。汉帝，应该比昭君更怨。昭君出塞，大殿上的临别相视。这女人已注定是他余生无法愈合的巨大伤口和耻辱。他的江山是她舞着杨柳细腰为他擎住。她却对他跪拜谢恩。自古男人的江山就不能缺少女人支持，男人却羞于承认。

这首《蝶恋花》将容若的男儿眼界与气度尽显无疑。首句"今古河山无定据"气象极佳，一句话便道明世事无主，朝代更迭，江山频频易主是必然的、历史不可抗拒的规律。接下来用白描的手法呈现秋景，一副待战的场面。因想起千百年来朝代如花开花谢，或许他日大清的覆灭也不可免，心中萌生的感触使得眼前秋景更添荒情。作为与满清王朝休戚相关的贵族近臣，容若未必仅仅是一个吟风弄月的富贵闲人，他亦有拳拳报国之心和远大抱负。但他显然不赞成功名抱负要通过战争和流血来实现。所谓"一将功成万骨枯"的冷血萧烈是被多情公子所厌弃的。所以结句仍复了容若重情的本色——"一往情深深几许。深山夕照深秋雨。"成功将豪壮、柔情，还有些许凄凉和失落糅在一起，使人回味无穷。这亦是容若悲天悯人的情怀体现。

传说,昭君出塞,死后葬胡地,坟头终年青草离离,称为“青冢”。由青冢想到王昭君,容若问卿,一往情深深几许?千秋万岁以来,王昭君的一往情深,缕缕怨心,能看得清,读得懂的,恐怕也只能是容若这样的绝代才人了!

不同于历代词家,容若此词意境思想远远超越了他们,而更熨帖昭君本心。容若将闺怨、乡怨一次升华——青冢独眠的王昭君,为的不是自己毕生不能回归故土,不是和汉帝的有情无缘,而是,她耗尽一生心力所不能唤醒的,是后人对权力的执迷和对战争的狂热。

君不见,残阳秋雨深山寂,纳兰公子长太息!

绝色女子和绝代才人,隔世为知音。

【采桑子】

彤霞久绝飞琼字，人在谁边。

人在谁边。今夜玉清眠不眠。

香消被冷残灯灭，静数秋天。

静数秋天。又误心期到下弦。

【飞琼字】

唐朝开成初年，有个叫许瀍的进士到河中游学，忽然得了一场大病，不省人事。他的几位亲友围坐着，守护着他。到了第三天，许瀍突然站起身来，取笔在墙壁上飞快地写道："晓入瑶台露气清，坐中唯有许飞琼。尘心未尽俗缘在，十里下山空月明。"写完，许瀍又倒下睡着了。到了第二天，他又慌忙起来，取笔把墙上诗的第二句改为"天风飞下步虚声"。写完，浑然无知地像醉了似的，不再睡觉了。过了很久，他才渐渐能说话了："我昨天在梦中到了瑶台，那里有仙女三百多人，都住在大屋子里。其中有个人自己说是许飞琼，让我赋诗。等诗写成了，她又叫我改，她说：‘不想让世上的人知道有我。’诗改完，很受赞赏，并令众仙依韵和诗。许飞琼说：‘您就到此结束吧，暂且回去吧！’就好像有人引导似的，终于回来了。”

许飞琼的典故常被唐诗宋词引用，后用来泛指仙女。白居易有诗：“烟蛾敛略不胜态，风袖低昂如有情。上元点鬟招萼绿，王母挥袂别飞琼。”苏轼有词：“玉童西迓浮丘伯，洞天冷落秋萧瑟。不用许飞琼，瑶台空月明。”读起来都没有容若这首哽切。

中国的文人惯来胆大油滑，不同于西方文人的冷静严谨，西方人是直接开放，但他们不爱拿圣母、天使来开玩笑。女性是清楚对等的可交往了解的对象，不需要太多繁复无稽的幻想。因此西方男子思想中并无东方男子对女性的纠结矛盾。

在东方，文化、思想、传统、礼教、交往和婚姻方式的限制，都足以让男子对女性产生幻想和隔阂。少年时拘谨难安，见母亲亦羞。思想上的处女膜一旦消除，陡然十分放诞不羁，无论是儒家的世俗女子还是佛道两教里的女仙、观音和王母，无不在他们幻想的范围内。所以真实的中国人，是没有宗教的，他们尊重而不神圣化，理解而不唯命是从，有时像少年淘气天真，有时又是天生反骨的大人。

容若曾有恋人入宫，从《饮水词》来看，是无疑的事，非一般好事文人的杜撰附会。从上阕首句“彤霞久绝飞琼字”来解，即是写恋人在宫中许久没有音信传递，彤霞即红霞，道家传说在仙人所居处有彤霞缭绕。玉清是道家所指天上的宫殿，略通古典的人就会知道

“彤霞”和“玉清”是指天上的宫殿，容若以此来代指宫禁，这种暗示又合文法，又通情理，为文总要讲究含蓄稳重，意在言外。

“香销”“被冷”“残灯灭”，说明又是一个不眠夜。情形很像林黛玉叹的“青灯照壁人初睡，冷雨敲窗被未温”。三个短语，三样寻常的东西，带出一幅居家图，于平淡中显出精准的力度。只要作者的功力够，愈是寻常事物愈能引起人的感触和共鸣。这也是我理解的“真切”的意思。

全词用的即是《采桑子》特有的叠句法。上阕“人在谁边”的反问，使得伊人不在自己身边的孤苦如一杯茶，愈品愈深。下阕写自己在思念里度日如年呕心沥血的等待，却不多言，只是用“静数秋天”四字叠句重复强调，暗示了流光飞舞，有力地表达了自己期待的心情。“又误心期到下弦”一句，明写光阴的蹉跎流逝，却又用“下弦月”暗指自己的心愿始终不能圆满。

想必有人会质疑，说恋人既然已经入宫，怎么能够传递书信呢？平民百姓是不要想了，但容若是皇帝的近卫，在这样特殊的身份和关系下，不但是书信，就是某些稀罕食物，在被允许的时候，方便的情况下，也是可以递送出来的。这样的事自然不会频繁，更不会有露骨言辞。唯其艰难，我们才能体会到容若相恋之苦。

另一首《临江仙·谢饷樱桃》可为明证，那首词就是写容若收到恋人由宫里递出的樱桃，如见爱人心血。

若果真是寒微无路谒金门，绝了想头，从此天上人间，你我撂开手，各有各的活法。最哀怨，不过是结个来生来世缘。

可是偏偏，你就在我手心之外踌躇徘徊。

你欲出无路，我欲进无门。

紫禁城，一道宫墙囚住了多少人？

有时候，你我之间只是隔了一道墙；有时候，只是隔了一扇门；有时候，只是隔了一丛花、一株柳的隐约相望。可是，偏偏不能再有一步接近。

爱你，好像天上人间对影自怜的落寞舞蹈。你是，我的水月镜花。

【采桑子】

谁翻乐府凄凉曲，风也萧萧。

雨也萧萧。瘦尽灯花又一宵。

不知何事萦怀抱，醒也无聊。

醉也无聊。梦也何曾到谢桥。

【凄凉曲】

至喜欢《采桑子》的灵动婉转。就算撇开词，单是“采桑子”三个字就有江南的淹然百媚，能够让人嗅见春意。

“采桑”与“采莲”是属于江南的两首田园曲，采桑由春天开始至夏季结束，采莲由夏季开始。交相绵延。江南的蚕坊，惊蛰的时候被春雷震醒，立即就有乌黑的幼蚕用小嘴咬破卵的韧膜，大片蠕动在嫩绿的桑叶上，彻夜勤奋进食，发出沙沙的嚼食声，一时耳错会以为窗外春雨降临。

三月采桑的季节，在乡下，会看见采桑女子携篮挎筐，在雨后的桑园里采摘桑叶。常见有胆大幼童盘踞在树上，摘下满襟的桑葚，吃得满嘴乌青。桑树虽叫人想起衣食的艰难，却显蕴劳作的欢悦和生活的丰美。

花间、北宋以来，词谱《采桑子》上下片的第三句，原不必重叠上句。自从李清照《添字采桑子》创出叠句的变体，令人惊叹之后，后世不少词人也模拟李清照的形式，将原本不须叠句的上下片第三句重叠前句。节拍复沓，如此可增添舒徐动听的效果与情韵。小令也有折复叠嶂的效果：

窗前谁种芭蕉树？阴满中庭。阴满中庭，叶叶心心，舒卷有余情。　　伤心枕上三更雨，点滴凄清。点滴凄清，愁损离人，不惯起来听。

——李清照《添字采桑子》

这是李清照的愁苦。有过“赌书消得泼茶香”的快乐日子，有过“被翻红浪”的恩爱缠绵，后来的孤苦就更难挨，今昔对比凄楚也更强烈。容若也一样，有过神仙美眷的日子，孑然一身的时候就格外无法忍受寂寞。这两首《采桑子》心境肖似，在叠句的形式上，容若效易安体，而他善用寻常口语入词、不事雕饰的特质，又与易安隐相呼应。

这首《采桑子》抒思情，无一字是绮词艳语，而当中哀艳凄婉处又旖旎难绝，明说是“瘦尽灯花又一宵”，然而憔悴零落的又何止是灯花而已！

日日凋零的，分明是心神。

不是不知何事萦怀抱，而是知道也无能为力。解得开的就不叫心结，放得下的又怎会今生今世意绪难平？容若这样深情的男子，哀伤如雪花，漫天飞舞不加节制。悼亡之作苏子之后有纳兰，可是容若之后，还有谁能作悼亡的凄凉曲？嫁了这样的男人不要想着白头到老，因为情深天也妒，注定要及早谢幕，留得爱情佳话来让人怀念。

“乐府”本为汉代管理、祭祀、巡行、宫廷所用音乐的官署，由官署采集来的民歌亦称为乐府，后来将一切可以入乐的诗歌统称乐府。容若词中取其广义。

是谁，在夜里演奏着凄切悲凉的乐府旧曲？萧萧的风雨声与之应和，长夜消磨，不知不觉红烛燃尽，灯花如人，瘦损衣带，寸寸零落。下阕紧承上阕“瘦尽灯花又一宵”，扣住彻夜未眠，进一步诉说自己百无聊赖的心绪：“不知何事萦怀抱，醒也无聊，醉也无聊。”不知道何事萦绕心怀？清醒时意兴阑珊，沉醉也难掩愁情。无论是清醒或是沉醉，那个人始终忘不掉。

晏小山《鹧鸪天》词有“梦魂惯得无拘检，又踏杨花过谢桥”的艳语，不知是何因缘，连一贯严谨的理学家程颐都拜倒其冶艳之下，极之赞许。容若此处更翻小山语意，发出疑问：“梦也何曾到谢桥。”纵能入梦，就真能如愿到访谢桥，与伊人重聚吗？相较于小山的梦魂自由不羁，能踏杨花与伊人欢会的洒然，容若的孤苦凄凉斑然若现，以此句结全篇，语尽而意不尽，意尽而情不尽。

我为你心思化尽，梦却无缘，到头竟似金童玉女，水流花谢两无情。

晏小山也作《采桑子》——

白莲池上当时月，今夜重圆。曲水兰船，忆伴飞琼看月眠。
黄花绿酒分携后，泪湿吟笺。旧事年年，时节南湖又采莲。

当时月下分飞处，依旧凄凉。也会思量，不道孤眠夜更长。
泪痕揾遍鸳鸯枕，重绕回廊。月上东窗，长到如今欲断肠。

小令在他的手里，似绝代的名伶一舞倾城。可是小山不同于容若。他毕生的思忆只为自己，只为哀悼那不待挽留就从指间飞落的年华。

【采桑子】

九日

深秋绝塞谁相忆，木叶萧萧。

乡路迢迢。六曲屏山和梦遥。

佳时倍惜风光别，不为登高。

只觉魂销。南雁归时更寂寥。

【觉魂销】

我遥遥想着你站在那山的高处，远眺来时路，耳畔南雁长鸣。

乡愁磨损了眉头，怎么你寂寥，我也寂寥？你魂销时，我也魂销？

今日是农历九月初九的重阳佳节。古俗此日须登高，饮菊花酒，佩茱萸来消灾。你却因出使梭龙，远离家人。那乡路蜿蜒渐渐入了梦。梦又如何？梦中也迢迢，家山千里，故园仍遥。

可能因为自己长在旅途之中，这种状态让我一直比较偏爱抒写离情的词。因为喜欢，要求也相对高。我觉得，抒写离情的词要有一点愁心，两地相思，五分曲折，九分轩朗，才有十分可观。王维的《九月九日忆山东兄弟》可谓标本：

独在异乡为异客，每逢佳节倍思亲。
遥知兄弟登高处，遍插茱萸少一人。

唐诗有一种艳阳遍地的亮烈耀目，它的婉转柔情也是明媚，强悍直指人心深处。自"每逢佳节倍思亲"感动世人起，登高已经不仅仅是一种习俗，一种遥思远方亲人的方式，它更渐渐成了东方情结。

"佳节"，"风光别"，有别的不是秋光秋色，而是心境。他们饮菊花酒，佩戴茱萸，却少我一个人。

那一年重阳，王维在长安。他一生都是个幸运儿，多才多艺又很有人缘。唐宗室诸王都与他交好，乐于邀请他参加宴会。搁现在来说那就是顶级名流Party啊！按说王维应该很乐意参加这样的聚会，也不应该有孤独的感觉。但是王维就是王维，他的人始终冲和清淡。繁华于他不过日色照拂，走过了，就能恢复青衫淡泊。重阳节他心心念念的不是拎着礼去四处走门路拜节，而是远在山东的父母兄弟，想着和他们在一起过节同乐。一杯菊花酒，一缕茱萸香，就胜却琼宴玉液无数。

功名富贵有时也调皮也气人，有些人钻营一世也只能够着别人裤脚，有些人朗朗落落地站着，已获得相看两不厌的尊重。

容若一向柔情细腻，这首《采桑子》却写得十分简练壮阔，将边塞秋景和旅人的秋思完美地结合起来。仅用寥寥数十字写透了天涯羁客的悲苦，十分干脆利落。上阕写秋光秋色，落笔萧然，“六曲屏山和梦遥”点出边塞山势回环，路途漫长难行，遥应了“绝塞”一词，亦将眼前山色和梦联系起来，乡思变得流水一样生动婉转，意境深广。下阕更翻王维诗意，道出了“不为登高。只觉魂销”这样仿佛雨打残荷般清凉警心的句子。轻描淡写地将王维诗意化解为词意，如此恰到好处。结句亦如南雁远飞般空旷，余意不尽。大雁有自由飞回家乡，人却在这深秋绝塞路上身不由己渐行渐远。

愁情沁体，心思深处，魂不堪重负，怎么能不消散?

在词刚兴起的时候，又称“诗余”，被认为是小道。其实词和诗各有好处，意境可以互通互美。文学之道百转千回，本就没有什么大小之分。“不为登高。只觉魂销”一句，词中有诗的意境。也非得是用词这种体式流水潺潺地表达，换另一种都不会如此和谐完美。

“青山隐隐水迢迢，秋尽江南草未凋”是杜牧诗中意境；“遥知兄弟登高处，遍插茱萸少一人”是王维诗中景象。而今，这一切尽归容若。容若此词，看似平淡，其实抬手间已化尽前人血骨。

【采桑子】

塞上咏雪花

非关癖爱轻模样，冷处偏佳。

别有根芽。不是人间富贵花。

谢娘别后谁能惜，飘泊天涯。

寒月悲笳。万里西风瀚海沙。

【谁能惜】

康熙十七年十月，容若护驾北巡塞上时，在塞外见大雪飞扬，姿态肆扬。

那是北方的雪，大朵大朵，情谊厚重，从高空执拗地投向大地，缠绵壮烈的肆意态度，纵还未知这一片世界能不能容身，也义无反顾。

真正的美景不被勉强存留，它只于内心刹那光芒交触，完成一次深入邂逅。

每每读这首词的下阕，我都会觉得容若还站在朔风凛冽的塞上，扑面是万里黄沙，雪已落满他的双肩，那双迎着雪花的眼睛，冰雪般清亮。

他伸出手去，雪花飞入手心，很快被手心的温度融化掉，成了一粒水珠。他看着那滴水，忽然明白了，雪花是矜贵冰冷的。冷处偏佳，别有根芽。不要沾染尘世的一星爱慕和一点儿纠缠，如果承受了，就化为水来偿还告别。

他想到自己，这些年扈从皇帝四处出巡，身为乾清宫的侍卫，他算是最接近皇上的人了。人人称他受恩宠，连他的父亲也鬼迷心窍地跟着欣喜，认为他仕途大有可为。只有他自己始终落落寡合，一个男人靠近另一个男人，允许你保护他，这难道就算是了不得的恩遇吗？人看着他是站着的，实际上他始终是跪着的。

官场的倾轧看多了，亦明白御前侍卫的荣衔只是御座前花瓶。皇帝只需要他做一个锦上添花盛世才俊的标本，为天下士子和满族的男子们做做样子，皇帝自身是实干家，不需要近身培养另一个实干家。

所有的志愿都被架空，他的人也只能是漂亮点缀，雄心折翼，壮志难伸。容若渐渐弃绝了富贵之心，登龙之意。他不爱牡丹，却迷恋雪花，因为他看出了雪花清冷矜贵，不可任由人轻易摆布的性情，也忍不住黯然。雪花能如此干脆洁烈，他却做不到，即使心上别有根芽，也必须把自己伪装成世人接受的富贵花。

唐以来世人多以牡丹海棠为富贵之花，容若却赞雪花自有风骨，别有根芽，不同与俗世之花。这不是故作惊人语，实在是他心性有别于众人。容若一生心境悲苦凄凉不减，可以说是事出有因，却也应了那句："情发无端"。

出身富贵，家世显赫，仕途顺利，相貌清俊，夫妻恩爱，子嗣圆满。似乎，这个男人是上帝的宠儿，没有什么是他不能够得到和不满足的。然而，周身的温柔富贵却种出一株别有根芽的"富贵花"。

容若问道："谢娘别后谁能惜？"几乎在他于塞上完成这首咏雪花的绝调的同时，他已经给出历史答案。谢娘之后，能惜雪花的还有他——纳兰容若。

这首《采桑子》，乃是《饮水词》名篇中的名篇。不单在《饮水词》里别具一格，就是放在历代咏物言志的佳品中，也当仁不让。

与容若其他词中别的"谢娘"不同，这里的谢娘是实指东晋才女谢道韫，引的是《世说新语·言语》中谢道韫咏雪的故事。据载：谢安见白雪纷纷，兴起，便问子侄辈，此物何物可比之？有答之："撒盐空中差可拟。"谢安摇头不语。谢道韫对曰："未若柳絮因风起。"谢安激赏。

谢道韫"未若柳絮因风起"，一言既出固然是千古奇喻，可惜却少了个人的情感在内。纵观她的一生，并没有这种飘零的情结，所以只是一时灵机忽现。好像一个人吟"月落乌啼霜满天"时，却没有"江枫渔火对愁眠"的真实心遇，固然精彩，但也只能说是精彩。而容若这首《采桑子》就完全是托物言志，是自我心境的真实反映。

在理想里穿行，轻轻划过尘世。容若爱的是冷处偏佳，是精神的至清至洁；他取的是冷月凉音相伴下的漂泊天涯，是灵魂的自由不羁。

白雪拥抱着茫茫黄沙，由苍穹投身至此，彼此有了最亲密的接触。天与地，瞬息无缘。人有苦，可以求天地垂怜，天地之苦，又有谁能怜惜？

也许，容若看到漫天雪花飞舞，他幻觉到灵魂羽化的样子，它们片片飞旋起落。

那一刻，他领悟了自己一生的追寻。

【采桑子】

桃花羞作无情死，感激东风。
吹落娇红。飞入闲窗伴懊侬。
谁怜辛苦东阳瘦，也为春慵。
不及芙蓉。一片幽情冷处浓。

【东阳瘦】

从最初《诗经》“桃之夭夭，灼灼其华”中那待嫁女子的丰腴艳美，到貂蝉流泪说的那句“乱世桃花逐水流”，再到唐诗要案“人面桃花”主犯崔护立于花下的不见佳人惆怅，桃花可谓诉尽乱世女儿的坎坷流离。桃花这东西，惹起人太多遐思。她可以漫山漫野涨破眼帘地妖艳，也可以居在人家的小院回廊处，合着艳阳云影，好一番清正飞扬。

桃花的飞扬，落在眼底是春光迷离，抑或是桃花随水水无情的悲凉。好与歹，只看观花赏春人的心境了。然而“桃花羞作无情死”，容若作此哀语，我不信他是独独为了伤春。

窗间台上，看见被风吹落的桃花，飞伴在那个失落的人身边，满地桃花飞，容易叫人想起那个“看花满眼泪，不共楚王言”的息夫人。

绝色的容貌，出众的才情，让我彻底爱上你，也让他们有了将你从我身边带走的理由。你也入了宫，成为祭台上圣洁的祭品。从来好物不坚，尤物难留。我以为是一生一世的执手相看，而你不过是月上桃花，偶尔晃动在我的梦境里。

我将你比做桃花夫人，你知道，我明白你的苦衷，从没有误解你的意思。你入宫为妃也只是身不由己，身不由己。

古词里说“沈腰潘鬓消磨”，以此来指姿态、容貌美好的男子在岁月中折损，令人惋惜。潘岳初入东都时是“掷果盈车”的檀郎，惊艳到洛阳少女老妇全城出动来观赏帅哥，宦海浮沉被贬为河阳县令，十年风霜老了华发，再入洛阳时，已是苍苍男子。

沈约曾做东阳（今属浙江）太守，故又称沈东阳。齐、梁更迭之际，沈约是萧衍谋取帝位的主要谋士之一。他甚至引用谶语“行中水，作天子”，以证萧衍（按“衍”字即是“行”中有“水”）称帝上应“天心”、下符“人情”。萧衍称帝（即梁武帝）后，沈约始终受到重视，仕途顺畅，地位超然。沈约虽是文人，却有宰相之志，很想更多地直接参与、掌管具体政务，旁人也认为他能够胜任，但梁武帝始终不把朝政实权交给他，只是给了他很高的虚衔。

沈约要求“外放”，到地方做官，也不曾得到梁武帝的允许。沈约不是一般的文人，他在武帝即位过程中所起的作用、展露的韬略，使得武帝器重他又提防他。同梁武帝之间的这种微妙关系，令他感到抑郁。《南史·沈约传》记沈约与徐勉书云："百日数旬，革带常应移孔，以手握臂，率计月小半分，以此推算，岂能支久？"革带移孔，即腰带移孔，指人消瘦。

以前我以为"东阳瘦"不过是美男子的自怜自恋，哂然一笑而已。而现在仔细地读，才明白容若的深意。容若以沈东阳自比，原不止说自己因为爱情消瘦，他的处境和沈约也相似，也是枉负才名，空有虚衔不被重用，心情自然也是抑郁。

容若喜欢化用王次回的诗意，像这句"一片幽情冷处浓"就出自王的《寒词》："个人真与梅花似，一片幽香冷处浓。"容若反用其意，谓此时心情还不如芙蓉，芙蓉于冷处还能发出浓郁的香气，人心却如桃花已谢，春光不再。

上阕写到春阑花残，春尽人慵。下阕结句除了呼应上阕所写的桃花零落、随风飘飞的凄美景色，芙蓉更暗示了时光的流转，在如影随形的伤感情绪中，伤心人已经挨到夏天。花不会因为人的惋惜而停止凋谢，时间并不会因为人的悲伤而停止流转。一味地沉湎于伤感中没有任何意义。

王次回的散句在《饮水词》中时时隐现。但评家多不以这种现象为忤，反而赞容若擅于化浊为清，改俗为雅，这种态度也是颇暧昧的。大约是因为王次回不如容若出名，所以不是容若袭了他的诗意，而是他借了纳兰的名气被人知晓。

这一点，倒使我暗暗叹息。

【采桑子】

拨灯书尽红笺也，依旧无聊。

玉漏迢迢。梦里寒花隔玉箫。

几竿修竹三更雨，叶叶萧萧。

分付秋潮。莫误双鱼到谢桥。

【到谢桥】

容若这首《采桑子》表达的意境和情绪同"梦也何曾到谢桥"都很接近。只是上下阕都带着浓浓秋意。这一首语意周详，虽不似"谁翻乐府凄凉曲"那样清空如话，凉意沁骨，其意境萧远，用语精巧之处不逊它。一种思情的两种风骨，如花开两树，各有其好。此外，下阕中嘱咐秋潮带信到意中人居所的想象十分新奇可爱。

古时常称心爱女子为谢娘，因称其居所为"谢家""谢家庭院""谢桥"等。在《饮水词》中多有引用，有人据此考证容若的恋人姓谢，考证愈增迷离，亦幻亦真。我个人很喜欢"谢"这个姓，有欲言又止的款款情意。

最早看到的也是记得最熟的《采桑子》，还是辛弃疾的那首“天凉好个秋”。那时候“采桑子”仿佛是个被充作男儿养的假小子，名唤做“丑奴儿”：

少年不识愁滋味，爱上层楼。爱上层楼，为赋新词强说愁。　　而今识尽愁滋味，欲说还休。欲说还休，却道天凉好个秋。

少年情怀被他一语道破。稼轩那样豪气的男人，眼光明慧，于世事总有通透的认识。豪语不让人，他作起情语来一样使人折服，乃是胸中有大情大义的男儿。最为人传诵是那一句“蓦然回首，那人却在灯火阑珊处”。也难怪，稼轩身集词家和兵家两种角色，一生学以致用，他真正做到领军北上，抗击金人，并且还颇有战绩。

“醉里挑灯看剑，梦回吹角连营”，不比文弱书生只懂得在纸上干号假高潮，那是有真实的生活基础的。只可惜，他一人之力，挽不了南宋灭亡的颓势。因此稼轩词中也多愁，然而此愁非彼愁，可以是报国无门上达天听追问不休，亦是上穷碧落下黄泉，壮志雄心至死不熄的追寻。

此生自断天休问，独倚危楼。独倚危楼，不信人间别有愁。

君来正是眠时节，君且归休。君且归休，说与西风一任秋。

——辛弃疾《采桑子》

似稼轩这种胸襟才华的男子，偏偏生在南宋那个颓靡灰暗的年代。或许，上天属意他做一簇烟花，对那个消薄的朝代做一点补偿。

稼轩和容若。绝色男子，亦是烟花般寂寞。

【采桑子】

谢家庭院残更立，燕宿雕梁。

月度银墙。不辨花丛那辨香。

此情已自成追忆，零落鸳鸯。

雨歇微凉。十一年前梦一场。

【梦一场】

记得有人说，桑树易叫人想起衣食艰难。

古老的中国由农耕时代发展渐进，农与桑并提是很早的事。自古就有“皇帝亲耕”与“皇后亲蚕”之说，尽管那只是皇后在春天里到蚕坊里放几片桑叶做做样子，于民众却不失为一种示范和引导。种桑养蚕成了最早的副业项目，由此推动了纺织业的兴起与发展。

国人对桑树有难以细述的感情。成语中有“沧海桑田”一词，不言稻田麦田棉田而只说桑田，已见亲重；不但如此，桑与梓还共同构成了“故乡”的意象。《诗经·小雅·小弁》中亦有“维桑与梓，必恭敬止"之句，意思是说家乡的桑树与梓树是父母亲种的，对它要表示敬意。

吟桑咏梓，渐渐延续成一种文化意象。孟浩然赞"把酒话桑麻"，那种农耕时代自给自足、与世无争的清幽让心力交瘁的现代人悠然神往；李商隐喜以蚕喻爱情的至死不渝，"春蚕到死丝方尽"，一言道尽爱情的曲婉。

古代女子行止颇受规限，唯桑园和莲塘是可以昂然踏出行入的地方，因劳动是丰美无畏的。所以汉朝有乐府《陌上桑》，南朝有《采莲曲》，都是很有影响力的优美诗章。

《陌上桑》写一个叫秦罗敷的江南女子，生得貌美如花。莲步生香，惹人爱慕。"行者见罗敷，下担捋髭须，少年见罗敷，脱帽著帩头。耕者忘其犁，锄者忘其锄，来归相怨怒，但坐观罗敷。"

罗敷既静且贤。"罗敷喜蚕桑，采桑城南隅。"她走在长满桑树的大道旁，遇着一个男子。那男子是位居其上的高官，见过美女不少，仍为她的艳色惊动。

他倒也十分的有趣，屈身与罗敷交涉。这情调便很有意思，男曰："宁可共载不？"（你可愿意同我共乘一车而去？）女曰："使君一何愚！使君自有妇，罗敷自有夫。"（太守大人您这样是多么不该，你有老婆，我有丈夫。）接着，又极言自己丈夫出色。诗到这里而结，时人多赞罗敷的美貌和坚贞，却不知，这太守也是识理的，他依着自己的心意行事，却又不强忤别人的心意，这种委婉曲直正合中正之道。

《陌上桑》是中国式的艳遇，如同日照荷花，你若不欢喜，我便将光敛了去，照在别株上，总之正大光明。这故事也成就了一段词话，《采桑子》也从此有了《罗敷艳歌》《罗敷媚》的别称。

京剧《桑园会》亦是据此改编，女主角还是罗敷，她丈夫鲁国大夫秋胡却还不如太守地道。在外为官二十余年后，辞官回乡，在桑园遇妻罗敷，久别不敢冒认。秋胡故意以带信为名，调戏罗敷，罗敷愤而逃回。秋胡到家后，罗敷羞愤自缢，经秋胡母子急救脱险。母责秋胡，命其向罗敷赔礼，夫妻和好。

《采桑子》真正是一个很有张力的词牌名。全词四十四字，前后片各三平韵。别有添字格，两结句各添二字，两平韵，一叠韵，属“双调”，唱起来婉转清丽。

可是，容若这首《采桑子》，没有《陌上桑》那种平实和婉丽，只有回忆凄凉。他又在夜间耿耿无眠，走到她曾经住过的院子里。想起少年时曾与恋人共立庭院，夜深了，燕儿宿在梁上，月儿照在墙上，景色端的真切，分明是月夜夏雨后，蔷薇水晶帘。夜色微茫之中，闻得一阵阵香，却又辨不清是哪一丛花儿送来的，也不知道是哪一种花香，这种渺茫的喜悦却如春事烂漫到难管难收。两人并肩赏风月。可惜，后来人事变迁，风波乍起。两人竟无缘厮守。

上阕回忆两小无猜的甜美，恰如人世的春光无限；而下阕的“零落”“雨凉”则打碎春光，道出现实如暮冬的残酷清冷。

读这首词，蓦然就想起了“时间太瘦，指缝太宽”这句话。滔滔逝水，急急流年，十一年弹指飞过，回首前尘，恍如一梦。凄凉又如何！

《饮水词》中的某些爱情词，意境迷离之处颇得李商隐无题诗的妙处。我们说不清这到底是写给谁的，是少年时的恋人，还是早殇的妻子？诗词有两种风格，词旨鲜明亮烈的是一种，朦胧暧昧的是另一种，不管哪种，只要妙句迭出，引人深思就自有受众。

“此情已自成追忆”，“十一年前梦一场”！比起李义山的“惘然”更清醒，更有现实的痛楚。“惘然”如梦醒时抬头看见窗前淡泊月光。无意间错过还有余地自谅，可以悔恨凭吊。梦醒了，只有碎片扎在心上，连凭吊都是奢侈的事。

不是每个人，在蓦然回首时，都有机会看见灯火阑珊处等候的那个人。于是，只能在回忆里众里寻她千百度。

相爱亦如造梦。死去或者离开的，梦醒不醒都万事皆休，提前解脱。活着的，留在梦境里走不出来的那个人，才是最哀苦的。被回忆禁锢着承担两个人的一切。

【采桑子】

而今才道当时错，心绪凄迷。

红泪偷垂。满眼春风百事非。

情知此后来无计，强说欢期。

一别如斯。落尽梨花月又西。

【当时错】

这首《采桑子》所怀之人是谁，自然不会是卢氏。容若一生情事虽然不多，却也不少。除却入宫的恋人、侍妾颜氏、正妻卢氏、继妻官氏，他和江南才女沈宛还有一段影影绰绰的轶情事。八卦一下，我觉得这首词不太像悼亡词，也不是写给官氏和颜氏的意思。当可在入宫的恋人和沈宛二人之间定夺。

上阕争议不大，总之是容若的自责自悔而已。"心绪凄迷"，四个字说破彼时心境。那么来看下阕："情知此后来无计，强说欢期。"清宫制宫女入宫限十年，满则出宫听父母领回，自主婚嫁。其间遇到皇帝心血来潮，还有可能特赦一把，提前释放。像雍正年间，就有过放入宫的秀女回家的例子。因此与恋人作约虽然渺茫，以容若那种认死扣的性格，与她约定是有可能的。“强说欢期”，倒不一定是因为男人吃着碗里的，看着锅里的，还要想着菜地里的。爱情的誓言从来都带着自觉不自觉的习惯性夸张，不这样不切实际怎么能显得爱得忘乎所以呢？

据说容若当年在好友顾梁汾的牵引下，与江南才女沈宛相慕相识相知相亲。可惜限于满汉两族不得通婚的朝廷禁令、明珠的反对而不得相守。临别时两人有约，也说得通。因此究竟这个“欢期”是在他挥别沈宛北上回京之时“强说”的，还是他与恋人分别时为了安慰对方所定的，都在两可之间。

细说这些，是为了观者更了解容若，能更准确地把握住《饮水词》的某些曲婉词意。了解一个人的经历，才能了解一个人的心思。

有些事，不解前因，就是看到结果也会茫然。只是不必在这些事上一味纠缠。毕竟我们不是狗仔队，也不是考据学家。真正所在意的，不是容若的情感历程，而是他因为有情发出的感慨。能感动人的，终是那些超越自身情绪的微妙情绪，像萤火一样短暂却耀眼。

深隐的恋情时时萦绕于怀，流诸笔端就成了这阕哀伤凄美的怀人之作。容若毫不造作，把对爱人的一片深情以及当时被迫分离，最终永难相见的痛苦与思念表达得淋漓尽致。平易的语言流露出的是他一贯的率真情意，因相思衍生的凄苦无奈。

“而今才道当时错”一句真挚袭人，是本词的“龙睛”。纳兰公子的一声叹息不知又勾得多少人心有戚戚，念念于心！一直觉得，容若比我们勇敢，他是纯真孩童，敢于面对自己承认错，我们总是狡黠地羞愧着，遮掩着心里想别人帮我们承担错。

容若词中每多梨花的意象。读他的词时有梨花零落的清冷之感，蓦然看见一树梨花开在山坳的惊艳。

用梨花化境并非容若独创。唐郑谷《下第退居二首》之一：“落尽梨花春又了，破篱残雨晚莺啼。”宋梅尧臣在《苏幕遮》中更有“落尽梨花春又了，满地残阳，翠色和烟老”之句。寥寥几笔，清丽疏淡。这样说起来，好像容若很难有新的突破，很容易落入前人桎梏，实际上容若对梨花意境的描摹偏偏能够撇开前人，使原有的意境更加生动深刻。他又喜欢写月，爱用“月”字创出凄迷冷艳的意境。梨花和月若梅花惹雪，别是一种肌骨。

最根本的原因在于，容若用情太深，这份情超越了前辈，他对梨花就像林逋对梅花，已经不是一种物我两望的欣赏，而是物我两忘的精神寄托。

容若借“落尽梨花”暗语永难相见，人与花俱憔悴。梨花落尽既是眼前之真实春景，也是“满眼春风”造成的恶果，是“百事非”中的一例。

春风虽会带来满园春色，有时亦是吹落满树娇花的元凶。李煜名句：“林花谢了春红，太匆匆，无奈朝来寒雨晚来风。”可为明证。

在感情经历上，容若和陆游其实有点同病相怜的味道。容若说："满眼春风百事非。"陆游叹："东风恶，欢情薄，一怀愁绪，几年离索。"可见都是由父母或者外力因素强加干预造成的感情缺憾。有感情的不能在一起，没有感情的一定要扯在一起，封建家长们惯会这样自以为是地乱点鸳鸯谱。

风动梨花，淡烟软月中，翩翩归来的，是佳人的一点幽心，化作梨花落入你手心。一别如斯啊，常常别一次，就错了一生。

【山花子】

风絮飘残已化萍。泥莲刚倩藕丝萦。

珍重别拈香一瓣，记前生。

人到情多情转薄，而今真个悔多情。

又到断肠回首处，泪偷零。

【悔多情】

又是一首让我束手无策，根本无法去强解的词。这首《山花子》是很多人的至爱。如张九龄诗“海上生明月，天涯共此时”的杳然广大，宽容到可以让每个人把自己的意念放置进去。

不经意想起，李寻欢和林诗音的惨淡爱情，容若这一首虚词，用古龙书里的人物故事做注解最好。

古龙去世的时候，有人写了一副悼联：“小李飞刀成绝响，人间不见楚留香。”而古龙自己也承认《多情剑客无情剑》是他放置个人意念最多的一部书。忠恕，坚毅，书剑风流，武艺超绝。李寻欢是寄托了古龙全部理想的完美人格代表，李寻欢这样的男人如果硬要说有缺点的话，那就是太过于想把自己完美成道德标本，对感情过分谦让，拖泥带水了。

因为龙啸云救过他，因为龙啸云也爱上了林诗音，他就自行发配，自我流放，主动退出把林诗音让给龙啸云，这是个可笑到极致的不等量代换。这个男人，你骂他，他步步行的都是君子之道，舍己为人，每一个决定做出的时候，心里都是充满痛苦和带有自我牺牲意识的。龙啸云的幸福，林诗音的幸福，甚至包括他们的生活来源，他什么都想到了，唯独没考虑过林诗音愿不愿意。她是否甘心遵从这样的安排？她是否愿意嫁给龙啸云？

柳絮入水而化为萍，两者皆是飘零之物。林诗音的命运如容若的恋人一样，都是不能自主，煞是凄凉。

或许，在李寻欢的潜意识里，女人也是柳絮飘萍之类的无主之物，命运（男人）怎样安排她们就该怎样去生活，所以他自觉可以替林诗音做决定。

结果，他带着一身的伤痛离开了。那个自以为周全的安排，只是他埋伏在三个人当中的定时炸弹。在很多年后，终于引发了毁灭性的悲剧。其实他只要想一想，如果事情反转过来，是龙啸云处在李寻欢的位置上，他会把爱人拱手相让吗？

像塘中的荷花内里有藕丝缠绕，他心内对林诗音的情丝也是至死难解的。十年的塞外生活，使得一切恍如前生事，实际上他始终无法忘记那场离伤。

虽然他是默默地离开，林诗音没有去送他，没有临别依依的嘱咐，可是谁都知道，李寻欢始终是开在她心壁上致命的妖花，时时刻刻地撩动，撩起前生事。

在前生之前，花月静好。我们可以安然地待在一起，不受任何外事的支配和干扰。可是命运突然掉转方向，出现巨大罅隙。人的一生被折断，灵魂落在前生，身体跌进后世。相爱太艰难，两处长相忆，唯有心香一瓣，记取前生。

龙啸云更不快乐。在李寻欢面前，他没有任何的自得可言。人说起他，总说你是李寻欢的结拜大哥。林诗音是遵从李寻欢的安排而嫁给他，而不是因为爱他而嫁给他。他的成全成为他最大的耻辱。

最重要的是林诗音从来就没有忘记过李寻欢，也没打算忘记他。若说李寻欢是为了龙啸云牺牲，林诗音就是在为李寻欢牺牲，如容若说的"人到情多情转薄"。这份薄，不是对你的感情被时光洗得发白，而似花开过后内里沉默淡定。为着这个人，做什么也会坦然，像呼吸一样自然。它变得和生命一样坚定稳固了，寄生在我身体里，与我同生同死。

直到某天，我竟然拿不出什么东西去证明我爱你了，可我还是一丝未减地爱你。多情，终于轮回成无情。

十年之后，面对他的回归，龙啸云怨艾地如一妇人。他说，你不该回来的。可笑李寻欢一世聪明,竟然不了解人心。他不晓得自己是覆盖龙啸云毕生努力的蛮横阴影。对一个男人而言,他的成就不被认同,他的家业,甚至连妻子都是别人让给他的,这施舍的味道太重,叫人不堪。

龙啸云是有理由嫉妒和痛恨李寻欢的。这男人太强大,太完美,美好得让人心生憎恨之心。他像明镜台,映衬你心底积满的尘埃,卑微不堪。

再相见,旧时记忆被理智封印,看似掀不起波澜了,从表面看来三个人相处甚安。其实只有爱上一个人,爱得太深了以后,才懂得若无其事,才会觉得无可言说,相处变得像喝水吃饭一样寻常平淡。

对于已经习惯双双站在台上演戏配合默契的龙啸云和林诗音而言,李寻欢的出现只会撞碎他们辛苦维持的幸福假象。虽然一直是三个人的戏,李寻欢是隐形的存在还是真实的存在,引发的后果绝对不一样。

于是又有了十年之后的恩怨纠缠。貌似完美的幸福家庭被摧毁,李寻欢就是这股不期而遇的飓风,他伤害别人也伤害自己。龙啸云死了,龙小云被报仇蒙蔽了双眼,最清醒痛苦的只有林诗音。当年是李寻欢的决定一手断送掉她一生的幸福,如今又因为他断送了这些年的平静生活。

最无奈的,是她明知是他的错,却偏偏无法恨他。半世飘零,李寻欢已经算是断肠人在天涯了,林诗音却是天涯未至肠断尽,回首半生泪偷零。

“而今真个悔多情”，说悔不曾悔，只是付诸你身上的感情太重，回忆太深。我几乎灭顶。始终，不是一个擅于遗忘的人。我们这些人都不是！这一切，都是由于决定的错误。一个错误的决定会导致人生的错乱，崩盘。

若爱上一个人，不要一味地相让，感情是放诞而不讲礼数的。先尽力去争取吧。虽然天意时常不遂人愿，但是尽力试过，总比惘然错失要好。如果，你读到这首词会怅然，那么，请留住你的眼泪。为什么还要让这遗憾继续蔓延？

【山花子】

欲话心情梦已阑。镜中依约见春山。

方悔从前真草草，等闲看。

环佩只应归月下，钿钗何意寄人间。

多少滴残红蜡泪。几时干。

【见春山】

司马相如是最有艳福的文人。《西京杂记》里赞他夫人："文君姣好，眉色如望远山，脸际常若芙蓉，肌肤柔滑如脂。"古典美女容貌上的优点，卓文君一不小心占全了。不幸她还绝顶聪慧，有谋略，有决断。

刘歆在《西京杂记》里对卓文君容貌的宣传太到位，他将女子眉毛比做远山的比喻又实在太精辟，导致后世文人顺着前辈的思路走下去，孜孜不倦地研发了"眉若远山""眉若春山""春山翠""春山远"等词。久而久之，"春山"便成了女子双眉的代名词。女性画眉所用的“黛”是用一种叫石黛的青黑色矿石加入麝香等香料制成的，所以红楼里宝玉论黛玉，又有“眉色如黛”的说法。

人的五官很有意思。唇齿是亲人间相依，眉目却是情人间的挑弄，必定要不安于室才有吸引力。如果一个女人生得双目无神，双眉刻板，那她一定没有什么男人缘，因为首先，眉目不会生情，再好的容貌也退为平庸，不会开出情花。你若看有人被赞“面若桃花”，那她的眉目一定生动撩人。

可惜任卓文君才貌兼备，司马相如却依然在娶到她之后，得陇望蜀地想纳妾，气得卓文君说出“闻君有两意，故来相决绝”的狠话，这才把他那点花花肠子吓回去。

话说回来，世事仍是公平的，有司马相如那样不知惜福的男人，就一定有张敞和容若那样温柔解意的男人。这是上天对女人的补偿。据《汉书·张敞传》记载：京兆尹张敞和妻子情深，妻子化妆时，他就为妻子把笔画眉，被长安人笑为“张京兆眉怃”。后来汉宣帝亲自过问这件事，张敞对曰：“臣闻闺房之内，夫妇之私，有过于画眉者。”张敞的回答既巧妙又在情理之中，汉宣帝明理爱才，当然不会难为张京兆，自此又多了一段流传千古的佳话。

张京兆画眉实际上是画情，正因为如此，才为后人追慕。唐玄宗有首婉约的小令《好时光》：

宝髻偏宜宫样，莲脸嫩，体红香。眉黛不须张敞画，天教入鬓长。　　莫倚倾国貌,嫁取个有情郎。彼此当年少,莫负好时光。

连皇帝都发了画眉意,可见,两情浓处眉山目水相映,真是动人心意的韵事。元邵亨贞《沁园春》中写:"扫黛嫌浓,涂铅讶浅,能画张郎不自由。"大约是诗人效仿张郎给夫人画眉,不得其法反被嗔怨的自嘲。张潮更是性情中人,直截道:"大丈夫苟不能干云直上,吐气扬眉,便须坐绿窗前,与诸美人共相眉语,当晓妆时,为染螺子黛,亦殊不恶。"和那句"无情未必真豪杰"不谋而合。

容若的恋人双眉想来也是极出色的。他心中念念不忘,词中就时有流露。容若不少描写恋人双眉的句子,都极出色,并不如他自责所说的"草草,等闲看"。此词就是写容若做梦,梦中见到恋人对镜描眉,醒来后惆怅难过。唯有台前红烛,滴残红泪,似解心意。从"环佩"和"钿钗"的用典来看,容若所写的女子不是卢氏,而是早年被送入宫的恋人。因为王昭君和杨贵妃都是宫门中人。

"欲话心情梦已阑",是这阕词里我最喜欢的一句。也是这一句,带出了全词欲说还休的沉痛。人生,有多少事多少情绪是说不清道不明的呢?而等你想去说明的时候,已经没有机会了。在珍惜和忽略、得到与失去之间,人不断地辗转。

你如黛的双眉,似颦非颦地笼住了我的心意。到底要爱你多久,才会不再爱你,才能忘记关于你的一切,逃开你眼耳鼻舌身意的反复纠缠。

如果时间能把我对你的思念稀释了,就不会在醒来的时候莫名地失神。

你是,我逃不脱的一场烟罗。

【山花子】

林下荒苔道韫家。生怜玉骨委尘沙。

愁向风前无处说，数归鸦。

半世浮萍随逝水，一宵冷雨葬名花。

魂似柳绵吹欲碎，绕天涯。

【葬名花】

最初读到《红楼梦》时很为黛玉葬花的艳美惊动，不知道曹公是怎么想出来的。这种经典的场景，在以往的文学名著里还没有如此完美地被呈现描绘过。后来，读到《饮水词》看见纳兰词中每多“葬花”的字眼：“葬花天气”“一宵冷雨葬名花”等语，才知道任何艺术都是有迹可循，包括天上掉下个林妹妹：“黛玉葬花”。

说雪芹受了容若的启发是有根据的。雪芹的祖父曹寅和容若同为康熙近臣，相交甚深，对容若生平之事也有所了解，祖辈的讲述让故事渐渐流传下来，何况还有《饮水词》做注解。文人的心思细密，以雪芹的聪明想了解揣测往事并不困难。在写《红楼》时适当地化用这些凄艳往事，衍延而成一段经典也在情理之中。

《世说新语》称：谢道韫"神情散朗，故有林下风气"。谢道韫这样的女子，气质清华。她的风致不但使当时人为之心折，千年以后仍被人津津乐道。容若在《饮水词》中提及恋人屡有"谢娘""道韫""柳絮""林下风"等语。苏雪林论证容若恋人姓谢，不是无凭。但若据此推断黛玉姓谢，恐怕会惹得一干红迷跳脚。

通过容若的描述和引用可以相信，他的恋人必定是一个气质出尘、才华出众，谢道韫式的女人；如果形象一点，我们可以想象她是接近林黛玉的类型。

关于女人，中国文学史上有两大经典而不可超越的比喻，一是源自《诗经·桃夭》的比喻，将女人比做花；二是出自汉成帝妃合德的"红颜祸水"一词。"半世浮萍随逝水，一宵冷雨葬名花。"容若完美而洗练地将两个关于女人最美最诱惑的说法结合起来，带出落花流水的凄艳，其间暗用杨妃典，有声有色，于凄切中显现出一种华丽的悲凉。

这首《山花子》堪称容若词的代表作之一，将典故与情语交织运用自如。情思绵邈，冷峭浅显中寓有深意，带出无限惆怅萧瑟。

几乎，这是一首没有写明是悼亡的悼亡词。悼的是谁，应不是卢氏。因为卢氏是高门名宦之女，嫁与纳兰，正是郎才女貌，门当户对。纵然先容若而亡，也不过是福薄缘浅，谈不上"半世浮萍随逝水，一宵冷雨葬名花”的飘零。我是赞同清无名氏《赁庑笔记》中的说法：“纳兰眷一女，绝色也，有婚姻之约。旋此女入宫，顿成陌路。”《饮水词》中哀婉之作，很大一部分是为此姝所作。

爱人死去埋骨黄沙。因是帝嫔，容若只能将这痛苦压心里。伫立风中，满心愁绪无可诉说，皇帝的女人不可染指，连思念都要格外小心。

“愁向风前无处说，数归鸦。”化自辛弃疾的《玉蝴蝶》：“暮云多，佳人何处，数尽归鸦。”但是容若用的情意太深，生生把这种意境从老辛手里抢了过来。我们会随容若走入那个黄昏，看见他站在风中萧瑟的样子。天空有归巢的乌鸦飞过，哑哑枯叫，想着就觉得寒凉惊心。

除了《葬花吟》，黛玉还有一首较短的《唐多令》也是凄苦顽艳身世之叹尤重，是咏柳絮的，恰可与容若此词互证。

粉堕百花洲，香残燕子楼，一团团逐对成球。飘泊亦如人命薄，空缱绻，说风流。　　草木也知愁，韶华竟白头！叹今生谁舍谁收？嫁与东风春不管，凭尔去，忍淹留。

从男女不同角度比对赏之，更解其意。黛玉将自己比作柳絮，形象地说明了自己一生无着，只能随风飘散，不能自主。而容若“魂似柳绵吹欲碎，绕天涯”，香艳凄苦兼而有之，将香魂比作柳絮本已够叫人徒叹飘零，“绕天涯”更点出伊人孤苦，有家归不得，有爱不能相守。

觉得古代的女子很可怜，三从四德，箍死了一生，命运如同浮萍柳絮随水随风，无可自主。以前会觉得黛玉太悲切了，看人生如此悲观，现在才知道她才是真正的格物致知。纵然现在的女子，百事可为，看起来不弱男人又怎样？那种不弱，始终是弱。就像苏青说，我看见屋子里的每样东西都是我自己花钱买的，可是那有什么值得欢喜的呢？

我们输给的，本就不是同类，不是迂腐严谨的规范，而是人生的不可预知。

现在见人匍匐在佛前，不会觉得他们愚昧卑微，反而会肃然。天地之间，留给人所行的小道，才是人生。我们所执的态度，本就该是谦恭的。

【摊破浣溪沙】

一霎灯前醉不醒。恨如春梦畏分明。

澹月澹云窗外雨，一声声。

人到情多情转薄，而今真个不多情。

又听鹧鸪啼遍了，短长亭。

【不多情】

词牌《摊破浣溪沙》其实就是《山花子》，文人给词牌起名字一定要遵循时代的标准和自己的喜好。给它起个合意的名字，就仿佛它和自己亲，成了情人一样，心里舒服了，灵感也容易找到些。其实两者的格律是一样的。

容我来说说《山花子》为何叫作《摊破浣溪沙》。《饮水词》中《浣溪沙》就最多。《词谱》取“五代李璟词，注唐教坊曲名”。(李璟就是李后主的老爹，父子俩爱好颇一致，都好音律，擅填词。)

《摊破浣溪沙》实际上就是由《浣溪沙》摊破而来。所谓“摊破”，是把《浣溪沙》前后阕的结尾，七字一句摊破为十字，成为七字一句、三字一句，原来七字句的平脚改为仄韵，把平韵移到三字句末，平仄也相应有所变动。李璟那首词在《词律》中词牌就直接标为《摊破浣溪沙》。此后的词人觉得好就一直沿用。

这首词可与“风絮飘残已化萍”比对来看，都是自怜自伤太甚的哀词。无论是“悔”或是“不”，总归还是免不了为情所困……所不同的是，这首词抒写的是离情，在技巧上借用了外界的景物作为内心的映衬。

“风絮飘残已化萍”像一幅静态的画，旁边题着作者的心语。而“一霎灯前醉不醒”则似一组动静交替的画面。虽然在感情的直接冲击力上有所削弱，情景交融互相映衬，在表现手法上又相对丰富很多。全词以“一霎灯前醉不醒”起句，又以“又听鹧鸪啼遍了，短长亭”做结，上下片结构相似，皆做前景后情之语，交织浑成。犹如人从梦中惊起，尚带着三分迷惘。全词似醒似醉，意境飘摇。

容若这样神经纤细的人，他的离愁注定就比别人沉重，一悲起来有普天万物同悲的味道。在他为离别所伤的时候，云和月在雨夜疏疏淡淡，看上去也是蒙蒙欲泪垂的样子。当真是愁情难遣梦也悲，不梦也悲。唐人张泌《寄人》诗有：“倚柱寻思倍惆怅，一场春梦不分明。”容若此处将张诗中的“不”翻做“畏”字，化原诗的惆怅之情为矛盾哀沉。

因为愁浓，醉得分外快，仿佛一刹那就在灯前沉醉了，又不愿从梦中清醒过来面对离别；害怕醉中梦境和现实对立分明，面目全非，叫人如何自处？偏偏在这似梦非梦，愁恨盈怀的时候，窗外的雨声淅沥不断。离人苦夜长，雨夜更是使得孤寂格外寒凉尖锐。

以三更雨衬写离愁，清冷生动。出自花间派的鼻祖温庭筠《更漏子》：

> 玉炉香，红烛泪，偏照画堂秋思。眉翠薄，鬓云残，夜长衾枕寒。　　梧桐树，三更雨，不道离情正苦。一叶叶，一声声，空阶滴到明。

打在梧桐叶上的雨，滴滴如敲打在心坎上。既突出“离情”之“苦”，亦反映出离人长夜难眠思忆不绝，正合王国维“一切景语皆情语”之说，“物”皆着“我”之情也！

三更雨映离愁，因为太精妙贴切，就像刘希夷的《代悲白头翁》中“年年岁岁花相似，岁岁年年人不同”的妙句，引发后世文坛巨大震撼一样，温庭筠发明创造了妙喻之后，古人多有化用，沿成词中一成俗。容若此词中所述的心情和心境，与飞卿词大同。“盗意”不“盗境”。

他的两首词，都有“人到情多情转薄”之语，也许容若本人对此感慨良深吧！

情感是连绵的，却也是渐入的。“真个”这看似极平常极淡的两字，却是险要，值得再三玩味。少了这两个字品不出容若比秋莲还苦的心。前番是情深转薄，现在是情深到无。还要加上“真个”两字强调，越读越有“愁多翻自笑，欢极却含啼”的意味。

人什么时候才说反语，是身不由己时，还是言不由衷却不愿被人看破时？反语一旦读破，就像谎言一旦拆穿。有时比直语更让人心酸。“而今真个不多情”看似比“而今真个悔多情”果决，其实心意更凄婉。不多情的人像自绝天日的草木，即使生长，也深陷幽暗冷腻的沼泽里。

古人认为鹧鸪的叫声像在说“行不得也哥哥”。长亭作别，连鸟都懂得愁苦，求你不要远行。如非必要，请不要离别。因为时间会冲淡感情。人生却又是矛盾的，有时候唯有离别才能更深地体会到被人牵挂的温暖和快乐。

我憎恨离别。但若，离别能让你牵挂我，我愿意——离开你。

【南乡子】

为亡妇题照

泪咽却无声。只向从前悔薄情。

凭仗丹青重省识，盈盈。一片伤心画不成。

别语忒分明。午夜鹣鹣梦早醒。

卿自早醒侬自梦，更更。泣尽风檐夜雨铃。

【夜雨铃】

一遇到容若的悼亡词，他这样言浅意深的感慨，我就会失语，觉得任何的注释和解释都是多余的，也是徒劳。从来，我亦反对将诗词的意思逐字逐句地翻译，个人的理解，只能代表一个人的理解。强自去解释，等同画蛇添足。字字句句中感受多少，只看个人的经历和悟性。

上阕的词眼在“只向从前悔薄情”，这句好在道前人未道，而道破人心同感。“薄情”并不是真的薄情。对亡人总似有亏欠，因为爱心应无尽处。因为自悔薄情，才有一片伤心画不成的遗憾，下阕的词眼在“卿自早醒侬自梦”。全词以泪起篇，以泣结句，无限伤心尽在不言中。

人与人之间的关系是一种偿还。欠了别人的一定会还。因果循环。有时候是以你清楚的方式，有时候是你不自知的方式。卢氏在的时候，容若未必会如此在意她。

“卿自早醒侬自梦”，容若的可爱之处在于够坦白，敢于承认自己当时仍沉溺在往事的旧梦里，放任她在他的心境梦境之外流离失所。

彼此之间存在着爱的真实缺失，如隔河各自落寞而行。卢氏的苦楚是不可言说的。“我宁愿你抱着别人的时候，心里想到我，也不愿你抱着我的时候想着别人。”她该有这样哀怨的心肠吧。

但她选择忍耐，是因为爱，善良，亦是因为卢氏有分寸自知。他是她所不明的男子，身份华贵，心事迷离。他像月下桃花，开得那样娇贵那样好。她自知无法获得他的全部，甚至连十分之一都未得到。

容若心田寂寥广阔，又遮蔓不明，她甚至不知这迷雾之后藏住怎样路径。但她决意进入，不虑回头。爱总是这样，它让人充沛而疲惫。

彼时并无离婚和再嫁的多重选择，家世名声所限，他又是木秀于林的男子；她有意无意间，只能一边遵照自己的心意，一边听从世俗的掌控义无反顾地勉力维持婚姻关系，爱他爱到生命终结。

我们赞美容若深情的时候，也应能感受卢氏的善良。她其实更深情。如若她是河东狮，如若不是她甘心用青春去陪祭容若，容若的回忆、爱情能够如此宁静无瑕吗？她对他情意深重，如斯如斯。在她死后，容若终于惊觉……

夜雨敲打着檐下的铃铛，我不知道，它是在哭泣，是在为你惋惜，还是替我悔恨。当日，是我不能领略你心头的苦情，所以任你一人冷落，独对月阑。今日，我终能解你情衷，却已于事无补。

现在，我为你流泪。偿还以前，你为我流的泪。

雨霖铃，叫人想起千年前那个抱恨终身的男人——唐明皇。他终于到达四川，霖雨弥旬，在栈道上，他经受着凄雨加身，听见铃声，勉力忍耐的悲苦终于在夜晚倾巢而出。在剑阁，玄宗采其声为《雨霖铃》曲，以寄幽恨。

马嵬坡上他赐死了自己的妻子，也赐死了自己。比翼鸟和连理枝的誓言，他其实没有违背。那个英明神武的李隆基早就死了，随玉环一起飞离尘世之外。活下来的，不过是一个会在雨夜闻铃断肠的柔弱男人。

柳永的《雨霖铃》说："此去经年，应是良辰好景虚设，便纵有千种风情，更与何人说……"几句话道尽离伤。他是生离尚且如此感慨，死别就更让人不堪。

你不在身边，无论今宵，酒醒何处，也不过杨柳岸、晓风残月。人过画堂，满地月光惘然。

悼亡，是一种追念，回忆越深情越刻骨，表示你亏欠别人的情感越多。爱一个人，无须太计较，若觉得甘愿就妥帖付出，真正的感情交付若存在问题，也只有先后的问题。如同花期错落，你开在暮春，他盛于夏初。

感情有时会如小孩，淘气迷路。然而它本性是纯良。只要你能够用等待一树花开的平和之心，静候它的回归，某天他亏欠你的，一定会以你不自知的方式悄悄偿还。

【南乡子】

柳沟晓发

灯影伴鸣梭。织女依然怨隔河。

曙色远连山色起，青螺。回首微茫忆翠蛾。

凄切客中过。料抵秋闺一半多。

一世疏狂应为著，横波。作个鸳鸯消得么。

【忆翠蛾】

这是柳沟的清晨，容若为妻子所作的词。词中用到“秋闺”，不一定是实指，却形象地说明了自己在外奔波时间之长。喜欢这首词是因为它有非常清淡的意境，而思念非常浓切。客思离情，依依为了心里那个等待自己的人而生。

早晨准备出发时天未透亮，隐隐仍有织女星。银河清浅，天际的织女星仍隐隐亮着，仰望青灰色的天空，银河的对岸，今夜不见牵牛星在。明明知道是传说，天上本没有牛郎织女的离散，可是它被人衍延成故事，被人传诵，因为人间真有这种离愁。

《古诗十九首》之十有:

迢迢牵牛星,皎皎河汉女。纤纤擢素手,札札弄机杼。终日不成章,泣涕零如雨。河汉清且浅,相去复几许。盈盈一水间,脉脉不得语。

这哪里写的是天界,明明就是人间横塘人家的情绪。

渐渐天色亮起。“曙色远连山色起”,写活日色乍新的美。临行回首微茫青山,由形似翠蛾的远山想起妻子的双眉。妻子在家中等候多时,自身被外事羁绊,思归不可归,对前程劳碌倦怠,心生不知身在何处的茫然。

容若在给严绳孙的信中说:“弟胸中块垒,非酒可浇,庶几得慧心人,以晤言消之而已。沦落之余,久欲葬身柔乡,不知得如鄙人之愿否耳?”这段话可作为此词的绝好注解。

他不爱这离家远行的劳顿,不是因为懒散,而是皇命重任在他心里,只是束缚他的绳索。在别人眼中可以赢得皇帝器重的金贵差事,抵不上所爱女子的一双横波目。“一世疏狂”四字展露容若心曲,可惜他始终也没疏狂起来,只是一只被囚禁在金笼里引吭高歌的鸟。天空注定此生无缘。

身为女子,亦通常会陷入这种挣扎矛盾中,即你是要自己的夫婿出人头地,还是无风无浪,做个寻常居家男子,与你柴米油盐,度此一生。绝不是现在的女人才有这样选择的烦恼，否则古时不会出现那么多闺怨诗，不会有人叹，“悔教夫婿觅封侯”；不会有人怨，“早知潮有信，嫁与弄潮儿”。

男人，若无事业，等同在这世上失去了现实的土壤，久了，自然会枝叶枯败，光彩黯淡，失败所带来的催逼，会使得内心焦灼，变得落魄暴戾。嫁给这样的男子，待时光洗去淡泊，剩下落泊时，你还能这样义无反顾心无别念地爱他么？

夫妻间最美的牵挂，是李商隐说出的。这个落魄的男人，行走在险隘的官场，一生都不太得志。足下千仞，如履薄冰。为了生计，不得不长年在外辛苦奔波。现实无情，可是偏偏是他说出了最温情的话。“何当共剪西窗烛，却话巴山夜语时。”

真正可以信赖的感情不会因压力而变质，夫妻间的温情关切更不应因距离而淡漠冷却。在事业和厮守之间，你的牵挂是唯一的桥。

【南乡子】

何处淬吴钩。一片城荒枕碧流。

曾是当年龙战地，飕飕。塞草霜风满地秋。

霸业等闲休。跃马横戈总白头。

莫把韶华轻换了，封侯。多少英雄只废丘。

【淬吴钩】

所谓“吴钩”，是指刀刃为曲线形的吴国刀。这种刀刃呈曲线的曲刀，是春秋时代由吴王下令制造的。《吴越春秋》载，吴王阖闾已得莫耶剑，复命人做金钩。有人贪吴王重赏，杀其二子，以血涂于钩，遂成二钩献吴王。因其锋利无比，为后世称羡，故名。

杀子铸剑，一个残忍、利欲熏心的故事。不平凡的来历铸就了一柄宝剑，成了渴求建功立业者的利器。由此可见藏于温情面纱之后，人狰狞血腥的面孔。为了成功为了利益，我们可以牺牲的东西太多。时间，生命。

亲情只是庞杂情感系统中微小的部分，它的崩塌不会有致命的危险。虽然是不孝有三，无后为大，可那亦不过是为满足男人某种需要时亮出的通行证。不孝有三，无后为大的是女人，不是男人。为了百金的重赏，父亲可以杀了两个儿子，以血涂钩。是，人命这样贱，不过数十金。亲情这样轻，重不过一把剑。

“落日楼头，断鸿声里，江南游子。把吴钩看了，栏干拍遍，无人会，登临意。”这是辛弃疾的感慨。仁人志士通过看吴钩，拍栏杆，慷慨激昂地表达了自己意欲报效祖国，建功立业，而又无人领会的失意情怀。

文人在诗文中赞了又叹。吴钩剑的血腥气，被爱国、建功立业的辉煌所遮盖。一把自私自利的剑，化为一把光明和理想之剑。男儿配吴钩，是英雄豪气。吴钩霜雪明，侠客千里。

不会记得。不要记得。曾经，在这对剑诞生的最初，张口饮到的第一口鲜甜的血，是两个无辜的孩子，阴毒的人性蛰伏在血里。昂首待噬。那样的锋利又带着怎样的寒？

在利益和人性的角斗中，人性常常居于下风。

站在荒城楼上，曾经刀光剑影，豪杰征战的古战场如今已化作荒城，眼前景象使人徒生世事悠然之感。

浮生已随尘劫换，空江仍入大荒流。

沧海桑田的感觉强悍而凶猛，曾经触动过很多人。曾经在赤壁，生性超迈的东坡面对滔滔江水叹出了一首《念奴娇·赤壁怀古》——“大江东去，浪淘尽，千古风流人物。故垒西边……”容若作的是小令，不能有苏子一泻千里、波涛如怒的磅礴气势。事实上后世除了张养浩的“峰峦如聚，波涛如怒”八个字隐有苏子之风外，其他的怀古词，也真难有超越东坡这句气势胸襟的。

容若是聪明人，懂得用问句起拍，是省力而警醒的写法。一语发问，是慎思追远。自答一是“城荒”，二是“碧流”，一抑一扬之间，说出了生命的虚无，自然的无情之美来。

一千五百年间事，只有滩声似旧时。

怀古词说穿了，就是人痛苦的时间感。人类总逃不过自然的践踏。古今同梦，世事无常，兴亡无据，人生的感慨往大了说，总跳不开这几个圈子。

仿佛立在历史长河边看尽繁花开谢的智者，年轻的容若眼望人间的废墟发出了“霸业等闲休”的感慨。而“莫把韶华轻换了，封侯”一句既是对执迷功名的世人的奉劝，也透出了他对自己官宦生涯的厌弃与无奈。

怀古词偶尔也有睥睨天下，读来荡气回肠的，像毛泽东那首《沁园春·雪》，一样是怀古："惜秦皇汉武，略输文采；唐宗宋祖，稍逊风骚。一代天骄，成吉思汗，只识弯弓射大雕。俱往矣，数风流人物，还看今朝。”确是霸气到独步古今的地步。

这首《南乡子》不同于“灯影伴鸣梭”的温情缠绵。它如鱼肠出鞘，短小壮烈，神韵与“山河表里潼关路”“宫阙万间都做了土”遥遥相应。兵家必争的潼关，秦宫汉阙，万世功业全敌不过时间伸手，轻轻一点。

在流年中偷换的，只是流年。

早有评家指出：纳兰公子是盛世悲音者。他们反复论证着，这位白马轻裘的公子心中为何总有挥不散的浓愁；然后有人说，这显示了时代在个人身上的进步，容若的觉醒是个人思想的超拔，所以他注定不会影响太大。在他的时代，他是一个孤独的孱弱的先行者。至情至性本就是可以超越时空狭隘的。

与世间碌碌为功名所缚的男子不同，容若发自内心地厌弃虚妄功名和战争。值得称颂的怀古词，如容若和张养浩的作品。别于一般词家的，是他们的一片仁者之心。

诚如人言，江山如此多娇，引无数英雄尽折腰。英雄废丘是个人的事，争斗天下却是关系民生。这道理，古人八个字已说尽——兴，百姓苦！亡，百姓苦！

【梦江南】

昏鸦尽，小立恨因谁。急雪乍翻香阁絮，

轻风吹到胆瓶梅，心字已成灰。

【心字香】

古代文人对江南的迷恋，已到了无可救药的地步。交通会阻塞思想的交际，在出行艰难的古代，一个北地的人，想到南边来，简直就像一件惊天彻地的人生决定，足以举家提心吊胆。

所以出行宦游，不但要拿来说，而且要使劲掰开了说，说透说烂为止。有些文人虽然一再地抒发自己天涯羁客的孤独，心底却不免有得意和炫耀的意思。

须知古时很多人可能一辈子都没有出过自己所在的省，只在自己所处的小县城里转悠，在前辈的诗文中寻觅遥远江南的影子。越是不可触及,“江南”二字越是频频出现在诗文中,连词牌曲名亦以“江南”命名。

自古以来,江南便是中国文人的迷梦,沉淀着四季任何美丽的幻想。这种疯狂的痴迷是令其他的地区眼红却望尘莫及的。

《梦江南》有很多别名。一个曲牌词牌因其时代更迭而出现众多的小名,是文化发展的需要,亦是古典诗歌的惯例。比如《金缕曲》又叫《贺新郎》,《念奴娇》又叫《百字令》等等。我比较喜欢的《梦江南》别名有:《忆江南》和《谢秋娘》。

如果追溯的话,写得较早而又声名在外的《梦江南》要算白居易的《忆江南》二首:

江南好,风景旧曾谙。日出江花红胜火,春来江水绿如蓝。能不忆江南?

江南忆,最忆是杭州。山寺月中寻桂子,郡亭枕上看潮头。何日更重游?

最早知道《梦江南》这种小令就是因为白乐天这两首写得声色俱佳,撩人心眼的词。很多人中的杭州的毒也是被白乐天这老头下的。这种毒到现在好像还没什么解药,却不妨碍大家前赴后继。反正死不了人,不过是心里添了些惆怅幻想,这种酥软,好像西湖微雨洒落在皮肤。

词分小令、长调。小令短于长调，而《梦江南》又是小令中的短品，五句二十七个字，可见其简练。王国维在《人间词话》里说："词之为体，要眇宜修。"缪钺先生在《论词》中又将其深入浅显的概括为四个方面，即"其文小""其质轻""其径狭""其境隐"。容若小令丰神迥绝，婉如清扬，正合这四个要旨，而这首《梦江南》在他的《梦江南》组词里最是出色代表。

这首词，抒写的是黄昏独立思人的幽怨之情。题材常见，容若所取的也是寻常一个小景。但此寻常小景经他描摹，便极精美幽微。尤以结句最妙，一语双关。"心字已成灰"既是实景又有深喻，既指香已燃尽，也指独立者心如死灰，很是耐人寻味。此词一般解做闺情词，是女子在冬日黄昏思念心上人，然解做容若思念意中人也未尝不可。他本就多情如斯。

关于心字香，有极优美繁复的做法，据范石湖《骖鸾录》记载："番禺人作心字香，用素馨茉莉半开者著净器中，以沉香薄劈层层相间，密封之，日一易，不待花蔫，花过香成。"所谓心字香，就是用香末索篆成心字的香。

而关于心字香最美的描写，不是容若的"心字已成灰"。而是蒋捷的《一剪梅》：

一片春愁待酒浇，江上舟摇，楼上帘招，秋娘渡与泰娘桥。

风又飘飘，雨又萧萧。　　何日归家洗客袍？银字笙调，心字香烧。流光容易把人抛，红了樱桃，绿了芭蕉。

蒋捷生逢乱世，一生流离落泊。词中凄凉意是经现实锻打后的沉重，容若的凄凉则近于轻盈。他究竟是个没吃过大苦的人，真落泊和假落泊之间，好像真品和赝品，是不能仔细比对的。

将两首词比并起来读，会感觉到容若的"心字已成灰"出语清稚，似年少者陷入情感时的缠绵幻想，感情也是真的，但小题大做。而蒋捷的"银字笙调，心字香烧"抒发的是在尘世颠沛后的真切渴望，看似随意地说了两件回家想做的事情。这种想法更近于人成熟后，心中对寻常温暖的思忆，一如生活本身沉着实际。

银笙声声衬着天涯游子的心香飘摇，归乡之念绵延却始终杳杳。某日醒来惊觉流光已把人抛闪。流光无情比起自觉心如死灰，更叫人心下惘然。

【望江南】

挑灯坐，坐久忆年时。薄雾笼花娇欲泣，

夜深微月下杨枝。催道太眠迟。

憔悴去，此恨有谁知。天上人间俱怅望，

经声佛火两凄迷。未梦已先疑。

【忆年时】

赵秀亭《纳兰丛话》(续)："性德有双调《望江南》二首，俱作于双林禅院。……此二词，显然为悼怀卢氏之作。其可怪者，何为屡栖佛寺？又何为每至佛寺辄生悼亡之感？久久寻思，始得恍然，盖卢氏卒康熙十六年(1677年)五月，葬于十七年七月，其间一年有余，灵柩必暂厝于双林禅院也。性德不时入寺守灵，遂而有怀思诸作。《望江南》第一阕有'暗飘金井叶'句，当为康熙十六年秋作；第二阕有'忆年时'句，则必作于康熙十七年。……据《日下旧闻》《天府广记》等载，双林禅院在阜成门外二里沟，初建于万历四年。"

容若宿于寺舍僧房，不但不能遗忘世俗情孽，反而在清净中更勾起对亡妻的刻骨怀念。他并非一朝踏破情关，而是在这种似悟非悟的心灰意冷中继续自我深陷，对前情更不能忘。

据1961年发现的纳兰致好友张纯修的手简中写道："亡妇灵柩决于十七日行矣，生死殊途，一别如雨，此后但以浊酒浇坟土，洒酸泪以当一面耳。嗟夫悲矣！"可知卢氏落葬以后，容若的心情并没有平复的迹象。

第二阕亦写自己禅院枯坐，时日飞转，已是翌年，耳听得秋风秋雨消磨，心里前尘旧事如灯影飘摇，被禅钟诵经声惊动。耳中所听、眼中所见都是凄迷情景，更增添了惆怅。内心似悟非悟，像站在秋风原野上一片荒芜迷惘。全词意境语调如杜鹃啼血，声声切切，叫人不忍卒读。

程垓《满江红》词中有"薄霭笼花天欲暮，小风吹角声初咽"之句，容若将"天欲暮"改作"娇欲泣"，传神而生动，把薄雾下沾露的花枝那股娇怯可怜，仿佛美人带泪的样子活现纸上。明写物，暗为写人，此三字之易，已重造一番意境。

"未梦已先疑"一句词到，意到；然而，词未尽，意也未尽，是此词筋骨。

禅语梵音间，前尘旧事中，灯下思量着，我觉得心里似轻似重，这一生际遇似真似假。

若是血肉相连的爱，一个人的离开，会让另一个人随之萎谢。

你离开，我衰败，心花零落，落地成灰。

【忆江南】

宿双林禅院有感

心灰尽，有发未全僧。风雨消磨生死别，

似曾相识只孤檠。情在不能醒。

摇落后，清吹那堪听。淅沥暗飘金井叶，

乍闻风定又钟声。薄福荐倾城。

【未全僧】

卢氏于康熙十六年五月去世后，直到康熙十七年七月才葬于皂荚屯纳兰祖坟，其间灵柩暂厝于双林寺禅院一年有余。

据《日下旧闻》《天府广记》等记载，双林禅院在阜成门外二里沟，初建于万历四年。而《北京名胜古迹词典》中记载的双林寺，却位于门头沟区清水乡上清水村西北山坡。也有学者根据容若的另一首明显写于佛寺的《青衫湿遍·悼亡》中“咫尺玉钩斜路，一般消受，蔓草残阳”的句子，认为卢氏厝柩之处离纳兰府第近在咫尺，应该是什刹海附近的纳兰氏家庙龙华寺。且不管卢氏的灵柩究竟停放在何处,容若在这一年多时间里,不时入寺守灵是不争的事实。他在双林寺里写下的悼亡词,除了《双调望江南·宿双林寺禅院有感》两首之外,还有《寻芳草·萧寺记梦》《青衫湿遍·悼亡》和《清平乐·麝烟深漾》。

根据第一首《忆江南》词中"淅沥暗飘金井叶"的句子,大致可以推断出此词应当作于康熙十六年秋天,卢氏已经去世好几个月了。结句中的"薄福"是薄福之人,是作者的自称;"倾城"当然是指卢氏,中间那一个"荐"字,原意是指祭祀时的牺牲,《左传·隐公三年》谓:"可荐于鬼神,可羞于王公。"在这里容若把名词翻作了动词用。

卢氏的确是已经不在人世了,他不敢相信,不愿相信,可事实如此残忍冷酷地摆在面前。风疏雨骤,草木摇落的秋日黄昏,他眼中所见萧索零落,耳边所闻凄冷清凉,只觉得了无生趣,恨不能把自己放在祭坛上,相随她于地下。

容若的心境遭遇,很容易让人联系起《红楼梦》里的贾宝玉。书中宝玉悲伤黛玉之死,千回百转之后仍是出家做了和尚。(后四十回虽高鹗所续,但前八十回已有暗示。)容若虽未出家,而自谢娘死后,又添卢氏之丧,心绪全灰,也有趋向空门的倾向。所以有索隐派人说容若乃宝玉原身,乾隆阅《红楼》也大笑:"此乃明珠家事也。"可见并非空穴来风。

就词意本身看来,容若心灰意冷也确有撒手红尘之意。容若不只对爱情忠贞不贰,对父母也十分孝顺。高堂在上,弱子在下,他其实连为妻殉情的自由都没有，只能日夜独自活在沉重的哀思里。

伊人早逝，爱妻亦薄命，自身万般凄凉无助，千头万绪化入词中，容若才会有“心灰尽，有发未全僧”的感慨。一点相思，三千烦恼丝，想卸去竟是不可言说的重。

“情在不能醒”一句于执迷中道破天机。

不是不想自拔，而是人在其中，心不由己。

人是聪明减福寿，从来薄福葬倾城。人若放得开，会不会比较幸福?

【减字木兰花】

烛花摇影。冷透疏衾刚欲醒。

待不思量。不许孤眠不断肠。

茫茫碧落，天上人间情一诺。

银汉难通。稳耐风波愿始从。

【情一诺】

古人比现代人更重承诺，《史记·季布栾布列传》记："楚人谚曰：得黄金百，不如得季布一诺。"季布一诺千金，杀头不改还可以说是侠客行径，《后汉书·逸民列传·韩康》又载："常采药名山，卖于长安市，口不二价，三十余年。"韩康只是个采药卖药的，却如此有个性和原则，说言不二价就言不二价，而且还三十多年不改。诚然，这不符合商业社会市场经济的规律，也是在古代小农经济才能发生的事情，如果是在现时，韩康只有两个下场——因为个性突出而被炒红，成为商界奇迹；更多的可能性却是，他被市场规律无情淘汰，没人买他的账，最后无辜饿死。

诺言很重要，我们都知道，人无信不立。像深入陌生莽野森林，周围环境险恶，危险重重，已经不能再轻易举步和相信人了。信任和被信任之间关系断裂，情感疏失，一点一点丧尽。对事的态度如此，对人对情感的态度，莫不如此，罅隙巨大，最后我们变成没有热血的人。

读《饮水词》会感到当中脉脉温情潺潺流动。一个生活在三百多年前的男子，在他的辞章中不倦不悔地倾诉对感情的执着，对友情的坚定，像一道道疗伤的温泉汤药，温暖了，唤醒了，我们冰封的情感。

“茫茫碧落。天上人间情一诺。”这是多么天真而叫人欣喜的话。在几百年前，会有女子相信这句承诺，也会有男子愿意说出这种承诺，两人相待一生。而现在，且不说无人会说这样傻话，即使有人说，过了十六岁的我们就不会相信了。世事多变且凉薄，你能坚守都不代表我亦可以同守。感动归感动，感慨归感慨，我们到底不会许诺，生活教会我们现实太多。

回到容若的《减字木兰花》里，读他对情的不悔和承诺。上阕写午夜梦回，颇有“冷雨敲窗被未温”的孤凄。在夜里独自醒来，眼前烛影摇红，寥落而感伤。

因为深受相思之苦，所以有“不许孤眠不断肠”的反语，告诫自己不要多想。不过显然是徒劳的，下阕即写人已在思量中，说道虽然你我现在被分开了，但是我们之间的誓言是经得起考验的，好像季布许人的诺言，说了就必然做到。此刻虽然彼此音信渺茫，不知近况如何，但是只要我们能耐心等待，等这波折过去，你我一定可以重新团聚。

有人以为“碧落”及“天上人间”可作幽明永隔解，但下文有“稳耐风波愿始从”，可见恋人被选入宫后，容若尚抱有将来被放出来团圆的希望，绝不是指死别。

一定是这样的。

可惜，“天上人间情一诺”的容若，最终也没有等到“稳耐风波愿始从”的那天。

愿望越是美好如花，凋谢起来就越显得残酷伤人。

【减字木兰花】

相逢不语。一朵芙蓉着秋雨。

小晕红潮。斜溜鬟心只凤翘。

待将低唤。直为凝情恐人见。

欲诉幽怀。转过回阑叩玉钗。

【诉幽怀】

写男女相爱撩人心意的辞章不少,你情我愿我情你不愿你情我不愿一拍即合一拍两散半推半就推而不就生生死死半生半死——文字总是一面戳破爱情伪善的面具,揭露它的嗜血本质,一面又忙着为它披上象征纯洁善良的白羽衣,把它打扮成世界上最令人向往的圣物,为它摇旗呐喊。

遇见她的转眼交会间,他心神惊动。相见的一幕在脑中如风回荡,呼啸有声。她含情不语,站在那里,脸上泛起红晕,发髻上斜插着精致的头饰,像一朵带露的芙蓉一样摇曳生姿。他心有所感写下词来纪念。当时是惊喜无限,可谁又想到,这样的文字在日后看来会刺目刺心?

写男女相会,容若这一首品格出众,写的不是相思纠缠的浓醴,而是乍然相逢的惊喜和羞涩。用他自己词里的话形容就是"一朵芙蓉着秋雨"的情态,清丽可观。

当一个人内心感受越真实时,他的表达可能越会归于平淡,如这首词容若用白描生动地刻画伊人窈窕风姿似乎还不足以表达那一刻的心神激荡。接着他又极其传神地将她娇羞欲语、含情微露的情态刻画出来。这首小令词情清婉,哀苦不露。容若既能写得如此自然传神,他当时是如何被打动就不言自明了。

据清《赁庑笔记》载:"纳兰眷一女,绝色也,有婚姻之约。旋此女入宫,顿成陌路。容若愁思郁结,誓必一见,了此夙因。会遭国丧,喇嘛每日应入宫唪经,容若贿通喇嘛,披袈裟,居然入宫,果得彼姝一见。而宫禁森严,竟不能通一语,怅然而出。"考察词意恰是正合此词情形。

是回廊转角处的某次偶然相逢吧。在宫中?或许不是。她惊心未褪,因意外,因慌张,脸上红潮乍起,插在鬓上钗环也微微颤动。这种娇怯,落在他眼里,如同芙蓉在秋雨中轻轻颤动。

他待张口唤她,又恐两人含情凝睇的样子被人看见。心情是这样低弱而潦草。两相无语静默无言的相对瞬间,他欲近而不可近,她欲说而无可说,只有回转身,避让他。

他走过去，听见她拔下玉钗在栏杆上轻叩的声音。

那是心上不变的暗号，她知道，他知道。

这是野史，可知而不足信，只当是看现在的花边新闻，增进了解，如果一味地考据学究就没有意思了，反正逝者已矣。三百五十年后，很多事不必究得太清，如何领略容若词中意，只看读词人此时心境了。

一说此词所写乃是容若初见沈宛时，两人齐齐心动的情景，品察词意，此解未有不可。此词风光旖旎，引人入胜。最后伊人玉钗轻叩的动作更是惹人遐想。男有情女有意，若能最后执手偕老真是美事一件。然而，我更倾向于野史的说法，将词意解为与旧情人的相逢不能相认，则比一般香艳的爱情词哀苦入骨。幸福和痛苦之间，我更喜欢品读痛苦的一面，这样读起来才有感觉。

像古人说的："公子王孙逐后尘，绿珠垂泪滴罗巾。侯门一入深似海，从此萧郎是路人。"容若和谢娘何尝不是？诗人崔郊家道中落，只能把自己很中意的婢女端丽卖给有钱有势的人家。他很想念端丽，就站在马背上在墙头偷偷看她，回到家里，想起这件事，心里很难过，写了这首诗。端丽的主人看到这诗后，明白崔郊的想法，把端丽又送还给他了，成全了一对有情人。

唐僖宗时，儒士于佑从皇家宫女所居上阳宫水道下水池边拾得一片题有宫女哀怨诗句的红叶，上写着："流水何太急，深宫尽日闲。殷勤谢红叶，好去到人间。"原是宫人韩氏十分厌倦宫里的寂寞生活，向往宫外的自由天地，就在红叶上题诗以散愁心。萌动爱意的诗人于佑也赋诗于红叶之上从上水池传进宫内，刚好被韩氏捡回，韩氏见上面写道："曾闻叶上题红怨，叶上题诗寄阿谁？"又惊又喜。于是两人甚有默契地保持这种联系，一来一往凭借红叶传情。这件事渐渐在宫中传扬，被唐僖宗无意中听到了，他甚觉有趣，一时龙颜大悦，便下旨放韩氏出宫，成全了两个人的婚事。

可惜，像端丽主人这样成人之美的君子已经是少，红叶传诗的幸事更是万中无一。幸福的结合要天时地利人和配得刚刚好。现实中，"宫门一入深似海，萧郎从此是路人"的情况还是居多。女人，财富，权势，向来都是强者据之。容若胜崔郊之才，纵然写的诗词好过《赠婢》，也无儒士于佑之运，可以红叶传情。

有时，从此生死两茫茫。绝了心念，也是解脱。

【减字木兰花】

从教铁石。每见花开成惜惜。

泪点难消。滴损苍烟玉一条。

怜伊太冷。添个纸窗疏竹影。

记取相思。环佩归来月上时。

【伊太冷】

古代咏梅的诗词很多。但是,正如张炎在《词源》中所说:“诗之赋梅,唯和靖一联而已,世非无诗,无能与之齐驱耳。词之赋梅,唯白石《暗香》《疏影》二曲。”所谓“和靖一联”,即梅妻鹤子林逋《山园小梅》中的“疏影横斜水清浅,暗香浮动月黄昏”两句。

姜夔非常欣赏这两句诗,就摘取句首二字,为其自度曲,咏梅词的调名。撇开林逋的诗《山园小梅》,姜夔《疏影》词:“昭君不惯胡沙远,但暗忆、江南江北。想环佩月夜归来,化作此花独幽。”将梅花幻化做昭君,想象幽奇。还有一篇《暗香》:“长记曾携手处,千树压、西湖寒碧。"也都算得咏梅名篇了。从林君复梅妻鹤子的清高,到姜白石把梅花幻化为心上人的浪漫,真是一脉相承、灵犀暗通。容若此篇既化用白石之句,在词意上也有传承认同的意思。

梅花幽独,姜夔一生更幽独,时运很低。说起来中国历史上倒霉寒酸的才子多的是,姜白石不算倒霉到垫底的,也算是倒霉得比较突出了。他不仅一介布衣终老,依为清客困顿潦倒朋辈凋零,死后竟不能殡殓,最后靠仅有的几个友人张罗才把他葬于钱塘门外。

有句古训:"别人骑马我骑驴,仔细思量我不如。待我回头往后看,后面还有挑脚汉。"相较而言,柳永的落泊还有酒色映衬。虽然浪迹青楼为士人排挤,起码还有"奉旨填词"的金字招牌。穷困的生活虽然没有磨灭姜夔的才华,却不免为他的词中注入一股清空孤硬的气息,不但与柳永的疏狂放诞不同,跟容若的富贵安逸多情柔靡更有天壤之别。

有评家说由"添个"句可知此词为题画词,所题是梅花,也有一些道理。不过此词深意缱绻,要是仅仅做此解,就如猪八戒吃人参果般暴殄天物了。容若咏梅,不同于其他词人,略同于姜夔之处是他主观上将梅视若女子,甚至是意中人。

由于主观上已经摈弃了自身的存在,看遍全词,他仿佛是在感慨怜惜自己的爱人,一个稚弱清高的女子。那梅与他,仿佛是对月临影的故知,彼此是平然对坐的尊重。不存在谁被赏、谁被赞的问题。

“无意苦争春，一任群芳妒。零落成泥碾作尘，只有香如故。”陆游的咏梅词也高妙极了。他借梅比喻为人的原则和品德，姜夔却织进了个人身世的盛衰之感。姜夔，或者是陆游，他们的咏梅词诚然手法高妙，单从艺术高度来讲是容若所不及的。可是，梅也好，兰也好，在他们的言头笔下风姿绰约，捧得再高刻画得再精美，终究也是一件承载他们思想趣志的道具。

读到这一首时，那种感觉是一段情路已近尾端，仿佛路行要尽了。容若在词中所写的感受，“环佩归来月上时”，语意哀沉。虽是化用前人句，却自有神魂。似乎是在说他已经预感到恋人似那远嫁异域不能生还的王昭君，永远不可能回到自己身边了。

他和姜夔唯一的一样相同事是，此生开尽，旧情难待。

【减字木兰花】

断魂无据。万水千山何处去。

没个音书。尽日东风上绿除。

故园春好。寄语落花须自扫。

莫更伤春。同是恹恹多病人。

【魂无据】

唐传奇小说里有“倩女离魂”的故事，民间传说、志怪小说里每每魂魄离体行动自如，或者被摄去了魂魄，呆若木鸡。这种感觉是灵魂如同关在黑匣子里的精灵。魂自有性状，可以断，可以损，可以飞，可以抛。灵魂虽然被禁锢在身体之内，偶尔也有越狱成功的时候——“断魂无据。万水千山何处去。”

相思对多情的众生来说，是快乐与烦恼并存，痛苦却又幸福的事。相思折损精神，使人憔悴。人人咒恨，又人人死心塌地投身进去，有莫邪投身剑炉的甘愿。没有得到的明明逃过一劫却满心失落。

诗词曲赋浩淼如海，相思是其间汹涌大浪。相互的思念即是相思，朋友，亲人，爱人……

从什么时候起，相思渐渐变成了情人爱人袖口领上的绣纹，独特象征的标志。相思变得绵邈曲婉，不复最初慷慨开阔。

容若此阕《减字木兰花》写相思缱绻清远，不同于一般的思情之作。起句即拓开境界，写梦魂飞渡万水千山，于私情中写出高远苍茫。“东风上绿除”，明是写景，暗写心情。东风吹绿满阶青草，一片春光照眼，本应是高兴的事，却因为东风无法为你我传递书信备感寥落。

下阕用隐语写出对入宫的恋人的嘱托和关照，让她照顾好自己。此处频用“春”“落花”等字眼，分别喻人喻己，反复迭用，字字有深意。“故园春”是喻自己，“落花”既喻恋人，也指两人之间的惨淡情事；后一个“春”，既是实指，也是虚指，是指眼前春光，亦是指两人相互的感情牵挂。末一句“同是恹恹多病人”，情意深长，道出两人心有灵犀为情所苦的情状。这一句悱恻多情，无奈中带着幸福，“同是”一词说明两人心意相连。

本词也可看作是男女之间的书信对答方式。上阕以闺中女子口吻述说相思，下阕以远行在外的男子口气回应加以嘱托。往来之间亦见情意。一样是远行，今人要幸福得多，再不用书寄鱼雁，望断天涯，如果我想念你，只要我愿意，我可以有很多方法听到你的声音,出现在你面前。当距离不再是情感生变的主因,回首看高楼梦寒倚断阑干的古人,少了断魂无据相思无极的放纵,我们心里到底应该是喜还是忧?

梦魂如风筝,飞越了万水千山,却寻觅不到一点关于你的音信。思念无凭据,愁情如春草。我是这样的萎靡,我知道你也一定不快乐。我们之间风狂雨急,情如落花满地。看起来相见再聚希望渺茫,可是我仍希望你可以快乐一点,勿以我为念。

相爱,即使分开,也比单恋幸福得多。相思是亘古不变的流行,无论是什么时候,即使是在千山之外,感伤落泪时,只要想到你,我也就不是在思念里独自徘徊的一个人。我的想念有如大海里的鱼,在万水之内都是归依。

【减字木兰花】

新月

晚妆欲罢。更把纤眉临镜画。

准待分明。和雨和烟两不胜。

莫教星替。守取团圆终必遂。

此夜红楼。天上人间一样愁。

【一样愁】

李商隐夫人王氏殁，有人做媒，义山却之，作《李夫人》诗："惭愧白茅人，月没教星替。"李义山一生情事扑朔，写下众多无题诗，惹尽后人猜想。既然写下"此情可待成追忆，只是当时已惘然"，想必内心也有情伤徘徊不去。只是每个人情感的表达方式不一样。

看到"莫教星替"四字，我越发肯定谢娘的存在。了解义山的话之后就会更有把握，这不是写给卢氏的情词。如果是卢氏，容若绝不会说出"莫教星替"这样的话。卢氏是他的妻子，如果容若这样说即是怀疑她不忠，但这是不可能的事。因此它是容若写给恋人的词。他嘱咐她——你在宫中，请遵守我们的诺言，不要让皇帝代替我在你心里的地位；亦是自许：我同样不想娶别人。

此词作于早年，我觉得应在谢娘入宫不久容若娶卢氏之前。开始，他娶卢氏也很可能是无奈之举，但卢氏的温柔忍耐，终获得容若接受，渐渐爱上了她。但即使如此，因为一开始对卢氏的冷落，她死后，容若词中还是频频出现“悔薄情”的字眼。

义山的寂寞情感，一颗早熟的种子，一颗突兀的果实，在多年前已从身体里强行被剥落，落进时光的旋涡中，成为坚硬无声的化石。情感一旦成为经历，就会丰富人生，却不至于阻滞人生应有的进程。义山的隐秘爱恋，使得他的才华更添风骨，爱情诗写得花繁叶茂，根骨遒劲，成为无人可以超越的情诗圣手。

容若的词，以自身的感情为牵引，静静蔓延开来，恋情成为终生不愈的伤口。伤口终生淋漓，用以对抗情感的虚无。不同于义山花开隐秘，容若更愿将心事如繁星洒遍，从最初的相逢到后来的感情甜蜜，再到誓约三生，被迫分散，死别怀念，终身悼亡，斑斑点点在《饮水词》中都有迹可循。

谢娘应有极秀雅的眉目，似黛玉那样的眉尖若蹙，眼含秋水。然后在他的记忆里，时时不忘的是她对镜晚妆眉蹙春山的模样，眉宇间和烟和雨不胜轻愁。后来虽然没有在一起，但记忆如此蔓延茂盛，情意萋萋不绝。她也是幸福的。

词的上阕写由新月想到人间情事，因新月如眉，思念起伊人，是以人代物的反常写法，摹画出新月形貌。既而写月色不明，新月被烟雨所遮掩，月和烟雨均不甚分明。下阕明是说唯恐繁星灿烂而遮盖了新月，实际上是隐语——叮咛身在皇宫的恋人。亦是自剖心迹，彼此要坚守承诺，心中不做第二人想，要相信一定可以等到团圆的那天。

“守取团圆终必遂”与“稳耐风波愿始从”，是一样的坚定和相信。需要彼此牵念着，才会让一种相思，生出两处闲愁。

【减字木兰花】

花从冷眼。自惜寻春来较晚。

知道今生。知道今生那见卿。

天然绝代。不信相思浑不解。

若解相思。定与韩凭共一枝。

【那见卿】

东晋干宝《搜神记》卷十一载，战国时宋康王舍人韩凭，娶妻何氏。何氏美貌，康王夺之，并囚禁韩凭。韩凭自杀。何氏亦从高台投下而死。遗书于衣带，请求与韩凭合葬。王勿听，命里人埋之，两坟相望。不久，二冢之端各生大梓木，屈体相就，根交于下，枝错于上。又有鸳鸯雌雄各一，长栖树上，交颈哀鸣。宋人哀之，遂名其木曰“相思树”。

仗势欺人的事情，从来不少，夺人妻子的事，也史不绝书。贫贱的人总被富贵的人欺压，职位低的人总被职位高的压制。社会的种种不平历史悠久，不是三言两语可以声讨得尽。然而有一点又是公平的，在富贵的人上面，一定有更显贵的人，职位高的人上面一定有更有权势的人，即使是霸绝天下在世间无所不能的人，他也一样受到超越人力的力道掌控，比如生死，比如老病。成吉思汗死时将黄金珠宝弃之门外，叹道，留此何用啊！纵有黄金万两不能使我多活一日！一代枭雄尚且如此。况且世间还有种种权势地位不可控制的变动，像人心的向背、情感的取舍。

假若不是有此种神圣力量存在，那么人间所有的秩序也无从建立，所有的规范也不能遵从，人世紊乱如洪荒初现，种种自我欲念肆虐，最终人将无法立足这个世界。

容若和韩凭感受差不多，韩凭妻被宋康王所夺，身为下僚无能为力，唯有悲泣而已。与妻子也只有死后魂魄化鸟相守。这种遭遇和眼睁睁看着恋人被送入宫的容若何其相似？容若是和韩凭一样的相思断肠人，所以能够了解他的感受。

这一首上阕无大的歧义，是说与所恋女子擦身而过，无缘结为夫妻。虽然说，知道今生，知道今生已经不能见到她了；然爱恋之心无可化解，总是深深思念她。心中所念的绝代佳人一定会理解这样相思的苦楚。彼此相思，一定会愿意像何氏和韩凭一样化成枝叶相缠的相思树。

此处容若以韩凭暗指自己，以绝代佳人代指自己的爱人。关键在于下阕所用的韩凭的典故，容若用相思树的典故暗示的是恋人被比自己更显贵的人夺去,此生已无望结合。

在外人看来他是相国公子,贵不可言。然而在唯我独尊的皇权面前,他也只有无能为力俯首让路的份。

在苏雪林的论断里,解《饮水词》里几首《减字木兰花》均是容若为着入宫的恋人而作。六首读下来,容若的心思转变有迹可循,宛然可见,到这一句"定与韩凭共一枝"时,像坠入深海无力上泅的人,容若心里已经开始绝望。

尘世间最遥远的距离,不是我在你面前,你却不知道我爱你,而是明明相爱,却不能够在一起。

皇帝也有一种无奈,他拥有很多女人;敬畏,讨好,各施手段,无所不用其极。愈是乱花渐欲迷人眼,愈是少有人同他是真爱。身为一个帝王,内心必须是与人有距离的,如同断崖独坐,与人事皆不相亲。事情陷入了一种恶性循环,越想得到,越得不到,像故事里的宋康王。

人的内心需索弯曲艰难却自得空间,与所处外界实有差别。权势地位容易得到也容易失去,像流云变幻。君王身坐龙廷会觉得自己一无所有,内心孤独。而一个隐士食不过午居无定所却可以心有大千世界。富有和贫穷是相对的。

权势难得时重过一切,一旦到手却并不能真正地满足内心需要,有时登临了绝顶,眼界无垠,反而益觉空虚。

【菩萨蛮】

朔风吹散三更雪。倩魂犹恋桃花月。

梦好莫催醒。由他好处行。

无端听画角。枕畔红冰薄。

塞马一声嘶。残星拂大旗。

【残星旗】

一个时代有一个时代的气象，这是不争的事实。唐朝搞什么都有一股生猛的劲头。边塞诗或写景或摹情，或吟古或谈今，开阖吞吐气象极盛。唐以后就不行。一样有战争，可是边塞题材的诗词就像得了软骨病似的每况愈下。北宋初还有欧阳修、范仲淹等大家写写边塞题材的词。“千嶂里，长烟落日孤城闭。”（范仲淹《渔家傲》）多少还承袭了前人“大漠孤烟直，长河落日圆”的余韵，境界开阔。到了南宋，词牌越来越多，格律规则越来越繁复，与之相应的是词境一路往下走，越走越窄，越玩越死，很有“投身于大众，自绝于人民”的愚昧悲壮。

元明时，读书人八股文章做得稳如泰山，人却做得越发猥亵不堪，民间的文学倒在夹缝中如春草蓬勃。词到清朝，一扫明末的柔靡，名家辈出，虽美言中兴，实际上却寿元将尽。

词清句丽如纳兰，是词在清时的回光返照。难怪人常有末世之悲，生在一个文化气象萎靡如残星拂大旗的时代，实在是让像容若这样想学塞马一声嘶的文学青年打心眼里感到失落的事情。

王国维许他“北宋以来，一人而已”。我一直认为这不是什么值得欢喜的话，对整个汉文化的衰微谴责尤深，虽然这可能并不是静安先生的本意。

我也不觉得《饮水词》有评家拔的那么高，容若也只是意境通于北宋而已。他的用典仍显多，虽然不至于累赘，但是频频化用前人句，能量上又达不到北宋诸家用典的挥洒自如，读久了会有逼仄重复之感。

这首边塞词写得刚劲中仍露香艳之气，这是容若的特点，也是他的弱点。说它刚劲是因为结句“塞马一声嘶。残星拂大旗”一笔宕开情境，一扫前句的旖旎之风，不输历代名句；说它香艳是因为容若向来喜用“红泪”“红冰”等字眼，而在其他的男性词人，如非咏叹的必要，一般会选择更慷慨净洁的字眼。

这首《菩萨蛮》为人称道的是“塞马一声嘶。残星拂大旗”一句。可见慷慨沉凉用得好始终比曲意委婉更动人。过于繁复华丽的雕饰，对于意旨的表达会有害处。这首词除了“塞马一声嘶。残星拂大旗”的亮点，还有一点妙处，就是它的词旨耐人寻味。有一点朦胧迷离的味道，既可以解做闺中人怀征人，解做征夫思家人也无不可。

我倾向于把上阕和下阕对应来解，上阕写闺中人甜梦正酣，梦见自己向万里之外的地方行进，寻找着“他”的踪迹。下阕也写梦，却是写征夫在塞上被画角声惊醒，梦中因思念而落泪，醒来枕边泪已如冰，听见帐外塞马长嘶，走出去，看见军旗在夜风中猎猎，天边星光已寥，大旗上还留有一抹残辉，展眼望去，塞上天地清空苍茫。上下阕合着来看，如电影蒙太奇的手法。画面叠合起来，更能显出征人思妇一对有情人心有灵犀——被迫分别的伤感也被处理得更为到位。

词意只要准确到位，多解是无妨的，如人心能够开拓舒展是上乘。好词应该经得起剥皮拆骨的残酷推敲和意念叠加的繁复，是为气度。

——《纳兰容若像轴》（清　禹之鼎）

今日想起纳兰时，脑中忽地冒出一句：『虚负凌云万丈才，一生襟抱未曾开』，并且固执地纠住大脑神经久久不放。

——《松溪吹箫图》（南宋　梁楷）

浣溪沙　谁念西风独自凉

『当时只道是寻常』一句清空如话，知已两两对坐闲聊，淡而深长。人会老，心会荒，这已不是最初天真到可耻的誓约，而是爱情在情爱中翻转轮回多次后，结就的紫色精魂，看到，会让人沉着寂静。

——《西郊寻梅图》（清 禹之鼎）

采桑子 塞上咏雪花

白雪拥抱着茫茫黄沙，由苍穹投身至此，彼此有了最亲密的接触。

天与地，瞬息无缘。人有苦，可以求天地垂怜；天地之苦，又有谁能怜惜？

——《黛玉葬花图》（清　费丹旭）

摊破浣溪沙　林下荒苔道韫家

觉得古代的女子很可怜，三从四德，箍死了一生，命运如同浮萍柳絮随水随风，无可自主。以前会觉得黛玉太悲切了，看人生如此悲观，现在才知道她才是真正的格物致知。

——《墨梅图》（元　王冕）

减字木兰花　从教铁石

古代咏梅的诗词很多。但是，正如张炎在《词源》中所说：『诗之赋梅，唯和靖一联而已，世非无诗，无能与之齐驱耳。词之赋梅，唯白石《暗香》、《疏影》二曲。』

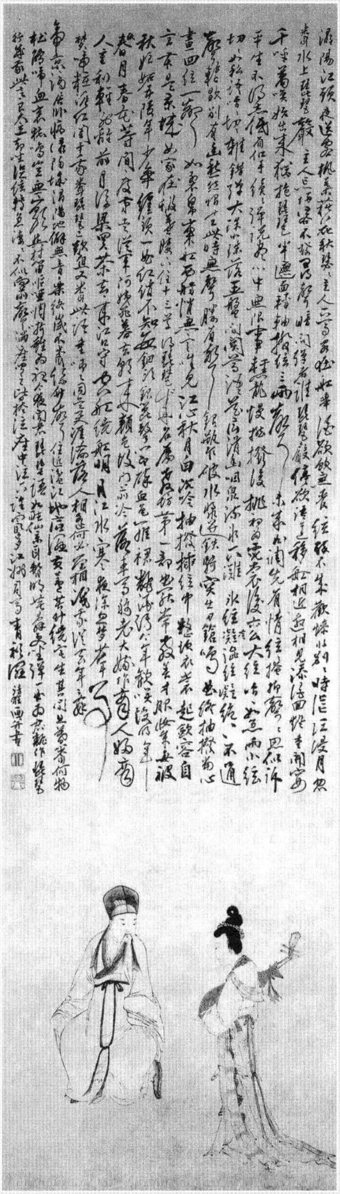

——《琵琶行图》（清　郭诩）

菩萨蛮　新寒中酒敲窗雨

《琵琶行》为长安故倡女感今伤昔而作，又联系己身迁谪失路之怀。这才符合当时白居易的失意文人心态。

——《康熙皇帝朝服像》

菩萨蛮　白日惊飙冬已半

正是因为容若等人的辛苦侦察和联络，清廷得以在黑龙江边境各民族的支持下，顺利完成了反击俄罗斯侵略的各种战略布置。容若死后，康熙还特地派人到他灵前祭告，以示不忘他的功勋。

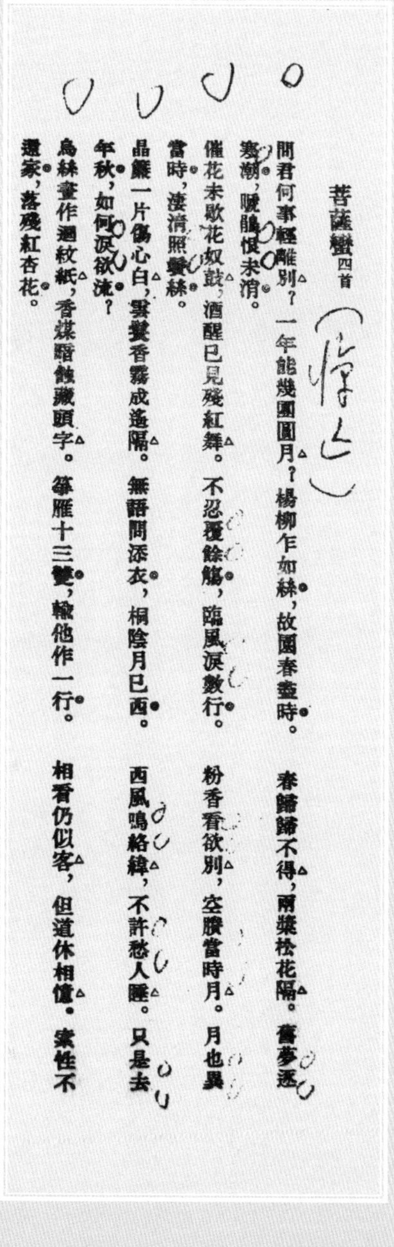

菩薩蠻四首

問君何事輕離別？一年能幾團圓月？楊柳乍如絲，故園春盡時。春歸歸不得，兩槳松花隔。舊夢逐寒潮，啼鵑恨未消。

催花未歇花奴鼓，酒醒已見殘紅舞。不忍覆餘觴，臨風淚數行。粉香看欲別，空賸當時月。月也異當時，淒清照鬢絲。

晶簾一片傷心白，雲鬟香霧成遙隔。無語問添衣，桐陰月已西。西風鳴絡緯，不許愁人睡。只是去年秋，如何淚欲流？

烏絲畫作迴紋紙，香煤暗蝕藏頭字。箏雁十三雙，輸他作一行。相看仍似客，但道休相憶。索性不還家，落殘紅杏花。

——晚年毛泽东批阅纳兰词手迹

菩萨蛮　催花未歇花奴鼓

晚年毛泽东将包括此词的纳兰《菩萨蛮》四首批为——『悼亡』。这两个字点评实在是精刮得很。

【菩萨蛮】

新寒中酒敲窗雨。残香细袅秋情绪。

才道莫伤神。青衫湿一痕。

无聊成独卧。弹指韶光过。

记得别伊时。桃花柳万丝。

【青衫湿】

最早读到关于"青衫"的字句，是少年课本上的《琵琶行》。那时老师逐字逐句地解释，虽然有剥皮拆骨之嫌，不过这种"凌迟处死"的解法确实让人记忆深刻。

"座中泣下谁最多，江州司马青衫湿"这句话，这样直直地映入脑海。彼时课本有意忽略了白居易性格中追求逸乐、浮靡讲究的士大夫一面。他被打造成劳苦大众的代言者、深具无产阶级同情意识的好诗人。那时读到《琵琶行》的最后两句很是感动。觉得这男人十分有情，在座众人都只是看客，听琵琶女一曲琵琶怨，只有他是真心为琵琶女的身世伤心。

现在想起为当初的单纯失笑。白居易四十四岁在长安任太子左赞善大夫，六月，首上疏请急捕刺杀宰相武元衡之贼，为执政所恶。八月，乃奏贬州刺史。中书舍人王涯复论不当治郡，追改江州司马。元和十年秋夜浔阳江头送客，遇见一琵琶女，作《琵琶行》。

按唐代官制，九品官服为青，州司马为五品，服浅绯。怎么算也轮不到他穿青衫。自言江州司马，可知当晚他穿的是便装，估计为了写出来押韵叫“青衫”，却因此骗了后世许多纯情的人。

他白居易哪里是为琵琶女的身世而伤心，当真是这样尊重女性惜玉怜香，他也不用蓄家妓过百了。“十载春啼变莺舌，三嫌老丑换蛾眉。”就算是换唱片吧。可他老人家沾沾自许、洋洋自得的样子实在惹人烦。在对美色的追逐和喜新厌旧上，白居易先生绝对是那位被他拿来说事的琵琶女倒霉丈夫的前辈。他哭只是因被长安旧倡女的际遇感触，联想到自身的遭遇。就像他自己说的：“同是天涯沦落人，相逢何必曾相识。”

其实他有什么值得哭的？官场沉浮有什么沦落可言？贬官之后是五品。王维四十五岁才七品，更别说其他倒霉蛋了。再说上头你死我活，你跟着掺和，政治上押错宝，贬官也是理所当然。我也质疑他在自序里说的“予出官二年，恬然自安”。他是否真有那么淡定怡然？

要知道文字最是遮羞布，文人的清高自诩向来作不得真，我倒是相信他后面说的："感斯人言，是夕，始觉有迁谪意，因为长句歌以赠之，凡六百一十六言，命曰《琵琶行》。"《琵琶行》为长安故倡女感今伤昔而作，又联系己身迁谪失路之怀。这才符合当时白居易的失意文人心态。

无论白居易当年听曲时落泪的真心有几，有一点确实不可否认，自他之后，青衫成为时髦的失意装扮，青衫泪更是男儿泪的代称。一个青衫磊落的男人肯为女人哭是难得的。他为你流下眼泪的同时也放低了自尊，臣服于他自己对你的感情。

容若虽然敏感却不懦弱，他有坚持和原则，他不洒脱却是个磊落的男人。这样的男人多愁善感一点，女人看了也是喜他深情，因为多情而多愁，不会觉得容若软弱可欺。

此篇写自他春日与伊人别后，秋日里的苦苦相思。上阕前二句写此时眼前情景，新寒冷雨敲窗时，说明时已浅秋，接下来二句转写自身的心理感受。"一痕"两字准确，体现出容若工于字句的习惯。

下阕承上阕，续写此际心绪无聊，谓自己坐卧不宁，百无聊赖。结二句又转写回忆里分别时的景象，亦景亦情地将无限惆怅尽化在桃红柳绿间了。全词翻转跳宕，直中有曲，曲处能直，将相思之苦表现得至为深细。

这词也是写思念之苦。有"才道莫伤神。青衫湿一痕"之语，这两句真切朴实，我极喜欢。与"为怕多情，不作怜花句"拒避无奈的心态相似。

秋雨敲窗，拥衾醉卧，其境如在眼前。容若自己就是伤情人，因此对伤情的心态有非常切身的体会，写得神采飘摇，既真实又细腻。

想起与你在春天分手的情景，忍不住肝肠寸断。韶光易过，却为何我对你的思念却依旧绵延如水，如一块毫无裂痕的明镜？已经学着对自己说，不要黯然神伤，试着放开怀抱，不要再一味留恋对你的追忆，岂料在不知不觉间又泪湿青衫。

“弹指”为佛家语，形容极短极快的时间。《僧祇律》云：“二十念为一瞬，二十瞬为一弹指。”只是有时候，时间快慢长短对某些暗自坚持的事并不具限制意义。我了解春光易逝，年华瓣瓣从指间飞落，我来不及挽回，也来不及改变。

那又怎样呢，我依然看见你，与我在烟柳桃花深处的那场新别。

春光满地，无处告别。

【菩萨蛮】

白日惊飙冬已半。解鞍正值昏鸦乱。

冰合大河流。茫茫一片愁。

烧痕空极望。鼓角高城上。

明日近长安。客心愁未阑。

【愁未阑】

李颀有一首《古从军行》和容若这首《菩萨蛮》，推敲之下发现意境思想是可通的。无论是行役之人，还是行军之人，羁愁归思始终是心头萦绕不去的情绪。李颀借行军之人的眼见耳闻心感，曲婉深刻地表达了对战争的控诉，而容若是通过自己的感受，透露出对行役的厌倦。

狂风卷折的冬日，行在归途之上。黄昏时鸦雀乱飞，停下来解开马鞍，让马休息饮水。大河被冰封，河水不再流动。平原上一片野火烧痕，荒凉苍茫。远远的城阙鼓楼，人迹渐丰，让人想起繁华的北京城已经不远，然而旅途的劳苦抑郁之情，并未因此完全消减。

容若这趟出差有着深刻的政治背景，也和战争有关。时清廷准备与罗刹（今俄罗斯）交战。军情机密一切需要人去打探，康熙于是派出八旗子弟中精明强干之人，远赴黑龙江了解情况，刺探对方军情。正是因为容若等人的辛苦侦察和联络，清廷得以在黑龙江边境各民族的支持下，顺利完成了反击俄罗斯侵略的各种战略部署。容若死后，康熙还特地派人到他灵前祭告，以示不忘他的功勋。

在真正有良知的人心里，无论是什么样的缘由，战争都是不值得赞美和推崇的事。容若是一个渴望建功立业却又很反对战争的人，这样矛盾的心理导致一方面他尽力尽责地完成康熙交付的任务，另一方面又认为这样的事很是无谓，所以情绪一直难以激昂。

容若词中另一首《菩萨蛮》（“榛荆满眼山城路”）中有“何处是长安，湿云吹雨寒”之句，而此篇有“明日近长安。客心愁未阑”句，大约此阕是前首之后同题之作，作于诗人行役的归途之中（一说是觇梭龙后的归途中，一说是清康熙二十三年〈1684年〉十一月护驾东巡之归途中）。这一首写羁愁归思，妙在以景语入词，写冬日归途中所见所感，个人离愁蕴涵其中隐而不发。全篇谋篇得当，布局亦好。“冰合”一句是写实，也带夸张，壮阔流离。容若虽生性多愁，但为人并不疏懒，也精于骑射，不是纨绔无能的八旗子弟，据词中所绘景况，即使有些许艺术夸张，也足见旅程艰苦辛劳。

我独喜末两句“明日近长安。客心愁未阑”。提起全词筋骨，有画龙点睛之妙。此词一贯的容若式离愁，词中所涉之景无不昏暗衰飒，令人凄然不欢；然结句言浅意深，词风壮阔处隐有太白遗风。

【菩萨蛮】

催花未歇花奴鼓。酒醒已见残红舞。

不忍覆馀觞。临风泪数行。

粉香看又别。空剩当时月。

月也异当时。凄清照鬓丝。

【当时月】

这词要从唐朝说起,《菩萨蛮》又名《子夜歌》《巫山一片云》,是唐朝教坊曲名。据记载,唐宣宗时,女蛮国入贡,其人高髻金冠,璎珞被体,故称菩萨蛮队,乐工因作《菩萨蛮曲》。不是菩萨也发脾气耍蛮的意思。

唐玄宗时汝阳王李琎小字"花奴"。奴是昵称,宋武帝刘裕的小名就叫"寄奴",李白也称自己的儿子为"明月奴"。李琎善羯鼓。羯鼓,一种乐器,状如漆桶,下承以牙床,鼓之两头俱击。据说此乐器出自匈奴。

玄宗也善羯鼓,因此对李琎尤钟爱之,曾说:"花奴姿质明莹,肌发光细，非人间人，必神仙谪堕也。”(《羯鼓录》)又，玄宗尝于二月初一晨，见宫中景色明丽，柳杏将吐，遂命高力士取羯鼓临轩纵击一曲《春光好》，曲终，花已发坼。玄宗笑言："此一事不唤我作天公可乎?"玄宗以鼓催花的狂妄自豪和祖母则天大帝以诗催花的做法异曲同工，一脉相承。

唐朝人的任性纵情总带着天亲地近的色彩，有新石器时代对着红日高山丛莽舞蹈的肆意。后来达官贵人筵席之上常击鼓为乐，以助酒兴。然而后人少有那种肆意无畏的兴头，多了“不忍覆馀觞”的小心翼翼，愈是想留存好景愈是好物不坚，“临风泪数行”的气质所为就有刻意的萧瑟和黯然。

容若这首词由离筵写起，用羯鼓催花之典，花开即落，暗喻好景不长。用盛筵将散，离别在即的情景，表达了伤春伤别的惆怅。下阕承上阕情景情绪再加点染，进一步刻画今日孤身一人空对月的凄清景象。结尾两句落在了此刻的实处，写月下的痴情思念，无法排解的愁苦忧伤。

容若词集中另一阕《菩萨蛮》曰："梦回酒醒三通鼓。断肠啼鴂花飞处。新恨隔红窗，罗衫泪几行。相思何处说。空有当时月。月也异当时，团圞照鬓丝。”立意构思乃至遣词用句，都与此首雷同。评家多认为可能一是初稿，一是改稿，然改易处甚多，结集时就两首并存。

晚年的毛泽东用铅笔在这首词前批下了枯涩的“悼亡”二字，这样的点评实在是精刮得很!

【菩萨蛮】

飘蓬只逐惊飙转。行人过尽烟光远。

立马认河流。茂陵风雨秋。

寂寥行殿锁。梵呗琉璃火。

塞雁与宫鸦。山深日易斜。

【茂陵秋】

我们安徽人有个歌谣："说凤阳，道凤阳，凤阳是个好地方，自从出了朱皇帝，十年倒有九年荒。"民间还传说他炮轰功臣楼，可知朱元璋是个很不招人待见的人。他的枭雄气，不同于刘邦，也有别于曹操。贫寒出身的他，是草草削成的剑矛，尖锐逼人，底质却弱脆。没有太大的气度，一味严苛到底。各朝皇帝削权罢官，也只有朱元璋做得这样不地道，受人指摘——大明天子坐龙廷，文武百官命归阴。朱和尚身上带着悍然匪气，刚猛有余，仁柔不足，是枭雄，但不具备真正的仁者气度。

因为猜忌之心，不肯放权。朱元璋做皇帝做得格外辛苦。据说他每天要看二百多份奏章，处理四百多件政事，堪称皇帝中的劳模。因为事必躬亲，君主集权在他手中得到了空前的加强，他也成为历史上最专制最勤政的皇帝之一。不过，如此高度集中的皇权也产生了极大的负面影响。因为没有相应的制约机制，明代中后期皇帝为所欲为，极度腐败，甚至数十年不上朝，大臣也无计可施。

物极必反。朱元璋的后代懒惰者居多，大明朝的十六位皇帝，有为的屈指可数，千奇百怪的怪胎倒不少。若不是靠着朱元璋开国及朱棣其后制定了一系列强化君权的政体和严谨稳当的国策，凭着他那些不成器只会胡作非为的儿孙，根本不会有二百七十六年的明朝国祚。

成祖朱棣迁都北京之后，明朝后来的十三位皇帝就被葬于北京昌平县北天寿山的明皇陵，即现在的明十三陵。容若这一阕即是过十三陵的感怀之作。这样的作品《饮水词》中颇有几首，像《好事近》有“零落繁华如此。再向断烟衰草，认藓碑题字”；《采桑子》有“行人莫话前朝事，风雨诸陵，寂寞鱼灯。天寿山头冷月横”等句，都是容若过经明十三陵时，对前朝皇陵景象的描绘。

茂陵是明宪宗朱见深的陵墓，朱见深和万氏之间的孽缘令人感慨。万氏比皇帝大十七岁，然而封为贵妃，恩宠隆绝。万氏美貌而性妒，在力求专宠和打击后宫皇帝子嗣方面不遗余力，险些使朱见深断了子嗣。她的行事风格不免让人想起汉成帝妃赵合德。可叹的是，这两个女人遇见的两个男人都是执迷不悟万死不辞得很。刘骜死于与合德交欢，朱见深则在万贵妃死后不久，悲伤过度而亡，其实和殉情也差不多。面对这样没有理由的迷恋，男女畸爱，后人也只能叹一句——前世冤孽。

也许，因为朱见深是明朝历史上唯一一个因为妃子死后郁悒而死的痴情皇帝，他对爱妃的深情暗合了容若对爱妻的感情；所以，在秋日的黄昏，容若才会不经意间立马茂陵，感慨良多吧。

读这首词仿佛赏画。容若全以景语入词，以词境作画，以画意入词。将“行人过尽烟光远”的缥缈、“茂陵风雨秋”的沧桑、“寂寥行殿锁”的荒芜、“山深日易斜”的感伤融合在一起。故更婉曲有致，意境幽远，其不胜今昔之感、兴亡之叹又清晰可见。

一把锈迹斑斑的铜锁，锁住了行宫大门，也将旧时的热闹与繁华锁在了时空深处。只有那些盘旋在宫殿上空的大雁和乌鸦，还像以前那样不停地聒噪着，似乎还想在这深山日暮的断瓦残垣里，找寻到旧日的荣华记忆。

天寿山暮色四合，最后一抹残阳的余晖洒落山林深处。深山空寂。我策马远行，不敢再回首苍茫夜色。人事如飘蓬，风吹浪卷。多少繁华流过，回眸处，满眼荒凉。

我知道，现世鼎盛也会有这样荒芜的一天。盛衰兴亡，这一切毕竟无可避免。百年之后，谁知何处埋枯骨？

【菩萨蛮】

晶帘一片伤心白。云鬟香雾成遥隔。

无语问添衣。桐阴月已西。

西风鸣络纬。不许愁人睡。

只是去年秋。如何泪欲流。

【问添衣】

捣衣,添制寒服是古代女子秋季常做的事。把织好的布帛,铺在平滑的砧板上,用木棒敲平,以求柔软熨帖,好裁制衣服。捣衣,多于秋夜进行,所以制好的衣服也被称为寒服。

词调中有《捣练子》词牌,即其本意。凄冷的砧杵声又称为"寒砧",诗词中往往用来表现征人离妇、远别故乡惆怅情绪,像王驾那句"一行书信千行泪,寒到君边衣到无?"王诗之所以能够被人千载传诵,正是因为他切实传神地写出了思妇对远戍边关亲人的牵挂,一种洁净的情感被文字提炼出来,超越时空,延续了心中一份温暖。

《子夜秋歌》里"风清觉时凉,明月天色高。佳人理寒服,万结砧杵劳"写捣衣写得风致楚楚。月下捣衣虽是劳作,也是人世风景殊胜,更何况是为意中人制衣,虽辛苦也觉得甜蜜甘愿,果真到了"长安一片月,万户捣衣声"的时候,就更感觉不到落寞了。自家的砧声和着别家的砧声,声声阵阵,想着不远处也有人在为亲人赶制寒衣,天下有情人这样多,砧声虽单调,入耳也如仙乐。

针线自古是女人的活计,缝衣制服也相应变成了女性传达爱意的方式。

容若此词据考证,应是作于康熙十六年秋,卢氏新亡后不久。小令所截取的,正是生活中"添衣"这么一件细节小事。自从妻子逝去之后,再没有人为容若添制寒服,对他嘘寒问暖。家里虽有仆役无数,所制的衣服却少了夫妻间的贴心牵挂。感情的付出是相互映衬的,一直是她疼惜他更多。卢氏的离开使容若失去了补偿她的机会。

无语问添衣,为何只惯性地理解为妻子对丈夫的慰问,而不能是丈夫对妻子的关爱呢?

李白《菩萨蛮》词有"寒山一带伤心碧",指日暮之时,山色转深。伤心是极言之辞。伤心碧即山色深碧,伤心白即极白。后人之词多类于此。容若词中,"晶帘一片伤心白"也是此意。月光拂照水晶帘,帘内端坐的美人已然不在。全词除却"云鬟香雾"的指代略露艳色之外,言语极平实。

如果知晓这指代亦是化自杜甫《月夜》，明白老杜隐在“香雾云鬟湿，清辉玉臂寒”后面的相思之凄苦，恐怕连仅有的一点艳色也褪去，洇开来，变成了白月光似的惘然。

此词一说是塞上思情之作，一说是“悼亡”。我细读词“只是去年秋。如何泪欲流”，确似悼亡之音。“欲”字用的真是恰到好处，“欲”是将出未出，想流不能流，容若将那种哀极无泪的情状写得极精准。

年年秋日，你为我添制寒衣，如斯似是习以为常，总觉得日久天长。手中好光阴无从消磨。你我似陌上戏春的孩童，看见花开花谢都欢喜，心无凄伤。待得一日光阴流尽，白发易生，才醒转过来，懊悔哀伤。

看得见吗？是一样的秋色。秋风虫鸣月色深浓，我伫立在桐阴之下。仍似去年秋，你知我为何泪欲流？

此阕是容若小令中的佳作，上下阕折转之间从容淡定，于细处见大真情。凄婉动人之处，似是眼前梨花舞，细碎散落一地，让人心意黯然。

这一阕的最后两句，我每次读到，心里都梗然。外公是在秋天去世，去年秋时人尚在，今年秋时风景不改，人已不在。

擦身而过。生死如河，悍然相隔。渡河时辰未至，人，无力穿越，只能观望。

【菩萨蛮】

寄梁汾苕中

知君此际情萧索。黄芦苦竹孤舟泊。

烟白酒旗青。水村鱼市晴。

柁楼今夕梦。脉脉春寒送。

直过画眉桥。钱塘江上潮。

【情萧索】

很多人知道顾贞观都是因为容若，其实顾贞观在清时，无论才气名望都不逊于容若，甚至隐隐有前辈的风范。他是明代东林党人顾宪成的曾孙，也算家学渊源。顾贞观原名华文，字远平、华峰，号梁汾。生于崇祯十年(1637年)，幼习经史，尤好诗词。少年时就和太仓吴伟业、宜兴陈维崧、无锡严绳孙、秦松龄等人交往，并加入他们的慎交社。虽然年纪最小，但“飞觞赋诗，才气横溢”。清廷慕其才学，于康熙三年(1664年)任命他担任秘书院中书舍人。康熙五年中举后改为国史院典籍，官至内阁中书，次年康熙南巡，他作为扈从随侍左右。康熙十年，因受同僚排挤，落职返回故里。之后一直沉沦下僚。康熙十七年(1678年)，康熙下令开设“博学鸿词科”，一批文坛精英诸如朱彝尊、陈维崧、严绳孙、姜宸英均被荐到京，顾贞观、纳兰性德广交文友，经常聚会唱和，清初词坛的振兴和他们的活跃是分不开的。

他还受容若所托编订了《饮水词》，可知容若对他的才华学识也极为放心佩服。最为难得的是，除了才气，顾贞观还仗义，没有酸腐文人的琐碎和小心算计。他曾为营救诗友吴兆骞，求助于容若，更不惜求于明珠。容若被他所填的《金缕曲》感动，不避嫌疑地借助父亲明珠之力帮他救助吴兆骞。

说起来，世态炎凉，锦上添花的数不胜数，真正肯在危难关头为朋友出头的又有几个？容若和梁汾都难得，他们都不势利，愿意做雪中送炭的事。也许正因为看到了梁汾身上的侠气，容若才会对他倾心相交，视他如师如友如兄长。容若对梁汾的依恋，到了琐碎的地步，以至于《饮水词》中大部分唱和之作都和梁汾有关。

顾贞观的确也是容若的知己，他读纳兰的《饮水词》轻易就明白了容若难共人言的心事，相传他自己也曾有过和容若相似的感情经历，只不过他的恋人入的是侯门而不是宫门。

人和人之间的交往，除了能够互相理解沟通畅快之外，还有一点就是要投缘。不投缘的人往往像贴错门神一样互相看不顺眼。康熙十五年，顾贞观应大学士纳兰明珠之邀赴京为纳兰容若授课。

两人一见如故，直至生死不渝。这样一蹴而就的情分，只能用投缘来解释。

康熙二十年(1681年)，顾贞观回无锡为母丁忧，康熙二十一年，他人在苕中。苕中是今浙江湖州一带。因有苕溪，故称。容若寄词给他，全篇都从想象落笔，化虚为实，颇有浪漫色彩。上阕设想梁汾此刻正于归途中，心情萧索，颇似当年被贬的白居易。但途中停泊处却是水村鱼市，烟白旗青，入眼风光平静安详。下阕进一步想象夜间他在舟中做着清梦的情景。最后两句容若却由萧索转为慰藉，以“直过画眉桥，钱塘江上潮”的谐语慰之，既温情又佻达。全篇立意不无伤感，却在伤感中翻出豁达新意，尤其是最后两句，虽然有同情有隐怨，却又令人宽慰解颐。无怪有评家极口称赞结穴两句：“笔致秀绝而语特凝练。”

我是深爱这一阕，不同于容若词中别的送别赠友词。虽以萧索起笔，却不再是铺天盖地普天万物同愁，而是有豁达的劝慰和祝福。

顾贞观有咏六桥之自度曲《踏莎美人》，谓自删后所留“其二”中有句云：“双鱼好记夜来潮，此信拆看，应傍画眉桥。”自注：“桥在平望，俗传画眉鸟过其下即不能巧啭，舟人至此，必携以登陆云。”但平望在江苏吴江县南运河边，并不与苕溪相通，可能是梁汾搞错了。

容若此处写到画眉桥，一是代指梁汾故乡，二是暗用汉张敞为妻画眉的典故,喻祝他合家团聚的用心是很明显的。

许我是江南人,所以格外喜爱词中“烟白酒旗青。水村鱼市晴”这两句,清淡疏朗,褪淡全词的悲色,更绰绰有杜牧诗中“水村山郭酒旗风”的气象。比起悲情缠绵的容若,我更喜欢看他阳光灿烂天真恬淡的一面。

【菩萨蛮】

梦回酒醒三通鼓。断肠啼鹅花飞处。

新恨隔红窗。罗衫泪几行。

相思何处说。空有当时月。

月也异当时。团圞照鬓丝。

【异当时】

此阕亦是月夜怀人之作，词情意境同与前阕《菩萨蛮》，凄婉缠绵之至。三更鼓时酒醒梦回，显然是伤痛彻骨，沉湎于酒也不能彻底麻痹。

古人夜里打更报时，一夜分为五更，三更鼓即半夜时。半夜酒醒心意阑珊，此刻耳边偏又传来杜鹃的悲啼之声，伤情益增，愁心愈重。在酒精的抚慰下，人怎么能不清泪涟涟？可恨此情此怨又无处可说。当时明月在，却与那时不同，它现在只是照映着孤独一人了。

古代的男文人们很牛，他们可以自如变换角色，转换得毫不牵强。他们善于揣摩女子的心态，也常通过想象女子对自己的思念展开描写。“新恨隔红窗。罗衫泪几行。”写得伤感彻骨，是假借女子对男子的爱来寄托自己的情思，借女人的口来表达难以启齿过于缠绵的情感。

又是借酒浇愁，见花落泪，对月伤心，新恨旧愁，百感交集。容若心肠九曲，总是为了一个情字。如丝如缕，萦回不绝。不过能将相思之苦，婉曲道来，絮而不烦，亦是天赋情种，有如情花烂漫到难管难收，此一等纵情执定，亦是纳兰词题材狭窄却出尘高妙处。

把这首《菩萨蛮》词和前面一首（“晶帘一片伤心白”）合起来看，有珠联璧合、互为补益的妙处。因着词境相同，更可由细处看出尘光流转，容若心思的点点差别。《饮水词》本来就不是揽天括地之书，由细处一可观容若心态情绪的迭转，在相对狭小的范围内写出这么精妙而令人称道的辞章，足见容若才情高绝。

容若的两阕词都提到了月。月对古人的重要性自不待言。最著名的神话“嫦娥奔月”即反映了古人对月亮的迷恋和幻想，亦隐证了无论是实际需要还是精神层面，月亮在古人心中都关系重大。古时光源稀缺，白天靠太阳，晚上就靠月亮了。素净也有素净的好，明月当空，两个人一起看月亮，在月亮下山盟海誓或者牵手散步很能创造气氛，有助感情发展。就算两人不在一处，也可以约好同来望月，寄取相思。

明月由此成为爱情的见证，同来望月人何在，风景依稀似去年。“当时月”所寄予的正是对逝去的光阴、过去的感情的怀想。月在而约空，因不可回转而悲哀，有深深的无奈和悲哀。

“江畔何人初见月，江月何年初照人？人生代代无穷已，江月年年只相似。不知江月待何人，但见长江送流水。”——张若虚在《春江花月夜》里关于人生、时光、自然的感慨使人哑然。由月及人，奈何人生短促，自然无尽。

月在人亡是常有的事。容若“月也异当时。团圞照鬓丝”和崔护在桃花树下徘徊不去、感慨人面何处的心境很相似。

可惜的是，他与心爱的人之间尚不及崔护与桃花女的缘分深重。

【临江仙】

寒柳

飞絮飞花何处是，层冰积雪摧残。
疏疏一树五更寒。爱他明月好，憔悴也相关。
最是繁丝摇落后，转教人忆春山。
湔裙梦断续应难。西风多少恨，吹不散眉弯。

【多少恨】

古人离别有着折柳赠柳的习惯，折柳之地又多在灞桥，因有“灞桥折柳”之说。柳树与离别相挂牵，因此在诗文里出镜率也相当高。

作《竹枝词》很有名的刘禹锡也作《柳枝词》：“春江一曲柳千条，二十年前旧板桥。曾与美人桥上别，恨无消息到今朝。”这首诗曾被明代人誉为神品，透出柳除了凄婉，还有香艳的一面。虽然刘禹锡也写到了与美人分别，然而最早也最著名的香柳是章台柳。故事起自写“春城无处不飞花”的韩翃。

身为大历十大才子之一的韩翃，以诗名扬天下，偶然机缘和一个美貌女子柳氏相识相爱。柳氏被湮灭了具体的名，如千秋以来的众多女子一样，只知道她风姿绰约。姓柳，风摆杨柳不能自主的“柳”。

韩翃获取功名后不久，按礼制归家省亲；柳氏留居长安。随后安禄山叛变，安史之乱起，柳氏出家为尼，却被悍将番将沙吒利所劫，韩翃则做了平卢节度使侯希逸的书记，战火流离，两人天各一方。韩翃从他人口中辗转得知柳氏的下落，寄了一首诗给柳氏：“章台柳，章台柳，往日青青今在否？纵使长条似旧垂，也应攀折他人手。”柳氏得信则回：“杨柳枝，芳菲节，所恨年年赠离别，一叶随风忽报秋，纵使君来岂堪折。”

两诗以柳喻人，往复之间承载了多少恨意和无奈。若是韩翃和容若相识的话，恐怕会因境遇相似而抱头痛哭。韩翃会欣赏容若那一句：“西风多少恨，吹不散眉弯。”而容若也会对他那句“纵使长条似旧垂，也应攀折他人手”无语认同。

韩翃比容若幸运，唐朝多侠士，前有昆仑奴和黄衫客，后有侯希逸部将许俊。这个许俊也是豪侠，被两人苦恋感动，用计助韩翃夺回柳氏，使两株相离的章台柳终于聚首。

《章台柳》应该是流传最广的以柳写人的诗之一，别离蕴于其间，含而不露，有别于大多以柳写别离的诗。容若的《临江仙》无疑延续发扬了韩翃的写法，并以词的方式使离意更婉转深邃。

《临江仙》此调仙姿超拔，很多人单为这三个字就钟爱这词牌。

此调原咏水仙，后来渐渐不拘限于此。譬如容若此调就是咏柳。上阕写柳的形态，下阕写人的凄楚心境，借寒柳在“层冰积雪”摧残下憔悴乏力的状态，写处在相思痛苦中的孤寂凄凉，意境天成。

陈廷焯在《白雨斋词话》里说：“余最爱《临江仙》‘疏疏一树五更寒，爱他明月好，憔悴也相关。’言之有物，几令人感激涕零。容若词亦以此篇为压卷之作。”这么说，明显是有个人的鉴赏偏好在，但诗词鉴赏本来就是比拼品位的事，无可厚非。

细解陈廷焯也有几分道理在，历代文人写柳树柳枝柳叶，细柳弱柳病柳残柳，层出不穷，然而大多是春柳。

容若匠心别具地用经受冰雪摧残的寒柳，暗咏身在皇宫皇威重压下的恋人。立意既新，手法也不俗。句句写柳，又句句写人，物与人融为一体，委婉含蓄，意境幽远。李商隐在《柳枝词序》中说：一男子偶遇柳枝姑娘，柳枝表示三天后将涉水湔裙来会。

容若咏柳，正合用此典故。“湔裙梦断”指和恋人重聚的梦破。

想来陈廷焯发出明月有情的感慨赞誉，也许正是品出容若心头那点与众不同的深意——

伊是侬，心上柳，暮暮朝朝，荣枯两相关。

你眉似春柳，若远山。颦尖多少恨，西风吹不散？

人心愁如海，时间亦难撼动，何况西风？

【临江仙】

永平道中

独客单衾谁念我，晓来凉雨飕飕。

缄书欲寄又还休。个侬憔悴，禁得更添愁。

曾记年年三月病，而今病向深秋。

庐龙风景白人头。药炉烟里，支枕听河流。

【听河流】

这首也是容若客旅时的卧病之作，意境缠绵而不损萧壮，与《虞美人》（“黄昏又听城头角”）景况略似，情绪却更收敛，语意也更沉凉。与“一声弹指泪如丝”的激荡比，我更喜欢“支枕听河流”这样寂寞到无言的意境。

康熙年间，罗刹国觊觎中国东北边境的领土，在黑龙江北岸侵占土地，强行修建了军事据点雅克萨木城。康熙不同于后期的清朝统治者，他英明果断，积极采取对策，于康熙二十一年（1682年）秋派遣副都统郎谈、彭春与容若等，率领少数骑兵以捕鹿为名，前往黑龙江沿岸侦察情势，并联络当地梭龙部（梭龙即索伦，是当时对鄂温克、鄂伦春、达斡尔等民族的统称）各民族，为在军事、外交上挫败罗刹的扩张图谋做好准备。

郎谈等于八月启程，至十二月下旬回京复命，容若始终参与此事，万里远行，往来途中写了不少诗词，但由于任务绝密，所作多言离情而不涉使命。这一阕《临江仙》作于永平道中，永平是指清代的永平府，其故境在今河北省东北部陡河以东、长城以南的地区，是出关通辽东的必经之路，由此可知容若作此词时是初登征程后不久。

用词体咏边塞风情，北宋以后并不多见。因为工作的关系，容若多赴塞外，有一般文弱书生比不了的开阔眼界。容若写边塞词，因为个性的原因，词境绝少乐观明亮，词意也黯沉。

读这首词的时候，似乎还能看见容若靠在那里，支起枕头，侧耳听着隐隐的水声，心思如水烟漠漠……写好了书信又犹豫，家中那个人本已因自己的外出而担忧憔悴，设若收到我生病的家书必定会愁上添愁，她身体娇弱，又怎么禁受得住呢？

这么多年以后，他脸上沧桑更浓，不再是那个动辄“一声弹指泪如丝”的少年公子了，甚至没有皱眉。他只是神色悠悠地靠在那里。庐龙地区风物稀疏，景色萧条，令人陡增伤感。

她的影子在黄昏中晃动，想起来旧旧的。这么多年以后，玉人已逝。而他，情感几经开谢，姿态已收敛成熟。于是只是靠在那里，非常安静，成为在药炉烟里，支枕听河流的静默男子。

【临江仙】

点滴芭蕉心欲碎，声声催忆当初。

欲眠还展旧时书。鸳鸯小字，犹记手生疏。

倦眼乍低缃帙乱，重看一半模糊。

幽窗冷雨一灯孤。料应情尽，还道有情无。

【手生疏】

明朝王次回写艳体诗是很有名气的，他的《疑云集》《疑雨集》在当时流传甚广，有赞誉“沉博绝丽，无语不香，有愁必媚”。虽然腐儒们对他评价不高，但他的诗对同时代或后世的人影响都不小。

平心而论，王次回诗有一点艳，一点忧，一点亮，疑云疑雨意态媚然，也是上品。

容若喜欢用王次回的诗句，此在《饮水词》中不胜枚举，也是一大特色。容若受次回影响甚深，就像李碧华、亦舒很受张爱玲影响一样，其实是一种继承和发扬。容若词清艳，次回诗香艳。

艳本是一体同源，花开两树，也谈不上王次回低俗不及容若。诗和词的感觉本来就不同，词作艳语因为格式多变，三唱三叠就显得婉转音流，诗七律五律七言五言总不过四角橱柜稳稳当当。这实在是体格上的问题，与人品关系不大。

“鸳鸯小字，犹记手生疏”化用王次回《湘灵》诗：“戏仿曹娥把笔初，描花手法未生疏。沉吟欲作鸳鸯字，羞被郎窥不肯书。”容若化用此意，亦可能是此诗所勾画的恩爱动人的场面，一如当年他手把手教卢氏临帖的闺房雅趣。看着那写满相思情意的书笺，便忆起当时她书写还不熟练，羞被自己看见的娇憨情景。

王次回热衷于在自己的词中套用香艳的典故，以增加秾情——譬如荀奉倩的故事就是他喜欢反复渲染的一个典故：荀奉倩是一个极度疼爱妻子的丈夫。一次，他的妻子在冬天里发高烧，急于给她退烧的荀奉倩赤膊到户外挨冻，然后拿自己冻冰了的光身子贴上去给妻子降温。后来，这个荀奉倩因此罹疾而死。如今，我们所说的“体贴”，也不晓得是否是从荀奉倩那里演化而来？

写艳词的，尤其是男人，是很不大为人所看得起的。但，关于荀奉倩的故事得以传播，还真得要感谢王次回呢。若不是王次回反复地写进词里——“愁看西子心长捧，冷透荀郎体自堪”，“平生守礼多谦畏，不受荀郎熨体寒”，哪能引得我们那么深的感触？

据王次回在词里吐露，他自己也是很疼爱妻子的。死无对证，难以知道王次回说的是否属实。但是我知道，如果有需要，容若，他一定是可以冻透身体为妻子驱热的至情男子。

这一阕所描写的，是日常生活情景，用词也简净，用“点滴芭蕉心欲碎”形容全词的语风再贴切不过。本来雨夜怀人就是一件让人伤感的事，如果恰好想起的那个人是你最亲近的人，你发现她写过的书笺依然清晰，而她已经不在世上了，物是人非事事休，那悲伤会不会更难以抑制呢？

芭蕉夜雨，孤灯幽窗，一些散乱的、翻过了以后还没有及时整理的书笺。没有逻辑，没有因果，就是这样一帧一帧的画面在记忆中无序闪现，才更真实感人。不是么？词家说意、说境、说界，意见起落分迭，却不得不认同：再高明的技巧都不及真切情感让人感觉生动。如果不投入情感，作品就无法生长繁衍，文字再美亦只是美人脸上的“花黄”，一拂就掉落在地了。

幸好，《饮水词》中游弋的多是这些情感，而容若擅于捕捉它们，再写得撩人。

“鸳鸯小字，犹记手生疏。”

轻易地，又被容若的细微回忆触痛了。

相爱相处的最后，我们留在别人记忆里的，是否只是这些磷光？

微弱的，浮游于指尖以下，回忆以上。

磷光若有，尚能自我安慰。若无，不过一场海上烟花，情谊虚空。

【荷叶杯】

帘卷落花如雪。烟月。谁在小红亭。

玉钗敲竹乍闻声。风影略分明。

化作彩云飞去。何处。不隔枕函边。

一声将息晓寒天。肠断又今年。

【枕函边】

这是很清丽的词牌名，隋人殷英童《采莲曲》中有“莲叶捧成杯”一句，调名本此。

七月在西湖泛舟，看到连湖碧叶就想起唐人以荷叶为杯，谓之碧筒酒。兴起想弄杯尝尝。身边没有酒，水也行。但是湖水太脏，荷叶不许摘，打消了附庸风雅的念头，只去湖心亭喝了一碗藕粉作罢。廊下雨歇歇，打在花草上，花木扶疏。远处三潭印月，烟水迷蒙。

这是我心念不息的西湖了，接天莲叶无穷碧，淡妆浓抹两相宜。

这里有太多艳美的情事，荷叶上的水珠，圆圆整整，不用抖就落了。白素贞、钱王妃、苏小小、朱淑真，甚至还有一个不能以爱情论的秋瑾，人似落花，情如烟月。

心里觉得容若和卢氏两人可比三潭印月，一个是潭水，一个是映在潭水里的月亮，都应是生活在江南，终身水烟弥漫的温婉人，在一起过过小日子，寻常日子自有一番远意。她在清晨早起为他烫过茶碗，泡上茶，锅里煮着白粥，桌上是小菜和腐乳。他自安静地吃了走，掩了门扉。她靠在被里，枕边情意未绝，被里尚有余温，抬眼见新阳漠漠，想着他此刻在路上，长亭短亭，渐去渐远渐无信，有一点愁念，一点欣喜。日高，她开了妆奁，将自己打扮得漂漂亮亮，且要把家里弄得好好的，连她自己的人，新新簇簇等他回来。

漫漫，夕阳红了天，小楼轻上，远远见他自畈上小道回来，心中安定。长日温顺。

然而他们在北方，北方那个大气荒芜的城市，燕赵碧血，留不下前世江南的一对双飞燕。或许，下一世，还有这样的机会罢。此生做了乌衣公子，朱楼贵妇，步步行来步步停，哪得这样的清悠闲。况且又是红颜命薄，黄沙掩玉貌，三载即与君长绝。

于是，容若的哀戚，似荷叶染绿杯里的酒，碧得清冷凄凉。

他在落花如雪的月夜里，朦朦胧胧中，看到了她立在小红亭边绰绰的身影，接着又仿佛听到了几声玉钗轻敲翠竹的声音。他知道，这是她寂寞不安的表示。

你爱月夜访竹，问竹，清洁如许，可有愁心？可愿共人知？我听出来你是在自问，是你自己冰肌玉骨不欲谪世。你在觅知音，你爱哭，却又怕自己如湘妃泪尽。这竹种在你的屋前，日夕看着你，守住你。它们是这人间你最沉默坚忍的知音。这世间有太多东西使你疑惧，有时候，甚至也包括我。世间情意如此不稳，而你摆荡其间柔弱不改刚洁。

是……你回来了吗？踏着溶溶烟月而归，不改昔日的风貌。如果你是归云，定会看得见，我一直守在这里，与你的竹友一起等你。

等你再续来生缘。

【荷叶杯】

知己一人谁是。已矣。赢得误他生。

有情终古似无情。别语悔分明。

莫道芳时易度。朝暮。珍重好花天。

为伊指点再来缘。疏雨洗遗钿。

【悔分明】

这一阕悼亡,是写亡妻还是写恋人,都在两可之间。平心而论,这两个女子在容若心里各有各位置,谁也不可断言替代谁。假设无名氏《赁庑笔记》是真,那么这一阕写给入宫的恋人可能性会大一些。

犹记容若在《南乡子·为亡妇题照》中说"别语忒分明",而这里却说"别语悔分明"。虽然一字之差,却有非常大的区别。思念卢氏,念及她对自己的温柔体贴,病体沉沉时尚不忘嘱咐自己千事万事,这些话事后想起来就会特别的分明,这在情理之中,无须言“悔”。

而恋人则不同，她入宫出乎两人的意料，为了彼此坚定信心，临行的密约密誓显然是少不了的，然而人在惊惶仓促中又哪能考虑得百事周全？当日誓言，后来竟因为现实的困难而难以实现，当时的话，如今想起来也字字锥心。只有这样才会“悔”，悔当日想得太清浅，悔当初想得太天真。如果当时不对重逢抱那么大希望，也许面对今日的死别就会减一分伤心。

知己二字，是对人极重的称许，彼此需要非常了解并情谊深切。“士为知己者死”，荆轲酬燕丹，侯嬴报信陵，都是百死不改、掷地做金石声的人事。由知己来透视，可知亡人在容若心中的分量绝非一般的情爱可比。若爱而昵，终究不过是俗世恩爱夫妻，世上多是这样的人，恩爱柔和而不了解。难得的是爱而敬，精神上视她为知己。

贾宝玉同薛宝钗结了婚，一样世上夫妻，晨昏定省，外人面前做得笑脸盈盈，礼数周全，回转身来也温存体贴。只有相对而睡的两个人看得见，对方的心里拔不出也软化不了的硬伤，不死不休，伫立在心脏最柔软的地方，在黑暗里闪光。曹公那一曲《意难平》，道尽世间多少儿女的不足。“女为悦己者容”，这个“容”也不是那样好“悦”的。

我们如渡河人，要从自己的一岸到对方的岸。心似湖泊，自知是站在岸上观水的人，一条小舟行过，即使纵身扑入也不过划开一道波线，怎样渡过都一样，能掌握多少内质？更从何得知水深浅？

容若说知己，我微笑。一个男人视女人为知己，先不说爱，首先已突破了性别上的固执，更何况这知己的基础是相爱。最难得是他知足，赢得一个，即不做贪念，情愿来生也是一样选择。心上坦然接纳，似黎明时分转过山坳看见阳光的光洁明亮，可以相待久长。

容若好友朱彝尊感慨常叹："滔滔天下，知己一人谁是？"可见容若是幸运的。他爱的人，不但爱他，更是他的知己。亲昵爱敬，爱的两全他都占了，所以不得长久。幸福易得易失，所以他惨伤。

这一首开起三句就直抒胸臆，真切凛人。"已矣"两字就先声夺人。接下来却笔锋勒转，由刚转柔；由明转暗，用情语铺叙，绵绵中诉尽心底伤痛悔恨。"疏雨洗遗钿"一句清淡凄冷，有景有情，全词情意飞流直下，到这里收刹非但没有不妥，还恰到好处地催人泪下。

"海内存知己，天涯若比邻。"说得何尝不对。紧要的是，爱情牵绊计较，远不如友情豁达开朗。要连生死也隔绝不断，在彼岸花开如初，才见得爱情的坚定柔韧。

【于中好】

独背斜阳上小楼。谁家玉笛韵偏幽。

一行白雁遥天暮，几点黄花满地秋。

惊节序，叹沉浮。秾华如梦水东流。

人间所事堪惆怅，莫向横塘问旧游。

【上小楼】

登高远望是人在落寞时常做的事。所谓眼界，是有一定界限的，离了原先所在境地，突破了原有的界限，再看山光水影一花一木，都有突破和新鲜。如果没有登高，陈子昂不会在幽州台那样一个小土坡上将小我与大志，刹那与永恒，古与今，崇高与渺小，置于无限广阔的宇宙背景下，撞击出人生的永恒感慨，吟出“前不见古人，后不见来者。念天地之悠悠，独怆然而涕下”的绝唱。

李煜在被囚的日子里独上西楼，目光穿越了清寂小院，再次看见的，是南唐的宫阙，车水马龙，宫娥纤纤，丝幕重重，亡国之恨又一次冲击他的心灵，衍生出波折如水的人生长恨。晏殊一生仕途平顺，宦歌生涯，过着尝无一日无宴饮的侈靡生活。华丽如锦的他，亦有萧瑟的时候，某夜突然黯然了一把，写下“昨夜西风凋碧树，独上高楼，望尽天涯路”的句子，好像一路繁花如锦，突然来到一处山石洁瘦的清溪洁地，反而心明眼亮，豁然开朗。

容若这阕《鹧鸪天》亦为登高感伤之作，虽比不上前贤，但也颇精妙，有独到之处。短短一阕词，表现手法多样。有视觉：残阳小楼；有听觉：玉笛偏幽；有远景：一行白雁；有近景：几点黄花；有心理活动：惊节序，叹沉浮；也有秉怀直呼：人间所事堪惆怅。容若将所见所感交错纷呈，身世之感与眼前景致互融，收放自如，很是清丽婉曲。

有人说，这是一首秋日登高怀人之作，此说亦有道理。不过，我所关心的并不是容若在怀念谁，而是他总在不经意间流露如秋叶黄花般萧瑟的心态。

“人间所事堪惆怅”不免使人联想到他的另一首《浣溪沙》中的下阕：“我是人间惆怅客，知君何事泪纵横。断肠声里忆平生。”那是写在下雪的冬日，如今是黄花飘零的秋天。时光转过一年，日子是一天天在消磨，惆怅却如影跟随。

江南多有横塘，所指不一。“妾住在横塘”是崔颢的横塘，李贺等人也写过。苏州的横塘是唐伯虎住过的地方。“凌波不过横塘路”是贺铸的横塘。因此似乎不必拘泥于确切的地理位置。词中泛指江南，且以横塘代指记忆中曾一起走过、拥有美好回忆的地方。“莫向横塘问旧游”一句结全词，亦暗开新境，因全词已写足了秋景萧瑟，末一句“旧游”两字暗含的春光缱绻、无忧无虑已是不言而喻了。

旧时横塘明月路，少年郎，不知愁。白马春衫足风流。到如今形单影只，心似寒秋，故地怎重游?

【于中好】

别绪如丝睡不成。那堪孤枕梦边城。

因听紫塞三更雨，却忆红楼半夜灯。

书郑重，恨分明。天将愁味酿多情。

起来呵手封题处，偏到鸳鸯两字冰。

【两字冰】

《鹧鸪天》这个词牌，写得最早的是宋祁，写得最多的是晏殊，写得最好的却是大晏的儿子小晏（晏几道）。小山那阕《鹧鸪天》著名到我不想浪费笔墨再重述的地步。相信只要有心有情人，不会有人体验不到"几回魂梦与君同"的缠绵飘摇。

来说说容若吧，小山摹爱情，容若写婚姻，平实厚重也动人。若把小山那阕《鹧鸪天》看作艳妆的杨妃，容若这阕《鹧鸪天》就是溪畔浣纱的西子，淡妆素服，举动言笑都家常。

彼时他在塞上，多情公子身在边城孤独不堪。由于愁思连梦也做不成，唯有夜雨潇潇，触动相思，遂忆起妻子也曾在夜半思念自己。为解相思便给妻子写信，千言万语无从下笔。边塞严寒，好容易写完，封合信封时却发现无论是墨迹还是双手都一片冰凉。

当初读到“偏到鸳鸯两字冰”就深觉意韵深长，此句既有天寒而滴水成冰之义，又有相思空无计，遂心如寒冰的凄冷之情。容若巧妙地将节候与心境熔于一炉，深曲地表达了相思的愁苦。致令“鸳鸯两字冰”的，与其说是离别，莫若说是人生种种不得不履行的责任。

我还看过一种解法，此词可对应起来看，上阕是容若在塞上怀妻子，下阕是妻子闺中怀远人。这样照应着看也可，未破坏词意，反而是夫妻同念，显出珠联璧合的好处。

看见容若说“书郑重”，莫名心动，仿佛看见他眼眉情意辗转。现在我们连信也少写了，懒得动笔，十指在键盘上跳舞，越舞越寂寞。偶尔收到一个男子信笺，恍然回复年少时收到情书时的窃喜。

亦会黯然，那年的情书，被遗忘的时光。当初樱花树下的烂漫期待，还剩多少？

【于中好】

十月初四夜风雨，其明日是亡妇生辰

尘满疏帘素带飘。真成暗度可怜宵。

几回偷拭青衫泪，忽傍犀奁见翠翘。

惟有恨，转无聊。五更依旧落花朝。

衰杨叶尽丝难尽，冷雨凄风打画桥。

【丝难尽】

依然是《鹧鸪天》。我是倔强地不爱说《于中好》，就像我坚持觉得容若的悼亡词不逊于历代任何一个写悼亡的男人一样。这次站在对面与他映衬的人是贺铸，一个不无失落的苏州男人，因为丧妻之痛，生生把一阕《鹧鸪天》改写成了《半死桐》。

重过阊门万事非。同来何事不同归。梧桐半死清霜后，头白鸳鸯失伴飞。　原上草，露初晞。旧栖新垅两依依。空床卧听南窗雨，谁复挑灯夜补衣。

《半死桐》是四大悼亡诗之一，但我不喜欢，真的不喜欢。不是对贺铸这个人有什么意见，不是对做妻子的给丈夫补衣服有意见，而是我不认同那种潜意识里视妻子为贴身免费保姆的男权主义。容若不会这样，他即使写妻子劳作也是充满怜惜："半月前头扶病，剪刀声、犹在银釭。"女人就该操持家务，就该挑灯补衣，他一点这样的想法也没有。字句之间，我拣视的就是他这一点尊怜心。女人要的不多，只是要一份建立在尊重基础上的爱，与之能够端然平视，相看不厌。如斯携手，方可水远山长。

死亡像刀一样斩下，容若是那个肋骨断裂却只能闷头走路的人。妻子和爱人都死了。一个最爱他，一个他最爱，情感不可称量，不可承受。两根肋骨应声碎裂，很难分辨哪边的痛会轻一些。

他于是毫不掩饰自己内心的失落悲伤。妻子离去以后尘满疏帘，素带飘空。其实，堂堂的相府断不至于如此狼藉。一切只是容若的心理感观艺术加工罢了。就像苏子说，相顾无言，唯有泪千行。其实一对夫妻只有两双眼睛，再怎么相顾也不至于泪千行。只是明知有假，也舍不得不感动，仿佛看见容若凄苦冷清的苦况。他在回廊转角处独自徘徊，看见亡妻的遗物，每每忍不住偷偷落泪，泪湿的青衫袖口有千斤重。如此起笔的写法似显突然，想想又合情理，真切感人。

"惟有恨，转无聊"，就如一个人随口而出的真情话，根本无须刻意雕琢，唯一腔真情倾泻而出而已，情丝（思）难断。由“五更”两字知，容若又是一宵未眠。偏偏新的一天也不是艳阳高照，依旧是“凄风冷雨打画桥”的葬花天气。卢氏的亡日在阴历五月落花时节，同样的“落花朝”，一样的画桥，画桥未断情已断，彼此擦身而过，生死殊途。

据“真成”二字可知，此词应作于卢氏新丧不久。想容若一人在那房子里，如何寂寞难挨？虽然有无数的奴婢仆人伺候，可是卢氏死后，身边再无一个知心人。顾贞观他们再好，总不能与他同寝同食，生活中，妻子的作用是无人可代的。

欲说又不可明言，何况斯人已逝，言明又有何用？容若心苦可想而知。他无限伤心，亦只能在无人处偷拭清泪而已！那是因为——他是男儿，大丈夫何患无妻？为一个女子（那女子再好也罢）都是不值得的。这是道德给予人的规定和暗示。一个男子对女人太深情，哪怕那个人是自己的妻子，也是不宜当的。深情不是理由，因会消磨了凌云壮志，会折损了万丈雄心。男儿身，如果要做大事就要抛得开儿女私情。否则，这男人至多被人赞一句：多情种子。在社会上，他不见得被他的同类崇敬。男人们惧怕着，尊敬着，亦努力成为强者。

有时候，男子的无情，是被社会道德规范调教出来的。现在也差不多。对于男人的千年的要求规范，骨子里没有大的更动。

容若对于情越来越执着，像信仰一般追寻，对于世俗追求越来越淡，直至视为身外之事。他的深情幽婉中尽显落拓不羁。

多情，且专注于情，容若是男人中的异类。“惟有恨，转无聊”，即使过了三百年，容若仍是寂寞的，男人对他认同者少，爱慕他的多是女人。

【于中好】

送梁汾南还，时方为题小影

握手西风泪不干。年来多在别离间。

遥知独听灯前雨，转帆同看雪后山。

凭寄语，劝加餐。桂花时节约重还。

分明小像沉香缕，一片伤心欲画难。

【别离间】

古人的可爱在于他们与自然没有隔阂，而有敬畏心。看见喜鹊，认为是老天派好鸟来通知他们喜事临门，恨不得邀喜鹊进门喝酒，拿些喜糖来分给喜鹊吃；至于鹧鸪，古人认为它的叫声是在说“行不得也哥哥”，意在劝人不要轻易别离。

离别在行动基本靠走的古人看来，实在是事关生死的大事。因为这鸟儿的叫声，勾起人们太多的想法。很多不可言说的愁绪，使人有知音的感觉，所以鹧鸪渐渐入了诗词，除了词牌，后来还成为一种乐调的名字。鹧鸪为乐名，许浑《听歌鹧鸪》诗：“南国多情多艳词，鹧鸪清怨绕梁飞。”郑谷《迁客》诗：“离夜闻横笛，可堪吹鹧鸪？”《宋史·乐志》引姜夔言：“今大乐外……有曰夏笛、鹧鸪，曰胡卢琴、渤海琴，沉滞抑郁，腔调含糊，失之太浊。”由此可知，至南宋时鹧鸪似为一种笙笛类的乐调。

唐、五代词中无《鹧鸪天》调。此调始见于北宋宋祁之作，而晏殊犹善填此调。在北宋词牌中，《鹧鸪天》的别名最多。《于中好》是其一，但我一直觉得，这个别名呆板严正，没有声色，远不如原名活泼，有鸟群起落喧杂的清新。

《鹧鸪天》这个词牌多用来抒写离愁别绪，很少写壮怀激荡的豪情感怀。这是一种约定俗成的习惯。容若的几首《鹧鸪天》正合了这一意旨。据考证，此阕《鹧鸪天》当作于康熙二十年顾贞观因母丧离京南还时。这一年容若护驾远行，与友人多难聚首，南下北上犹如飞鸿，容若感伤于此，故有：“握手西风泪不干，年来多在别离间”的感慨。梁汾南还，他赠以小像，题以清词。遗憾的是，这幅小像并没有存留下来，后来毁于火中。否则，透过小影，当可窥见容若“一片伤心欲画难”的忧郁。

犹记得，容若曾泣“一片伤心画不成”（《南乡子》），那是写给亡妻的话，而今在送梁汾南还，友人之间的送别词里也出现了语意接近的话语，可知梁汾在容若心中地位殊重。

容若有时敏感太甚，一般的别离也会惹他不安，仿佛天地万物都随之同悲一样。这样的多情，多为淡漠的现代人所不解，亦觉得情感太重，不堪兑付。再说，一个男人动不动“握手西风泪不干”，和朋友离别，又赠词又赠照片，也忒不洒脱了！

我不赞成容若这样细腻感伤，太白那种“挥手自兹去，萧萧班马鸣”的看似缺心少肺式的洒脱，倒是深得我心。不过，我很喜欢“凭寄语，劝加餐。桂花时节约重还”这几句。淡而有声色，有唐诗绝句味，语虽琐碎，亦不减洒脱意，亦是真朋友之间才有的细心关照。可惜，这又是化用王次回的。唉！可怜的屡次被侵权的王次回。

【金缕曲】

赠梁汾

德也狂生耳。偶然间、缁尘京国，乌衣门第。

有酒惟浇赵州土，谁会成生此意。不信道、遂成知己。

青眼高歌俱未老，向樽前、拭尽英雄泪。君不见，月如水。

共君此夜须沉醉。且由他、蛾眉谣诼，古今同忌。

身世悠悠何足问，冷笑置之而已。寻思起、从头翻悔。

一日心期千劫在，后身缘、恐结他生里。然诺重，君须记。

【君须记】

除了哀婉，容若也深沉，大约是身陷官场覆雨翻云的事看多了，免不了“吟罢恩仇心事涌，江湖侠骨恐无多”的消沉，就少了几分任侠江湖气。唯一例外的是答顾贞观的《金缕曲》。这一首看似信笔拈来，数个“君”字，又两个“身”字，全抛开词家死规矩，情感若江水而出，叫人读了大呼痛快，是那种击缶高歌的痛快！

容若似被风吹落错地方生长的种子，感慨着“偶然间、淄尘京国，乌衣门第”。仿佛这荣华是老天硬塞给他的。他终其一生不识命运安排的轨迹，敏锐善感，又桀骜不驯，内心做困兽之斗。同是

"乌衣门第",容若吟出这句话身世之叹甚重,没有"乌衣巷口夕阳斜"的惘然,读不出对世事的感喟。

不以权贵为喜,不以门第为傲。他落落清朗,隐隐落泊。反而赢得一帮江南名士折节下交。

梁汾,是顾贞观的号。清康熙十五年(1676年)顾贞观应明珠之聘,为纳兰家西宾,容若与他一见如故引为挚友。

这首《金缕曲》即是容若在认识他不久后在《侧帽投壶图》上题的词,既为自己写照,也为其交游写照,中间还交错着对蛾眉谣诼的感慨,又照应了答应顾贞观营救吴汉槎的事。运笔疏朗有致,情感沉着跌拓。

我个人最喜当中"共君此夜须沉醉。且由他、蛾眉谣诼,古今同忌"几句,直抒胸臆,意态激扬。言辞间大有扬眉剑出鞘的侠气纵横。

男人太激扬了往往不好,有讲大话的嫌疑,一股艺术青年舍我其谁的酸味。但像容若这样缠绵悱恻的主儿,偶尔放浪形骸,无忌世俗礼教一把,狂一狂,倒叫人替他高兴!想来大家是差不多的心思,故此词一出就广为传诵,成为《饮水词》传扬千古的名篇。

古人说得黄金百两,未若得季布一诺。人生得友如纳兰容若,何止胜却黄金百两?要不是顾贞观走了纳兰的门路,恐怕就有个黄金千两也未必能把吴汉槎从塞外救回来。倒是纳兰说道"有酒惟浇赵州土",大话罢了。他充其量不过是个赌书泼茶的主儿。与妻妾闺房之中，画眉为乐，以其父明珠当时的地位和纳兰自己的名声，倘要效法平原君，估计等不及食客盈门，就被御史参了。

关于这首词，有很多附会之说。有人说，“后身缘、恐结他生里”之语不祥，后来容若果然壮年而卒，仿佛词谶。“谶”这种说法由来已久，唐以后说法更甚，人们开始相信诗文是一个人的心气所致，照应他一生的命运，像擅做“鬼语”的李贺，不但一生命途乖舛，而且短寿，二十七岁即亡故。

《炙砚琐谈》里有一段附会更是好玩：写容若与梁汾交厚，写《金缕曲》有：“一日心期千劫在，后身缘、恐结他生里。然诺重，君须记。”而梁汾答词亦有“但结记、来生休悔”之语。容若殇后，梁汾得梦。梦中见容若曰：“文章知己，念不去怀。泡影石光，愿为息壤。”是夜，梁汾得一子，观其面目，宛然是容若，知为其后身无疑，心窃喜。弥月后，复得一梦，梦容若与己作别。醒来惊动。询问之，其子已卒。

后人编排这段轶事，足证两人亲厚。

【金缕曲】

姜西溟言别，赋此赠之

谁复留君住。叹人生、几番离合，便成迟暮。

最忆西窗同翦烛，却话家山夜雨。不道只、暂时相聚。

滚滚长江萧萧木，送遥天、白雁哀鸣去。黄叶下，秋如许。

曰归因甚添愁绪。料强如、冷烟寒月，栖迟梵宇。

一事伤心君落魄，两鬓飘萧未遇。有解忆、长安儿女。

裘敝入门空太息，信古来、才命真相负。身世恨，共谁语。

【身世恨】

第一次看见"叹人生、几番离合，便成迟暮"，当时便惊住了！不过二十多岁的年轻男子，竟能发出如此慷慨沉凉之语。心中辗转低回不已。时光的流转，一生的光阴，可不就是在几个挥手、几次转身中倏然而失的么？于是，这首词的其他都成了海上月明、水中余影而已。

容若化用李义山诗句述说姜西溟与自己交往的情景，又化用老杜《登高》里的诗句描绘深秋的景象。这两处容若将名句化得恰切妥帖，不着痕迹，兼具俊爽苍劲之美。

老杜是可怜可叹的男子，一生际遇坎坷，却始终不改忧国忧民之心。真正属于容若所说的才命相负的群体的典型代表。老杜写国事悲凉雄壮，写家事却始终清寒中透着温暖。《月夜》里写小儿女是“遥怜小儿女，未解忆长安”，写老妻是“香雾云鬟湿，清辉玉臂寒。何时倚虚幌，双照泪痕干”。想起来，老杜也不是考场的宠儿，早年科举，屡试不第。可人仍有“会当凌绝顶，一览众山小”的雄心。在杜甫的诗中你看不见为功名所累的阴影，老杜也累，他是被自己忧国忧民累的。晚年生活那样落泊，穷居孤舟，食不果腹，也不见他借着诗文抱怨。这才是真正的文人气节。

容若刻意反用老杜的诗意，慰藉西溟。不必执着于功名得失，你家中尚有思念你、盼望你归来的家人。

又《战国策·秦策一》载：苏秦“说秦王书十上而说不行。黑貂之裘敝，黄金百斤尽，资用乏绝，去秦而归”。后人以此典形容为功名奔走，其志未遂。容若用此典固然说西溟不第而归，徒自叹息，却也未尝没有鼓励的意思。苏秦日后毕竟佩了六国相印，盖世事多变，不全在人意料中。

每一天的阴晴，每个人的成功失败都是有原因的。苏秦是少有的很坚定很清醒的男人，所以黑貂裘衣穿到破烂，黄金百斤用尽，受尽嘲笑，也勇往直前。他明白自己生在一个少有的时代中。苏秦能佩六国相印，而后世再无此例，不是后世再无超越苏秦的人才，而是七国并立，那样自由竞争，虽然动荡却充满自我实现机会的时代，以后再也没有出现过。

秦时明月汉时关，战国是乱到无人不可以是君无人不可以是臣的地步，天下即是一片新鲜田地，新阳艳云。谁都可以去播种，等待结果。好像九十年代初的深圳，神话和悲剧都能一夜成型。人人是野兽，野心无限大。为每一块陌生的领地画上记号，在领地的边缘殷勤梭巡。空气里都有种荒莽暴躁的生机。

处在时代转型期的文人，尤其是所谓的才子，最是心性不稳不安于室的。他们比小孩天真，比小孩还莽撞，自以为是。像姜西溟这样有几滴墨水的穷酸才子落泊文人，其实像大地上的虫豸一样，海了去了，并不见得有多出奇，容若用"才命相负"的话来赞许他，未免不是溢美、慰藉之词。

若果真是国士无双，就不该为不第这种小事耿耿于心。当有更高的眼界胸襟，该学姜尚垂钓、张良脱靴那样淡定。既身负治世之才，辅佐的应是一代明君霸主，世间小名小利又焉能动其心?

果然是绝世的才子，上天即不许以世俗功名成就，也必以另一种方式让世人需要，被人记取。剩下的，不过是些自以为薄命的普通人，谈不上才命相负!

我又小心眼地揣度，容若的心意、情意可曾真为友人解? 比如顾贞观、姜西溟，他们毕竟是在红尘功名中挣扎谪堕的落泊文人，可曾透析过容若灵魂里的动荡不安和不染冰雪?《金缕曲》中一路读来，或者劝慰，或者开解，或者为其帮忙，容若竟成了开解他们的情感信箱。说得刻薄些，这些人到底是落泊才子，表面再洒脱，也虚了底气，没有苏子“醉笑陪公三万场，不用诉离觞”的豪情豁达。

朋友之间，解意远不如会意。我眉一皱，头一点，弦未响，你当解我曲意，这样的绝等聪明才登对。也因为难得，高山流水才是举世无双。

无论顾贞观还是姜西溟，他们至多是容若的知己，而非知音。

“一事伤心君落魄，两鬓飘萧未遇。”“身世恨，共谁语。”这四句，很容易叫我想起金庸笔下的杨过。我欢喜的是，杨过孤苦半生，却没有怨怼过上天。这样的男人，气度胸襟如山如海，耐心守候，终于获得老天的补偿。

假如有杨过那样绝色亮烈的男儿，与容若湖海断崖边一遇倾心。际遇如斯，心境如斯，至情狂放如斯，才会得容若词中光明磊落。

【金缕曲】

简梁汾

洒尽无端泪。莫因他、琼楼寂寞，误来人世。

信道痴儿多厚福，谁遣偏生明慧。莫更著、浮名相累。

仕宦何妨如断梗，只那将、声影供群吠。天欲问，且休矣。

情深我自判憔悴。转丁宁、香怜易爇，玉怜轻碎。

羡杀软红尘里客，一味醉生梦死。歌与哭、任猜何意。

绝塞生还吴季子，算眼前、此外皆闲事。知我者，梁汾耳。

【吴季子】

因为梁羽生先生太喜欢纳兰容若的缘故，除了《七剑下天山》之外，他还不止一次在随笔里提到纳兰容若，引起了同为武侠宗师的金庸的兴趣，于是金庸就写了一篇相应的短文——《顾梁汾赋“赎命词”》来回应他，将容若和梁汾营救吴兆骞的事，以及吴兆骞这个人都写得详尽而生动，我认为可以作为这阕《金缕曲》的注解。因此把它转引下来——

吴兆骞是江苏吴江人，从小就很聪明，因之也颇为狂放骄傲。据笔记小说上说，他在私塾里念书时，见桌上有同学们除下来的帽子，常拿来小便。同学们报告老师，老师自然责问他。他的理由是："与其放在俗人头上，还不如拿来盛小便。"老师叹息说："这孩子将来必定会因名气大而惹祸。"这话说得很不错，在封建皇朝中，名气大正是惹祸的重要原因。

另一部笔记中还说他一件逸事：有一次他与几位朋友同出吴江县东门，路上忽对汪钝翁说："江东无我，卿当独秀！"（本为刘宋时袁淑语）旁人为之侧目。

吴兆骞虽然狂放，也确实颇有点才气，对朋友也很热情。吴梅村把他与陈其年、彭古晋三人合称，名之为"江左三凤凰"。

他所以获罪，是为了科场事件。顺治丁酉年，他去应考举人，考中了。后来发现这一场考试大有弊端，于是皇帝命考中的举人们复试一次。他的学问和才气都很好，本来不成问题，大概因为复试时气氛十分紧张，心理上大受影响，竟然不能把文章写完，结果被判充军宁古塔。这是一件株连极广、杀人甚众的科场大案。清人入关伊始，主要是借此大杀江南人士立威。吴兆骞完全冤枉，当时名士们都很同情他，写了许多诗词给他送行，吴梅村为他作的《悲歌赠吴季子》是其中最有名的。当中有"君独何为至于此，山非山兮水非水，生非生兮死非死"之叹。哀他此去九死一生，只怕凶多吉少。此句后被容若化用在《水龙吟》里。

顾贞观(梁汾)当时与他齐名,吴被充军时他曾承诺必定全力营救,二十多年过去了,大清朝顺治换了康熙,一切努力始终无用。顾贞观自己也混得一般,很是郁郁不得志,在太傅纳兰明珠家当幕客,想起好友至今仍在寒冷偏塞之地受苦,于是寄了两首词给他。那就是有名的两阕《金缕曲》:

季子平安否?便归来平生万事。那堪回首!行路悠悠谁慰藉?母老家贫子幼。记不起从前杯酒。魑魅捉人应见惯,总输他覆雨翻云手。冰与雪,周旋久。　　泪痕莫滴牛衣透。数天涯团栾骨肉,几家能够?比似红颜多薄命,更不如今还有。只绝塞苦寒难受。廿载包胥承一诺。盼乌头马角终相救。置此札,君怀袖。

我亦飘零久。十年来深恩负尽,死生师友。宿昔齐名非忝窃,只看杜陵穷瘦,曾不减夜郎孱愁。薄命长辞知己别,问人生到此凄凉否?千万恨,为兄剖。　　兄生辛未吾丁丑。共些时冰霜摧折,早衰蒲柳。词赋从今须少作,留取心魂相守。但愿得河清人寿。归日急翻行戍稿,把空名料理传身后。言不尽,观顿首。

《白雨斋词话》评这两词说:"二词纯以性情结撰而成。悲之深,慰之至，丁宁告戒，无一字不从肺腑流出，可以泣鬼神矣！”又道：“两阕只如家常说话，而痛快淋漓，两人心迹，一一如见……千秋绝调也。”

纳兰容若见了这两首词后，不禁感动得流泪。认为古来怀念朋友的文学作品中，李陵与苏武的《河梁生别》诗、向秀怀念嵇康的《思旧赋》可与此鼎足而三。他知道这事不容易办，立誓要以十年的时间营救吴兆骞归来。当时也写了这首《金缕曲》给顾，词的结尾说：“绝塞生还吴季子，算眼前、此外皆闲事。知我者，梁汾耳。”表示目前最重要的事是尽力营救吴，这就是《金缕曲·简梁汾》的由来。

这里还有个小插曲，容若答应梁汾十年之间必定救吴汉槎回来。因为交厚，梁汾直言说：人的一生有几个十年？你要救就要快点设法。容若不以为忤，反而认为他说得在理，想了想，说：那请给我五年时间吧。

不久容若在适当的时机去求他父亲设法。有一次明珠请客，明珠知道顾贞观素不喝酒，就斟了满满一大碗酒对他说：“你饮干了，我就救汉槎。”顾贞观毫不踌躇地一饮而尽。明珠笑道：“我跟你开玩笑的，就算你不饮，难道我就不救他了么？”明珠出一点力，朋友们大家凑钱，终于把吴兆骞赎回来。

当时人把顾贞观的两首词称为“赎命词”。一个名叫顾忠的人写诗记这事道：“金兰倘使无良友，关塞终当老健儿。”

吴兆骞终于在康熙二十年（1681 年）从宁古塔归来。吴兆骞释放后，到明珠府上致谢，在屋内墙壁上见到题字："顾梁汾为松陵才子吴汉槎屈膝处"，感慨落泪。那题字看起来不免做作，难道明珠看到也不以为意一笑置之么？气节从来为清高文人看重。以顾贞观狂傲不屈的性子为救吴汉槎四处求人，还求到他内心看不起的权贵面前，想必是忍受他所认为的极大屈辱，心中愤懑到需要大书一笔才甘心。

这首《金缕曲》慷慨淋漓地表现容若率性真情和他对友情的看重。康熙十年，梁汾受同僚排挤被参，落职返回故里。容若和他相交后知道他的情况，上阕就是安慰梁汾休为宦海浮沉而恼心，仕途为官如同断梗，四处漂泊，不值得为其所累。下阕是嘱托梁汾转告汉槎要善自珍重，坚定明确地表示了自己要营救他的决心。全词全是在为友人着想，无一语是为自己盘算，足见容若心地光明磊落。

"情深我自判憔悴。"为朋友，他心甘情愿憔悴费神，毫无怨言。似容若这样有情无私的男儿，文而有侠气，实在稀世难得。古时吴国公子挂剑留徐，以示信义。容若因汉槎姓吴而称其为吴季子。其实他自己的所为其实更接近一诺千金的贵族公子吴季札。

【金缕曲】

生怕芳樽满。到更深、迷离醉影，残灯相伴。

依旧回廊新月在，不定竹声撩乱。问愁与、春宵长短。

人比疏花还寂寞，任红蕤、落尽应难管。向梦里，闻低唤。

此情拟倩东风浣。奈吹来、余香病酒，旋添一半。

惜别江郎浑易瘦，更著轻寒轻暖。忆絮语、纵横茗椀。

滴滴西窗红蜡泪，那时肠、早为而今断。任角枕，倚孤馆。

【倚孤馆】

容若在静夜起相思。酒不但不能排解愁情，反添起惆怅。愁情绵绵不绝，比这春宵还要长。

心中此际的孤独无聊，比凄雨疏花还要寂寞。白日无凭，唯有梦里才可与你一会。我形神俱损，拟请东风洗去忧愁，不但不能，反倒添愁添恨。为卿相思已不堪重负，偏又遇这乍暖清寒的时候，身心竟似不堪其累。原来当年剪烛西窗，对面絮语之时，我们已在为可能到来的离别而伤心了。如今在孤馆独宿，离思紊乱之时忆及当初的情景，心里更是情浓恨深。

这一首，有人解做怀友，有人解做悼亡，而我觉得容若此词的高妙恰好是这种模糊暧昧。上阕看是怀伊人，下阕读是怀故友，轻易将两种感情拨弄得像两生花暧昧交缠。爱煞那一句“人比疏花还寂寞”。意境清疏，用情深切，是非得口齿噙香对月吟才有的笔花照人的好句。

容若将自身与庭前花比，红花落尽，花枝萧疏；这花是如此孤寂，然而人却比这疏花还要寂寞。他正是这样软玉娇花似的一个人。

说起独宿旅寓，身世之叹，就总想起柳永的《戚氏》，实在堪为绝唱。宋人有赞誉：“《离骚》寂寞千年后，《戚氏》凄凉一曲终。”莫以为以《离骚》比《戚氏》是一个时代人的偏爱，《戚氏》孤峰独绝，后世几乎无词可比。

晚秋天。一霎微雨洒庭轩。槛菊萧疏，井梧零乱惹残烟。凄然。望江关。飞云黯淡夕阳闲。当时宋玉悲感，向此临水与登山。远道迢递，行人凄楚，倦听陇水潺湲。正蝉吟败叶，蛩响衰草，相应喧喧。　　孤馆度日如年。风露渐变，悄悄至更阑。长天净，绛河清浅，皓月婵娟。思绵绵。夜永对景，那堪屈指，暗想从前。未名未禄，绮陌红楼，往往经岁迁延。　　帝里风光好，当年少日，暮宴朝欢。况有狂朋怪侣，遇当歌、对酒竞留连。别来迅景如梭，旧游似梦，烟水程何限。念利名、憔悴长萦绊。追往事、空惨愁颜。漏箭移、稍觉轻寒。渐呜咽、画角数声残。对闲窗畔，停灯向晓，抱影无眠。

《戚氏》调是柳永创立的长调慢词，全词二百一十二字，是长调中最长的体制之一。古代文士对行文句法极其讲究，为了突破以往骈体过于整齐匀称的格局便以散体造就疏密相间跌宕生姿的效果。另一方面为了不致过于松散拖沓，又借骈体穿插其中加以整合，从而达到疏密相间、红花白蓼的效果。《戚氏》写景抒情，叙述骈散交织，一气呵成，音韵也有说不出的和谐。

为抒情而抒情，因写情而抒情，是为文的两种不同层次。容若才情虽高也还只停留在前一阶段，关于文字的把握，容若仍不够圆熟。运笔之间还可以看出浓重的折转痕迹，用词也嫌秾丽。

语言的过度华美会影响文字的承载力，过了那段奢华浓艳的心境以后再看，就不如简练的文字有力。三变是已入了第二层的人，家常絮语，却宕开笔去写，文脚细密朴直。他一生的经历机遇都可以在这二百一十二字中找到痕迹，又仿佛无迹可寻。三变的文法好比湘女手中的针线，明明一针一线都是用心，却显得若无其事，织出精细的"双面绣"，可以透观。

天涯羁客，念念功名，扑身追逐而又无法甘愿，这样的人密如荆棘，多如牛毛。生命原是不可停留的，湍流渡涉也许遇上一个险滩人就粉身碎骨。可时间、责任、俗世标准却又时时在其间督促人们奋勇争先，力争上游。

容若华丽而落泊，三变落泊而华丽。春风举国裁宫锦，半作障泥半作帆，是人生的两种形态。

【金缕曲】

慰西溟

何事添凄咽。但由他、天公簸弄，莫教磨涅。

失意每多如意少，终古几人称屈。须知道、福因才折。

独卧藜床看北斗，背高城、玉笛吹成血。听谯鼓，二更彻。

丈夫未肯因人热。且乘闲、五湖料理，扁舟一叶。

泪似秋霖挥不尽，洒向野田黄蝶。须不羡、承明班列。

马迹车尘忙未了，任西风、吹冷长安月。又萧寺，花如雪。

【添凄咽】

纳兰词，多愁苦之作，几乎十首中有七八首都有个“愁”字。容若多愁，却不完全是个消极颓废的词人。他的“愁”，其实是在现实压力下，精神苦闷无处疏解的表现，透出无可奈何的忧伤。今之女子感慨“嫁人当嫁纳兰君”，容若若无几分风骨，以今天这些钢筋水泥森林里打磨出来的“白骨精”们的眼光，光是有“工愁善恨”的一面，不见其男儿血性的一面，想要一帮女人精如此称许也是不可能的。几首《金缕曲》就颇见豪侠气。

《金缕曲·慰西溟》有“悲慷气，酷近燕幽”的感觉！此作是他写给好友姜宸英的。姜宸英(1628—1699),字西溟,号湛园,又号苇间,浙江慈溪人。擅辞章,工书画。生性疏放,时人识为“狷狂”。有《苇间诗集》《湛园未定稿》《湛园藏稿》等。这个人才学很好,可是屡试不第,属于才重天下人偏偏不中考官的典型。

康熙十七年(1678年),西溟到京参加博学鸿词考试,在京时曾寓萧寺。萧寺即佛寺。相传梁武帝萧衍造佛寺,命萧子云书飞白大字“萧寺”,所以后世遂以萧寺为佛寺之称谓。考试的结果是西溟未能中选。容若对他深表同情,并不以其狷介为异,留西溟居于府邸,与其交情甚厚。二人诗词往还,多唱和之作。

康熙十八年(1679年),西溟又遭母丧,其不如意,痛苦愤懑可想而知。秋后西溟决计南归奔丧,容若赋词慰勉之。这首《金缕曲》,是在为有才能的人抱屈,也对压制人才的社会现状表示了不满。

当中最精彩是“丈夫未肯因人热。且乘闲、五湖料理,扁舟一叶”一句。大丈夫不应因求官不成而急躁。弃功名不取,又是何等的高傲,容若称美西溟“不肯因人热”的“丈夫气概”也有自况。

“因人热”的典故出自梁鸿,语见东汉班固等撰《东观汉记》卷十八《梁鸿》:“梁鸿少孤……不与人同食。比舍先炊已,呼鸿及热釜炊。鸿曰:‘童子鸿不因人热者也。’灭灶更燃火。”梁鸿是个孤介有信念的男人,虽然有时候的行为显出做作刻意的姿态,比如当学生时不跟同学一起生火煮饭,非另起个炉灶才显得自己清净,妻子递水时也一定举案齐眉,动作标准。这种男人是不随和不可爱的,同他生活你更别指望他风趣给你惊喜，他的一举一动有礼可据，上至《周礼》下至《论语》一丝不苟，像个行为道德训导师。

春秋时，范蠡佐越王勾践灭吴后，果断辞官浮舟太湖，易名鸱夷子皮，陶朱公。后人欣赏他的睿智，不但史书上以他人品才智为重，更在民间传说里把下落不明的绝色美女西施赐还给范蠡，叫他们二人泛舟太湖，做一对神仙美眷。容若以此典故安慰姜西溟，说你求官不成，又不屑依附权贵，那不如学范蠡泛舟五湖，隐居自乐。愿望是好的，可惜又有几个人有范蠡的才智和果断？姜宸英书法之道精绝，在清也算横绝一代。可叹的是功名之念始终不息。内心不同于表面的淡泊名利。

世事往往这样狠毒可笑，越想得到的人越得不到，那道墙眼看着翻过去了，最后一脚还踏空，摔下来鼻青眼肿前功尽弃，反而是无所谓的。像弯腰捡个帽子，朝头上一戴，量身定做的一样。

姜西溟为人尚可，为官十分潦草失败。容若用了“簸弄”“莫叫磨涅”“任西风、吹冷长安月”等语，明慰暗劝。旁观者清，也许正因为他看到姜西溟性格不适合为官。只是，他不能替姜西溟选择要走的路，看到也只能提醒。

博学鸿词科后，姜西溟为人举荐修《明史》，年七十方成进士，在官场中半世浮沉，始终浮不上去，最后以主持顺天乡试案被牵连丢了官而死狱中。容若叹“福因才折”竟是一语成谶。

容若是聪明人，或许聪明到剔透的地步，一眼洞穿富贵功名的假象，了然天意。如同皆站在迷径里，世人多一生一世执迷不返，唯有他轻巧巧就道出真相："失意每多如意少"。这样的人，既不执迷于功名，也唯有将省下心力，放到"情"字上，这样居然也做出了千古文章。

他缠绵悱恻是惯常，萧壮起来也萧壮。"独卧藜床看北斗，背高城、玉笛吹成血"写得极好，有景有色，慷慨悲怆，气势不凡，不下盛唐之风。

藜床是用藜(莱草)茎编织的藤床。北斗指北斗七星，古代诗文中常以北斗喻指朝廷，此处亦寓含不忘朝廷之意。容若自己不喜欢官场，不喜欢居于庙堂之上，指手画脚。

他内心所称道的是，远离繁华闹市，归隐山林，独自高眠，卧看北斗七星，吹笛自乐的种种隐逸好处。容若痛惜好友才华，说纵有伤情之泪，亦当洒向知己者。不应叫小人冷眼看了笑话。既然命运不济，试而不第，不如放开胸怀，随老天爷播弄，无须因此而折磨自己。不应为功名束缚。京城里的衮衮诸公忙于奔走仕途，你有真才却不得志，不若以达观心态处之，任那些身陷名利却自鸣得意的人儿去奔忙吧！

看到"福因才折"四字，我竟失语。这是劝慰姜西溟，何尝不是容若的自警自怜自伤。自古佳人多难才子短命。生来比别人多些能力就注定了要多承受点考验磨折。天意公平。

【金缕曲】

亡妇忌日有感

此恨何时已。滴空阶、寒更雨歇，葬花天气。

三载悠悠魂梦杳，是梦久应醒矣。料也觉、人间无味。

不及夜台尘土隔，冷清清、一片埋愁地。钗钿约，竟抛弃。

重泉若有双鱼寄。好知他、年来苦乐，与谁相倚。

我自终宵成转侧，忍听湘弦重理。待结个、他生知己。

还怕两人俱薄命，再缘悭、剩月零风里。清泪尽，纸灰起。

【清泪尽】

战国时，宋人庄周的妻子死了，惠施去吊平静丧，见他正在敲着缶（古人以瓦盆为乐器）歌唱。惠施问他：你妻死不哭也还罢了，又唱起歌来，岂不是太过分了？他道：我妻刚死的时候我也不免伤感，后来想：人本来无生、无形，由无到有，又由有到无，也不过是像四季循环似的自然变化，又何必悲伤呢？

庄子可谓千古达观超然第一人。庄生迷蝶，他的思维原本就不是一般人可以附和的。妻子死了他击缶而歌，不是不悲，而是从大悲中超拔出来，体悟到生死相映的道理。立在天地之间看清世相由此超脱的人毕竟寥寥无几。茫茫众生多是不可解，解不开心念就遗憾丛生，耗尽终生穿越不了死亡的长长隧道。

容若悼亡名篇，还有什么可说的呢？历代悼亡诗看尽，多属嘴上便宜。“取次花丛懒回顾，半缘修道半缘君”是卖弄；“洛妃偶值无人见，相送袜尘微步”是轻薄；“谁复挑灯夜补衣”，感慨仿佛是身边少了贴身女仆；即使“十年生死两茫茫”，夜半醒来，还有个朝云随时在侧，慰一句“天涯何处无芳草”。

对比苏子的“纵使相逢应不识，尘满面，鬓如霜”，容若的“好知他、年来苦乐，与谁相倚”，前者怜的是己，后者念的是她，情之深浅跃然纸上。

词起得突兀：“此恨何时已”？此乃化用唐李之仪《卜算子》词“此水几时休，此恨何时已”成句，劈头一个反问，道出容若心中对卢氏之死深切绵长、无穷无尽的哀思。自卢氏死后，他对她的思念一直没有停止。

容若既恨新婚三年竟成永诀，欢乐不终而哀思无限；又恨人天悬隔，相见无由。值此亡妇忌日，这种愁恨更有增无已。人生常恨如水，李之仪就问：“此水几时休，此恨何时已？”那尚是在“我住长江头，君住长江尾。日日思君不见君，共饮长江水”的情况下，虽然生离，有长江水维系，到底还有见面的可能，心有慰藉。而死别，是遽然断裂的山崖，罅隙巨大，葬身于此回身无路。

据1977年出土的《皇清纳腊（兰）卢氏墓志铭》：“卢氏年十八

妇……康熙十六年(1677年)五月卒,春秋二十有一,生一子海亮。”容若词中有“三载悠悠魂梦杳”之语,故知此词写于康熙十九年(1680年)农历五月三十日。

卢氏卒于农历五月三十日。此时已是夏天,争奇斗艳的百花大都已凋谢,故称“葬花天气”。容若不谓“落花”,而称“葬花”,“葬”与“落”平仄相同,自非韵律所限。是因人死方谓“葬”,用“葬”字则更切合卢氏之死。容若更怜亡妻之死如花零落。

妻死整整三年,仿佛大梦一场,但果真是梦也早该醒了。被噩耗震惊之人,常会在痛心疾首之余,对现实产生某种怀疑,希望自己是在梦境中。梦中的情景无论多么令人不快,梦醒则烟消云散。可是哪有一梦三年的呢?三年,三年之后又三年。年年卢氏生日、忌日,容若都心哀痛如刀剐。世间有击缶而歌的超然,就必然有终身不忘的耿切。

容若他始终学不会忘记,记得亦是有缘。

卢氏离世后,容若陡觉人间无味。词风遽变,由清丽婉约转向哀感顽艳,愈加凄婉缠绵。尤其是悼亡词,直白凛切,纯以血泪织成。声声如杜鹃啼血。

读这词,一字一句似是泪泉,忽然之间有落泪的冲动。捺住了,心酸地笑,有一个男人如此牵念,那么缘悭薄命的遗憾都可以在他的思念和眼泪中烟消云散了。

死亡,这人世最大的障碍和恐惧。它不仅没有分开我们,反而拉近了我们的距离。本来,我居于我的躯壳之内,我再与你近,也是隔了我的身体同你说话。可是,死亡化去了我的形迹,我们之间再没有任何阻隔,我也再不用恐惧时间,我不会老去,不会病痛,已经消失就不会再消失。在你的记忆、你的身体内我如花飞旋,一年一年地轮回再生。

他生他世里,我仍在初见的地方静候你。

我明白。即使要续娶,也不损容若深情。感情和婚姻本不可一概而论。

【金缕曲】

未得长无谓。竟须将、银河亲挽，普天一洗。

麟阁才教留粉本，大笑拂衣归矣。如斯者、古今能几。

有限好春无限恨，没来由、短尽英雄气。暂觅个，柔乡避。

东君轻薄知何意。尽年年、愁红惨绿，添人憔悴。

两鬓飘萧容易白，错把韶华虚费。便决计、疏狂休悔。

但有玉人常照眼，向名花、美酒拼沉醉。天下事，公等在。

【公等在】

看到容若词中“大笑拂衣归矣”一句，我不禁条件反射地想起了李白那首《侠客行》：

赵客缦胡缨，吴钩霜雪明。

银鞍照白马，飒沓如流星。

十步杀一人，千里不留行。

事了拂衣去，深藏身与名。

闲过信陵饮，脱剑膝前横。

将炙啖朱亥，持觞劝侯嬴。

三杯吐然诺，五岳倒为轻。

眼花耳热后，意气素霓生。

救赵挥金槌，邯郸先震惊。

千秋二壮士，煊赫大梁城。

纵死侠骨香，不惭世上英。

谁能书阁下，白首太玄经。

这首诗被金庸用在《侠客行》的开篇，叫人记忆犹新。李白歌颂的是战国时代魏国的两位侠客侯嬴和朱亥。秦军围困赵国的都城邯郸，赵国的平原君向魏国的信陵君求救。侯嬴设计帮助信陵君窃取兵符；朱亥随同信陵君从魏将晋鄙手中取得军权，信陵君率领军队，击退秦兵，救了赵国。侯嬴因年老不能随信陵君救赵，于是自刎而死。

容若这首《金缕曲》所赠者不知是谁。何等豪杰之士，竟然当得起容若一声“大笑拂衣归矣”。又或者根本就没这个人，容若只是在倾诉内心的想法和自我的感受。

《侠客行》和《金缕曲》两诗词一写侠客一写文人，看上去很远，其实是有共通之处的，文人的侠气和侠客的侠气不同又相通。太白侠名卓著，“好剑术”，遍游蜀中山水名胜，二十五岁才“仗剑去国，辞亲远游”；文名更是震古朔今，“五岁诵六甲，十岁观百家”，“十五观奇书，作赋凌相如”，他是借咏信陵君门客的事来表达自己想结识像信陵君这样的明主以成就自己的政治抱负。现实却给了他无情的打击。天宝初，李白已四十二岁，因道士吴筠及贺知章推荐，被唐玄宗召入长安，供奉翰林，但不久即遭谗去职。

安史乱起，永王李璘率兵路过九江，邀请李白参加了他的幕府。李白不明局势，李璘兵败被杀，李白被流放夜郎，中途遇赦得归。两年后，李光弼率军讨伐史朝义，太白以六十一岁高龄还决意从军，终因衰病未能如愿，依族叔当涂县令李阳冰，不久便逝世了。李白借《侠客行》表达了自己欲求明主施展抱负的渴望。他是一个志气超然的男人，坚持理想而不沉迷于功名。一身干净如带露的青竹，繁华三千东流水，洗过更见风骨。

所谓借他人故事，浇自己块垒。容若这首词亦当如是！容若所赞美表达的，正是一个文人在功名进退之间长久等待后最后做出的抉择。

一个文人长久地无所作为，心有怨愤，欲揽银河普天一洗的超拔。一朝熬到皇帝说要重用了，自己忽然脑筋一冷，想通了：伴君如伴虎，功名富贵不就是那么回事么？多年清名，好不容易培养出来一点傲然独立的人格，在皇权的压制下，再销蚀了也不值得！你给我再高的官我也不做了！虽然不像太白诗中的侠客是杀完人以后潇洒开溜，可是这样子潇洒转身拒绝，对一个文人来说也是了不起的节操了！看起来矛盾，但是人的念头往往就是转瞬之间产生熄灭。一念之间,选择可能彻底改变。

容若为人有一种林下风,词就自有一股兰草的清扬,不是一般落泊文人的寒酸委屈可比。拿这首《金缕曲》来说,这词的落拓潇逸颇似稼轩风骨,字句清练而其词骨沉雄郁勃,全词更是有种一气呵成不吐不快的味道!

容若词中悲句太多,像一场又一场缠足的潮水,渐渐将人灭顶。因此慷慨沉痛的放纵格外使人精神振奋!我最爱容若做痛快语,"向名花、美酒拼沉醉。天下事,公等在"。慷慨风流,不下于沧海一声笑。

字句之间虽然满是"柔乡""名花""美酒"的字眼,却是徐克电影中,东方不败在湖中扬头饮酒那种沉而不堕,侧目扬眉间,神光离合。想起了《采桑子》里那一句:"遇酒须倾,莫问千秋万岁名。"因美酒而弃功名,非是绝色男儿不能作此语,亦不能有此出世豪情。寻常庸碌男子即使这样说,也不过是鹦鹉学舌,得不到手的强作洒脱而已。

想起了,那一夜,冷月如霜,林间轻啸而过,断崖边,有个人吟出的那几句诗:

天下风云出我辈,一入江湖岁月催。

皇图霸业谈笑中,不胜人生一场醉。

从来壶中岁月,梦里功名。但男儿身,总被功名累。贪一世英名,追权贵烟云。面对名利,真正能做到“大笑拂衣去”的洁净人古往今来又有几个?

身在富贵而不自矜,悬崖撒手的彻悟,或是看穿浮名后的抽身而去。这样的男儿是人海里的出水清莲。

【长相思】

山一程。水一程。身向榆关那畔行。夜深千帐灯。

风一更。雪一更。聒碎乡心梦不成。故园无此声。

【故园声】

《长相思》，取《古诗十九首·孟冬寒气至》中“客从远方来，遗我一书札。上言长相思，下言久离别”的诗意为名。初为唐教坊曲名，后用为词牌，又名《双红豆》《忆多娇》等。六朝以来诗人多以《长相思》发端，现存词大多写思妇之怨，而一贯风花雪月的纳兰容若居然用这么短悍的一支小令描摹透了边塞风光，既写出将士们磊落的男儿风，又极精到地点出自己的故园之思，也算是个异数。

康熙二十一年（1682年），康熙帝平定云南，出关东巡，告奉天祖陵。时年二十七岁的容若扈从出关。此词作于出山海关之时。身为满洲贵胄的容若，有感于塞上苦寒。三月天气仍是风雪凄迷，年轻男子在营中卧听风雪嘶吼，悠然动了思乡之念，写下了这首萧壮的《长相思》。

一路上登山涉水，山山水水，行行重行行，往榆关那边行进。夜深宿营，只见无数座行帐中都亮着灯火。挨过了一更又一更，风雪一阵又一阵在耳边呼啸，吵得人乡心碎乱，乡梦难圆。在我的故园，几曾有聒耳的风雪声？

引得容若夜不能寐的所谓“故园声”是什么呢？不是塞上风雪苦寒，而是家中的高床软枕，妻子仆人的殷切伺候，知己好友的理解关切，这种种世俗的温暖他毕生渴求并赖以为生。他心心念念想脱离，其实骨子里早已离不开那种安逸。就如我们有时想避开喧嚣都市，去某些偏远宁静的小城，其实不能适应那样艰苦的环境，因早已经习惯躺在家里用温水和浴盐泡澡，每周做头发护理、皮肤保养。装模作样自我放逐，实际上对城市心存无限眷恋，内心已经无法逃脱物质掌控。于是每次兜了个大圈，又重新回到原点。

此词撇开王国维“夜深千帐灯”的好处不谈，“故园”两字也颇值得玩味。容若扈从康熙出关去东北祭祖。他是满洲人，东北才是他的家乡，他现在竟把北京当作他的故园。王国维说容若未染汉人习气，这是据他的词意清切不好堆砌来论，事实上容若本人早已深得汉文化的熏陶，他天生本性又似汉族的文士，游牧民族精悍剽疾的本色，早被汉族柔韧的文化、富贵温柔乡的生活，涤荡得差不多了。

容若是运数比较高的，在世时，康熙对他圣眷正隆，父亲又位高权重，他在自己的文章里发发牢骚大家全当现在主流文化是流行怀旧，读着读着就读出了文人的风雅，惊呼："哇！千古奇观。"可是某些点背的，被人穿小鞋的人就没这么好命了，尤其给你穿小鞋的人是皇帝，那真是怎么死的都不知道。

乾隆皇帝要寻侍郎世臣的错儿，见世臣"一轮明月新秋夜，应照长安尔我家"之句，便大为震怒，说："盛京是我们祖宗发祥之地，是我们的家乡，世臣忘却，以长安为家，大不敬！"如果他看见容若这首词，不知要怎么说。不过皇帝老儿发起飙来是没什么道理好讲的，比小孩还能胡搅蛮缠。要是都跟你心平气和坐下来讲道理，那世上也没有文字狱这玩意儿了。

像容若这种属于牢骚发得应景应时，发出了艺术性。这样的人，历代虽然不多，却也不少。文人的使命之一就是把个人的小牢骚发成能引起共鸣的大牢骚。于是乎，对人性需索的探求就在文人的牢骚声中渐渐诞生了。

【画堂春】

一生一代一双人。争教两处销魂。相思相望不相亲。天为谁春？

浆向蓝桥易乞，药成碧海难奔。若容相访饮牛津。相对忘贫。

【一双人】

这首词，又要从少游身上说起。《画堂春》始见于秦观《淮海集》，为咏画堂春色之曲，后来多有繁衍，不仅仅局限于词牌字面的意思。

它应算是容若爱情词中的代表作了。读得很早，当年是被首两句“一生一代一双人。争教两处销魂”吸引，恰好合着《红楼梦》一看，正看到两人怄气，被贾母说“不是冤家不聚头”那段。感觉太惊艳了！这不就是写林妹妹和宝哥哥嘛！本是天造地设的一对佳人，却被世事折腾成了有情无缘的典范。甚至阖府上下都认定了两人是合适的伴侣，婚约近在咫尺，却偏偏天上人间永相隔，用这一首来解宝黛情事再贴切不过了！

我对容若一直抱歉得很，那时还不知道这首词是他写的。我总是先知道他的句子，再知道他的词，也一直觉得他的句子好过整篇。“有句无篇”是容若的毛病，也是诗自盛唐以后，词自北宋后的通病。说“有句无篇”太狠了。折中一点讲容若属于“有句少篇”。他的悼亡词哽切真挚，就有一气呵成，不吐不快的气势。爱情词次之，其他词再次之。

这一首的用典很讲究，也很完美。连用典故而不显生涩，丝毫没有堆砌的感觉。这两个典故又是截然相反的意思，用在一起不冲突，还有互相推动的感觉，丰富了词义，这是难得的。我一向主张，诗词要么就少用典，没那功力别急着显摆，要用就用到大音稀声、大象无形的境界，干干脆脆融会贯通。

“浆向蓝桥”用的是唐人裴硎《传奇》里的典故，裴航乘船至蓝桥时，口渴求水，得遇云英，一见倾心，遂向其母提亲，其母要求以玉杵为聘礼，方可嫁女。后来裴航终于寻得玉杵，于是成婚。捣药百日，双双仙去。容若用此典暗示在恋人未入宫前两人曾有婚约(即使是密约)，结为夫妇不是全无指望的。

《淮南子·览冥训》载：“羿请不死之药于西王母，恒娥窃以奔月。”“药成碧海”，似说恋人入宫，等于嫦娥飞入月殿，以后便难下到人世间来了。李义山有“嫦娥应悔偷灵药，碧海青天夜夜心”句，容若此处反用义山诗意，谓纵有不死仙药也难像嫦娥一样飞入月宫，纵使深情也难相见！

又晋张华《博物志》载：天河与海通，有人居海上，年年八月，见浮槎去来不失期。多赍粮乘槎而往。十余日至一处，见城郭屋舍俨然，宫中多织妇，又见一丈夫牵牛，渚次饮之。遂问此地何处，答以君还蜀郡问严君平则知。其人还至蜀问严君平，曰："某年某日有客星犯牵牛渚。"计年月，正此人到天河时也。故饮牛津指传说中的天河边，是凡人不可轻易到达的地方，可知容若与恋人幽会之难。

李义山年轻时曾与宫嫔恋爱，有《海客》一绝云："海客乘槎上紫氛，星娥罢织一相闻。只应不惮牵牛妒，聊用支机石赠君。"容若与恋人相恋，也用此典，与义山暗合。可见此词是写给被迫入宫的恋人的。

结句则采用了中国诗词用典时暗示的力量。容若有意让词意由"饮牛津"过渡到"牛衣对泣"，容若乃权相之子，本不贫，现在用"相对忘贫"之语，无非说如果我能同她相见，一个像牛郎，一个像织女，便也可以相对忘言了。如若能结合，便是做睡在牛衣中的贫贱夫妇，我们也满足。

情感上经历过无奈离别的人，对这首词会忍不住心有同感——多少人，相思相望却不能够相亲，忍不住要问：天为谁春？

突然，想起电影里，一个独自生活在沙漠里眺望西边白驼山的男人曾经说过：年轻的时候总想知道山的那边是什么，其实山的那边还是山，当你到达那儿，你或许会觉得还是这边更好。

这道理放在很多人身上都适用，包括容若。没有得到的感情就像一座想攀却没有攀上的山，横亘在心里。

然而有时候，攀过去了，又怎样呢？我们已经不再迷信得到。

【红窗月】

燕归花谢，早因循、又过清明。

是一般风景，两样心情。犹记碧桃影里、誓三生。

乌丝阑纸娇红篆，历历春星。

道休孤密约，鉴取深盟。语罢一丝香露、湿银屏。

【誓三生】

容若在词中提及了一件广为人知的事："誓三生"。"三生石上证前缘"是属于中国式的誓盟，从古到今，从帝王到贵族平民，无论是神话还是现实，安顺和婉的中国人用行动和言语演绎出东方式的深细情感。

即使现代人已经对誓言淡漠，对承诺怀疑，我们不相信别人不变，如同别人不相信我们会不变一样。可是这样柔韧坚定的表达依然惹人心动。很多人或许不喜欢它太过风花雪月。可是，无论男女，在经意或不经意间，内心仍会被触动。

"三生石"典出唐代袁郊的《甘泽谣》。《甘泽谣》中有一篇《圆观》,写圆观和朋友李源三世相交的故事,颇有禅意。袁郊借圆观之口吟出禅诗:

三生石上旧精魂,赏月吟风莫要论。
惭愧情人远相访,此身虽异性常存。
身前身后事茫茫,欲话因缘恐断肠。
吴越山川寻已遍,却回烟棹上瞿塘。

"此身虽异性常存"一句精辟恰切。袁郊导人向善,放下执念的用意明显。在佛家确有"三生"之说,意指前生、今生、来生。佛家相信灵魂没有特定形态,没有实质,也就不存在死灭的问题。灵魂于不同的生命中流转,如同一盏灯的火,这盏灯点亮第二盏灯。第二盏灯又点亮第三盏灯,一直延续下去,直到这个锁链的终点,其火焰既是同一个火焰,又是不同的火焰。这原是佛教的用语和精深教义,流传到民间来的时候却衍生了更为浪漫世俗的传说。比如有人说夫妻是三世姻缘,而有人说是九世。三生石的位置也有争论。不论结论怎样,这一切都已深切地影响了后世人的思想和情感。

滴水可以穿石,滔滔流年,却洗不薄冥冥中对某个人的一点坚心。如果不是失望,如果不是害怕伤害,谁又是真的铁血无情?

容若也是陷入爱情的人,所以会遵循爱情的惯例,誓言盟约一样不少。在碧桃影深处，幽香初动时，他看着眼前的佳人，心中情意涌动，萌生要表达爱意的想法。

执住她的手，看着她的眼，许下誓言，是说给她听，其实更是说给自己听。乌丝纸上写下的鲜红的篆文，如夜空的星斗一样清晰。叠好深藏的是——你跟我共同的心愿。

那时不会相信，誓约会有无法实现的一天。那时不会想到，日后回忆起你我之间的情事，会忍不住泪如夜露，打湿了银屏。

因为有了轮回，我们原先微薄短暂的生命有了希望，今生难了的夙愿，可以寄望于来世，对你难解的纠缠，也可以自解为是我上辈子对你的亏欠。

三生，与迷信无关，与信仰无关，我只是无望，只是需要一个理由。许自己一个期限，可以在等待时更坚定。

【木兰花令】

拟古决绝词

人生若只如初见。何事秋风悲画扇。

等闲变却故人心，却道故心人易变。

骊山语罢清宵半。泪雨霖零终不怨。

何如薄幸锦衣郎，比翼连枝当日愿。

【如初见】

有太多人喜欢这一句——“人生若只如初见”。

可见我们遗憾深重。命运像最名贵的丝绢，怎样的巧夺天工，拿到手上看，总透出丝丝缕缕的光，那些错落，是与生俱行的原罪。

纳兰词，长于情也短于情，有时太过直抒胸臆，显得浅了，反而没有多少余味。这一首也有这个毛病，但有了第一句，其他都可以忽略不计。

“人生若只如初见”后面的话其实是可以略去不看的。其他的七句，是为了迎合这个词牌而存在。而“人生若只如初见”是泄露的天机，在浩如烟海的词赋里，也是独绝的存在。实在难找到可以和这句话比肩的句子。用力去想，好像也只元好问那句“问世间，情为何物”勉强可以相当。

两句话，都参透了世情，问蒙了苍生。

小时候听故事，喜欢听故事遥远的开头。在很久很久以前，在某一个地方，有某个人，在某一天，他怎么样……一切在刚刚开始的时候都很是美好。

在很久很久以前，天与地是合在一起的；在很久很久以前，大地上还是洪荒，没有人；在很久很久以前，女娲炼五彩石补天，捏黄土造人。是的，在那一切混沌未明的时刻，时光如卵，一切的故事还没有破壳而出。来不及发展，我们还来不及悲伤。

初见，在杭州的西湖。一个叫白素贞的蛇妖看上了一个叫许仙的弱冠少年。淡烟急雨中，借伞同船，凝眸深处，是心波微漾，我对你的情是小荷露了尖尖角。

初见，在清净的书院。一个叫祝英台的女子轻轻坐在一个叫梁山伯的书生身边，她叫他：“梁兄。”三载同窗，一朝诀别，楼台相会，你终省得，我就是许你的九妹。可是，此刻知晓，花期已误，我们之间是否太迟?

初见，在大汉的未央宫。她身姿曼妙，体无瑕疵，更胜她姐姐飞燕三分，合德，她美得让人脱口而出“红颜祸水”。刘骜，她是你命中的魔星。有了飞燕和合德，你是否还会记得，当日从黄金辇上伸出手来，柔情似水，邀我同车的情形。

初见，是在骊山的行宫。一次皇家谒见，稚气明朗的玉环给皇帝留下了很好的印象。武惠妃死后，大唐的皇帝需要一个新的女人。无法抑制的爱恋，促使他设法纳了自己的儿媳。容若是在白居易写下《长恨歌》千年之后，说出“人生若只如初见”这句话的。想来千年前初见的刹那，“回眸一笑百媚生”，“三千宠爱在一身”该是惹人赞叹的。

初见。我是蒙昧的孩童，天真无邪，兼被初遇的华丽迷惑了双眼，看不见世事的峥嵘。投向你，如从断崖上纵身扑入大海。如此义无反顾。我也知道情深不寿，天妒红颜。可还是心存侥幸，希望和你是例外。

可是后来的故事总那么惨不忍睹。许仙背叛了白娘子，使她心如死灰，永镇雷峰塔；祝英台成了马家妇，梁山伯呕血而亡，最后的相守，也不过是化成彩蝶一双；曾经的宠冠三宫，被人赞许的贤妃班婕妤，在长信宫中银牙咬碎，泪涸容枯也改不了秋扇见捐的命运；玄宗回马杨妃死，马嵬坡上三郎终是背弃了玉环，生死诀别。南方荔枝的鲜甜怎化得尽黄花满地无情死的苦涩。于是就有了白居易《长恨歌》“天长地久有尽时，此恨绵绵无绝期”的叹息。

盛衰开谢，悲欢离合是轮回之道。你共我，怎么躲得过?

人生若只如初见，愿宝黛初会就各自转身，两两相忘，省却那滴不尽的相思血泪抛红豆；愿金莲对武松不要起意，不要生情，不要节节纠缠，就不会衍生恩怨，最后不会佳人受刃，血溅寒堂。人生若只如初见，诸葛亮隆中相见，清茶奉君，转身就该掩了柴扉，关门高睡，不要六出祁山，光复汉室，就不会壮志未酬身先死；梁山好汉只管跟着晁盖大碗喝酒大块吃肉，生辰纲这样的不义之财来多少劫多少，不要跟着宋江混什么狗屁功名，图什么正途出身，搞到寥儿洼招魂幡动，依稀鬼哭。万世豪情一朝消散。什么是正途？可知，坑灰未冷山东乱，刘项原来不读书。

爱情用来遗忘，感情用来摧毁，忠诚用来背叛，在时间洪流中起落，人心常常经不住世事熬煮。一切都存在变数。猜得着故事开头，却往往料不到最后结局。我们躲不开，尘世后那只翻云覆雨手的。

人生若只如初见。短短七个字，炸断了多少故事尾巴。无论是词还是人生，这后面都该是……

初见即是收梢，不用惋惜，不要落泪。留得住初见时心花无涯的惊艳，才耐得住寂寞终老。

【青衫湿遍】

悼亡

青衫湿遍，凭伊慰我，忍便相忘。半月前头扶病，剪刀声、犹在银釭。

忆生来、小胆怯空房。到而今、独伴梨花影，冷冥冥、尽意凄凉。

愿指魂兮识路，教寻梦也回廊。　　咫尺玉沟斜路，一般消受，蔓草斜阳。

判把长眠滴醒，和清泪、搅入椒浆。怕幽泉还为我神伤。

道书生、薄命宜将息，再休耽、怨粉愁香。料得重圆密誓，难禁寸裂柔肠。

【青衫湿】

这首词，从“半月前头扶病”句来看，当作于卢氏亡故半月之后。应是他所赋悼亡之作中的第一首。此时遽然死别的悲痛尚未被时间冲淡，刻骨铭心的思念难以自制，悲痛至剧烈，落到纸上便字字渗血，凄怆到“令人不忍卒读”。

想到你，泪水就将我的衣襟打湿！你对我的真情和关慰，点点滴滴我怎能忘却？半个月前你还带病强打着精神做事，当时你剪灯花的声音现在还仿佛留在银灯边。回想起来，你生来胆小柔弱，以前连一个人待在房子里都害怕，可如今你却躺在那冷冷幽幽暗暗的灵柩里，独自受尽凄凉。梨花摇影。我愿意为你的灵魂指路，让你的魂魄再一次到这回廊里来。

你我还是近在咫尺吧，一样地消受着凉薄的夕阳，却已阴阳两隔。

别我已为泉下土，思君犹似掌中珠——如果眼泪可以使你复生，我愿用我的热泪和着祭祀的酒浆把你滴醒，让你活转过来。可我又怕你醒来后继续为我伤神，你定然会对我说：多情书生薄命，你应该多多保重，不要再耽于儿女情！但我怎么能忘，我还记得你我曾经密誓，现在想来那誓言真的难以实现了，想到这一切，我又怎能不万念俱灰肝肠寸断呢？

词之长调比小令难，要求“语气贯串，不冗不复，徘徊宛转，自然天成”。《青衫湿遍》此调谱律不载，是容若自度曲，词牌本身已是那段日子里天天泪湿青衫的真实写照。因此无论情感还是结构都自然流畅，到了浑然天成的地步。词情凄婉哀怨，恰如人世山光水影一样深长。唐诗里“泪湿罗巾梦不成”的女子哀怨，落到容若身上却是“泪湿青衫梦不成”了。

康熙十六年(1677年)五月中，卢氏生下容若次子富尔敦。因产后受风引起并发症，缠绵病榻，半个多月之后撒手人寰，香消玉殒，年仅二十二岁。

她这一逝如同惊雷，让容若从往事中惊起。与卢氏生活的点滴都鲜明起来，由他的记忆深处冉冉升起，星光闪耀。从她作女红开始，想到她生前胆小怯弱，不敢独自待在空房之内。他想起妻子的贤惠，温柔体谅。种种可敬可怜之处。而在之前，也温柔也怜惜，却不会为她惶惑，因为她已是自己执子之手，与子偕老的妻啊，好像是庭院里栽定了的树，不会轻易移动。两个人都还年轻啊，一个二十三，一个二十二，好像站在路口，看见前面路径深长，可以一路携手长行，不会想到，拐弯之处就是断崖。

人多数是这样的，生性奢侈，以为眼前的人就一定不会离开，手上光阴一定漫长，知道有天意，生死大限规律使然。然而事不临头，又不会想起这些规律。若心有忧惧，旁人也会说，你的人生不够坚定，不够乐观。人行在当中，的确艰难。

写悼亡很有名的贺铸在痛失爱妻赵夫人后，硬生生地把个《鹧鸪天》改成了《半死桐》。容若在失去卢氏以后亦创出了新词牌《青衫湿遍》，真情付诸辞章。它们都是笔花四照，催人泪下的经典之作。我却发现我自己，无力为外公做任何事，甚至只是用自己挣的钱，买菜，做一顿饭给他吃也是不能了。

外公死时，我尚未独立出来做事。念及，他为我一定挂心不已。

【青衫湿】

悼亡

近来无限伤心事，谁与话长更。

从教分付，绿窗红泪，早雁初莺。

当时领略，而今断送，总负多情。

忽疑君到，漆灯风飐，痴数春星。

【疑君到】

明朝的薄少君女士，悼念亡夫的诗作多达百首——数量也许是同类题目的冠军——同样是以“悼亡”为题。对于古代妇女来说，留给她们寄托感情的空间并不宽敞，失去一位好丈夫，有时等同于失去了生活的意义，心中悲恸可想而知。如果她们有条件作诗以寄托哀思，多半要呕心沥血。薄少君就在她丈夫去世一年间写下百首悼亡诗后，周年祭日当天“恸而绝”。

相比之下，男人的选择余地要大得多，即使不甚薄幸，喝喝花酒也是能够理解的，所以伤心的程度应该打个折扣。读他们的悼亡诗时最好留个心眼，如果他们说“取次花丛懒回顾，半缘修道半缘君”，那么你要看看他是否真的清心寡欲，绝迹花丛；如果他们说“惟将终夜长开眼，报答平生未展眉”，你也要想想他是否架得住夜夜无眠不睡觉。

我们当然不能说，越煽情就是越虚情。可这和谈恋爱差不多的道理，甜言蜜语不能当真，痛心疾首也未必真的算数。

容若真是例外中的例外，他的悼亡词没有一丝轻薄卖弄，甚至没有“谁复挑灯夜补衣”的感慨。因为老婆毕竟不是女仆，凭什么到最后留在记忆里的，只是做家务的形象？

必须感谢明珠先生勤劳无私的创造奉献。没有他在朝中殚精竭虑，哪有容若数十年的富贵生涯，在丰裕的物质基础之上，没有尘世的干扰，没有俗务的烦琐，容若和卢氏二人在几近完美的家庭环境之中，体验经历着一种纯粹的，更接近其本质意义的爱情。因此容若的词始终给人一种彻头彻尾的真心实意。一种桃花源中人才有的纯净甜美的气息。

从“忽疑君到”四字隐约可猜出，这首词作于卢氏故后不久。容若心里尚不能完全接受这打击，才会出现幻觉。词中所抒发的仍是对亡妻深切怀念的痴情。上阕起句便痛陈自己的心情：自爱妻亡故后，无限伤心无人倾诉；凄清孤苦，用语直凉已极。下阕起句即陷入自悔当中，懊悔自己辜负了妻子往日深情。值得注意的是全词结穴处宕起一笔——“忽疑君到”。这一句用虚拟之景收笔，虚中有实。

笔法虚，情却不虚。和子夜歌里“夜长不得眠，明月何灼灼。想闻欢唤声，虚应空中诺”如出一辙。正是一个人对另外一个人思念太深时，才可能出现的幻觉。容若的凄苦自悔如雪上红梅，斑斑可见。

“忽疑君到”这一句词家纷纷赞好，也著名。因与卢仝《有所思》：“相思一夜梅花发，忽到窗前疑是君”；贺铸《小梅花》：“一夜梅花忽开、疑是君”；周邦彦《过秦楼》：“谁信无聊为伊，才减江淹，情伤荀倩，但明河影下，还看稀星数点”等有异曲同工之妙。可也正因为著名，它不免就烙下个技巧性的烙印。

悼亡词，技巧如何重要也不如情感深挚重要。死人不会关心你文章做得如何花团锦簇，如果是做给活人看的，那么就没有在这里品评的必要了。

我觉得“近来无限伤心事，谁与话长更”已足够好，这才是夫妻间的感慨。如同藏在心绵里的那根针，一碰，指头便狠狠哭出血来。

【沁园春】

丁巳重阳前三日，梦亡妇澹妆素服，执手哽咽，语多不复能记。但临别有云：“衔恨愿为天上月，年年犹得向郎圆。”妇素未工诗，不知何以得此也，觉后感赋。

瞬息浮生，薄命如斯，低徊怎忘。记绣榻闲时，并吹红雨；雕阑曲处，同倚斜阳。梦好难留，诗残莫续，赢得更深哭一场。遗容在，只灵飙一转，未许端详。

重寻碧落茫茫。料短发、朝来定有霜。便人间天上，尘缘未断；春花秋叶，触绪还伤。欲结绸缪，翻惊摇落，两处鸳鸯各自凉。真无奈，把声声檐雨，谱出回肠。

【定有霜】

悼亡诗的前身可以追溯到《诗经》中的《邶风·绿衣》：“绿兮衣兮，绿衣黄里。心之忧矣，曷维其已！绿兮衣兮，绿衣黄裳。心之忧矣，曷维其亡！绿兮丝兮，女所治兮。我思古人，俾无訧兮！絺兮绤兮，凄其以风。我思古人，实获我心！”虽然《诗集传》和《毛诗正义》皆认为“庄公惑于嬖妾，夫人庄姜贤而失位，故作此诗”，但一般比较正常的认知是“一个男人，失去相濡以沫的妻子以后作的哀歌”。

遗憾的是，《绿衣》之后就这样沉寂了千年，悼亡之作平平，直到潘岳所作《悼亡诗》三首出世。潘岳不是别人，正是以貌美知名的潘安兄。此公不但姿容绝世，千古留名，对妻子杨氏更是一等一的深情。《悼亡诗》其一作于送葬归来后，不久作第二首，第三首作于其妻周年忌日。虽然六朝绮丽拗口的文风让今人读起来比较吃力，自其始"悼亡诗"约定俗成为夫悼妻，却是不争的事实。一改美男花心的普遍观感。

然而文人最善于的也是用文字为自己文过饰非，锦上添花。史实证明，悼亡诗写得流光溢彩的大多是移情别恋之徒。《遣悲怀》中"惟将终夜长开眼，报答平生未展眉"哭得情真意切，《离思》里自喻"取次花丛懒回顾"的元稹，不乏卖弄，曾作自传性质的《莺莺传》，张生始乱终弃，被鲁迅骂作"惟篇末文过饰非，遂堕恶趣"。说恶趣是客气了，其实就是文人轻薄不知羞耻；苏子的《江城子》是悼亡词中不二之作，千百年来无出其右，却很少有人知他为侍妾朝云也作了另一首悼亡意味的《西江月》：

玉骨那愁瘴雾，冰肌自有仙风。海仙时遣探芳丛，倒挂绿毛幺凤。　素面常嫌粉涴，洗妆不褪唇红。高情已逐晓云空，不与梨花同梦。

苏子算是豁达而超然的绝品男人，自太白之下不出世的奇才，这首《西江月》虽然不像《江城子》那样广为人知，但是苏子与朝云的感情是刻骨铭心的真挚。

最令人唏嘘不已的当属南宋戴复古的故事：戴复古流居武宁时，有富人爱其才，以女妻之，二三年后，复古归，妻问其故，告以曾娶。其岳父得知大怒，妻则宛曲解释，且尽以奁具赠复古，饯以词——《祝英台近》：

惜多才，怜薄命，无计可留汝。揉碎花笺，忍写断肠句。道旁杨柳依依，千丝万缕，抵不住、一分愁绪。　　如何诉？便教缘尽今生，此身已轻许。捉月盟言，不是梦中语。后回君苦重来，不相忘处，把杯酒、浇奴坟土。

复古既别，其妻遂赴水死。十年，复古重返，作怀旧（实为悼亡）词一首《木兰花慢》：

莺啼啼不尽，任燕语、语难通。这一点闲愁，十年不断，恼乱春风。重来故人不见，但依然、杨柳小楼东。记得同题粉壁，而今壁破无踪。　　兰皋新涨绿溶溶。流恨落花红。念著破春衫，当时送别，灯下裁缝。相思谩然自苦，算云烟、过眼总成空。落日楚天无际，凭栏目送飞鸿。

单看后一首，只见哀思爱意恋恋不绝，亡妻故去扼腕悲切的情景宛然眼前，真的不逊于历代的悼亡词，我当初就很被感动一把，觉得这比贺铸的《半死桐》写得更深挚，了解背后的故事之后才咬牙切齿，既有今日之悼念何必当初的离弃？这就好比生前不孝顺，死后大张旗鼓大搞排场一样，左右死人是无福消受的，不过是活着的人借死人作秀，为自己脸上贴金。

这样说起来，就越发见得容若难能可贵。他是真心对待卢氏的，诚然有过忽略，但始终真情相对，温暖照顾。若非如此，卢氏再好性儿，也不会对他深情不渝。好的感情是丰满的、彼此滋养的过程，而坏的情感，只会耗尽人的养分，使人拖沓疲惫，两两生厌。最终被摧毁至仅剩皮囊。

丁巳年即康熙十六年，容若二十三岁，丧妻不久。此后几乎每年亡妻忌日均有词作，直至八年后以寒疾卒，终年三十一岁。这首《沁园春》感情真挚，缠绵悱恻字字动人。称得上哀感顽艳！

百字之间，容若将情绪转换不停，从他叹息卢氏早亡，到回忆往日夫妻间的恩爱情形，再到叙述丧妻后自己的痛苦：对着妻子的遗像，似乎觉得灵风飘动，思绪悠悠，想到天上寻找，又想到"料短发、朝来定有霜"。怕妻子为自己的苍老憔悴伤心。一路写来跌跌宕宕。情绪起落如飞鸟，又如飞鸟掠过天空一样自在，转换之间没有一丝雕琢造作的痕迹！

容若呼出无限伤凄。结句"真无奈，把声声檐雨，谱出回肠"为全词更添情韵。让檐前滴滴淅淅的雨声，谱写出我内心的痛苦。即使在人间天上，两情也如一，但眼前人亡物在，如何不令人百结愁肠?

在梁羽生的《七剑下天山》里这首词成了纳兰容若和冒浣莲相识的契机。

塞外,纳兰容若以马头琴弹出了这首哀歌。冒浣莲闻听之下,不禁心旌摇荡。这种不加节制的悲伤,正是纳兰词动人心魄的地方,正是所谓哀怨骚屑。中国诗学讲究的是“乐而不淫,哀而不伤”,一贯尊崇传统美感的梁羽生这次却借冒浣莲的口说出一番好诗好词不必尽是节制的道理来,叫人眼前心头一亮!

“梦好难留,诗残莫续,赢得更深哭一场”,翻出前人新意,用词浅淡,却将深情写到极致。

梦醒后,想起她,心底充满不可言说的惆怅悔恨。你又在深夜痛哭一场,日日如此伤筋动骨,容若啊,苏子需要十年才尘满面,鬓如霜。而你,憔悴必定胜他十倍,是伍子胥一夜白头的凄凉。

【少年游】

算来好景只如斯。惟许有情知。寻常风月，等闲谈笑，称意即相宜。

十年青鸟音尘断，往事不胜思。一钩残照，半帘飞絮，总是恼人时。

【音尘断】

晏殊的《珠玉词》里有“长似少年时”之句，此调故名《少年游》。

晏殊一生平顺，锦缎般柔顺华丽。少年时以神童举，皇帝抱于膝上，仕途平顺，过着无一日不宴饮的艳腴生活，所作多吟成于舞榭歌台、花前月下。他的生活经历创造了浮生若梦的意境，他的生活态度也潜移默化深刻影响了幼子晏几道。

宋代父子能词的不少，父子俱为大家的却只有大晏和小晏。以词而论，小晏尤胜乃父。只可惜小山就无乃父好命，他纵有其父之才，也无其父之运，加之为人痴狂，个性狷介。晏殊死后家道迅速中落，相国公子终至潦倒落泊的境地。

容若和小山都是回忆，不停地回忆，生活在回忆里的人。很多人说，纳兰容若是“清代的晏小山”，因两人都是相国公子，生活奢靡，后来，又家道中落。

际遇相似，词风亦有相近之处，走的都是清嘉妩媚的路数，都擅写小令，擅写爱情，写到极致，绚烂到让人忘记题材的单一。

容若这首《少年游》的立意、词旨、技巧上都无非常出奇之处。我所喜欢的是他那一句：“寻常风月，等闲谈笑，称意即相宜。”这男人，他沉迷在回忆里，可以是十年甚至一生，却不迷惘。他是真正自己要什么，懂得生活的人。

“惟许有情知”，这句煞是纵情！偏执得漂亮！只求你知道，只要懂得，因为有你，才是好景，才能称意，哪怕十年音尘绝，回想起来也只有彼时是美好的，否则就算一样良辰好景，月钩精巧，柳絮轻盈，也只是憔悴人看憔悴景，凄清而已。

还记得一句话，有个女孩说：“那些都是很好很好的，可是我偏偏不喜欢。”她孩子气地坚持，强悍简单地拒绝。李文秀这种人要么很快乐，要么不快乐。人生尽是峥嵘，他们单纯却不可爱，甚至自私，但多半是性情中人。他们的喜怒哀乐不掺假。

人生像一枝开在峭壁的山茶，峥嵘而壮丽。

想起读得最早的《少年游》，是周邦彦的：

并刀如水，吴盐胜雪，纤手破新橙。锦幄初温，兽烟不断，相对坐调笙。　　低声问向谁行宿？城上已三更，马滑霜浓，不如休去，直是少人行。

多数评家都觉得周邦彦这首《少年游》在艺术上并无多少出奇之处，很多诗词的辑选里没有选。不过我倒很喜欢。读此词总是偷笑，仿佛看见千年前那一段搞笑的绯闻：一夕，徽宗临幸李师师家，邦彦与名妓李师师来往甚密，每游其家。那夜邦彦也在，仓促不能出，匿伏床底，徽宗自携新橙一颗，云江南初进来，师师切新橙共尝，徽宗与师师谑语，邦彦悉闻之，遂制《少年游》以记其事。

同样是《少年游》，周邦彦调侃他人，写得活泼灵动，连人的声音动作都如在眼前。容若写自身却多有指代，朦胧不明，可知其幽怨难诉。心苦如莲。

“十年青鸟音尘断”。王母的青鸟，多年未临汉武帝的宫殿，我也有多时未得你的音信。

往事——不胜思——不胜思。少年时的相恋。花开汹涌如潮似水，如同一场游春戏。眼前繁花错落，心有不甘却定将结束。彼时柔弱花枝未得承受将来盛放的重量，可惜你我不知。

【踏莎行】

寄见阳

倚柳题笺，当花侧帽。赏心应比驱驰好。

错教双鬓受东风。看吹绿影成丝早。

金殿寒鸦，玉阶春草。就中冷暖和谁道。

小楼明月镇长闲。人生何事缁尘老。

【缁尘老】

觉得，古人的风雅是雅在底子上的。清水兰花艳，不比现代人张牙舞爪底气虚弱，要靠物质武装。

“傍柳题笺，当花侧帽”是古人的快乐。快乐由自身衍生，没有任何不良附加剂。那快乐明亮如日光，照得众人都开心温暖，心向往之。

刘过是我很喜欢的词人，不光为词，亦是为人。刘过算是个有志有情趣的人，虽然身为辛弃疾的晚辈，与稼轩论交，为人却不拘谨，举止磊落自如很见大丈夫气。“傍柳题诗，穿花劝酒”是他在《沁园春》里宣扬的行为艺术，很被后世人认同。

容若所提及的当花侧帽的独孤信是中国历史上为数不多的超级牛人之一！按史料记载，独孤信算是帅到七荤八素那种，惊艳程度可以比肩魏晋众帅哥，所以侧帽入城，就能造成那么大的轰动，放到现在，绝对是天王级偶像明星，回头率保守估计可以达到百分之二百。帅成卫玠一个档次还不算，他还超级有战斗力，据说他擅骑射，喜欢PK生擒敌人，绝非一个靠长相吃饭的小白脸。大司马、八大柱国的地位，是战功累积起来的。独孤信帮助宇文泰打下了北周的天下，还把大女儿嫁给了宇文泰的儿子。

历史上有三位独孤皇后：北周明敬后、隋元贞后、隋文献后。她们系同父所生，这在历史上实属罕见。这位三朝国丈就是西魏宰辅独孤信。就是这三个女儿（长女、四女、七女）使他成为三朝天子的始祖，从独孤皇后（迦罗）、杨广，到李渊、李世民、李隆基，全部都是独孤信的后人。他的风仪，使得后人追慕不已，连容若那样清雅出尘的男子也深深向往。

容若就好以前人的生活姿态自比，越比越不满足。此篇张刻本、袁刻本、汪刻本有副题“寄见阳”。从词意看，确是一篇寄赠之作。作期在容若好友张见阳南赴江华（康熙十八年）之后。词中坦率表达了自己对侍卫生涯的厌倦，对“倚柳题笺，当花侧帽”等安闲自适生活的渴望。所言心志和心底无可奈何的牢骚都很明显。由词见足容若的率直真挚。词中“就中冷暖和谁道”一句，表明这种情怀又难以同身边那些急功近利、追名逐利的人倾诉。因此容若不无寂寞之感地将身世志向作词呈寄远方的好友一叙隐衷。

词题中的“见阳”是容若的挚友张纯修。纯修字子敏，号见阳，汉军旗人，容若与之过从甚密，情如兄弟。《蝶恋花·散花楼送客》便是容若送张见阳出京时所作。张见阳显然是容若认为可以倾诉的知己。“人生何事缁尘老”，何等苍茫冷落！竟像是在红尘中打滚折堕多年的落泊人语，谁想到这是钟鸣鼎食的权相公子发出的感慨。那年，他才二十来岁。

说起来，明珠和容若这对父子相当好玩，志趣爱好有天壤之别。一个热衷名利权术，至死不息，荣华富贵唯恐不足；一个淡泊名利，唯求返璞归真得享自然。恨不得退到魏晋时，同陶渊明、嵇康一起把酒临风，整日清谈度日，就清贫些也甘之如饴。

读容若词，真有不食人间烟火的感觉，偶尔不食人间烟火是亮眼出尘的，然而太过不食人间烟火就显得幼稚可恨了。除非生活在天上，否则一定要接受现实考验。玉皇大帝的女儿一旦落入凡间都要脚踏实地开始学习煮饭洗衣，织布养家。

生活在现实中的人，有哪个是彻底无事无为无压力的？理想永远只是理想，挂在前面，引你趋步向前，实现固然是好，实现不了也不至于生不如死。若为得不到而终生不欢，那就浪费了理想的作用了。

容若始终不够达观，生性太过浪漫。所看到的都是前事影像里显出的虚幻美好的一面,选择性遗忘生活中真实沉重的一面。所谓"金殿寒鸦,玉阶春草"至多是工作不对口,也算不上巨大的精神压力。这种生活态度,其实很不足取。当时现在,有多少人是连工作都没有的呢?

人不应该怨恨自己的出身和处境,无论好坏。对于真正心志坚定意志沉着的人,坏的处境是力量惊人的推手,助其以迅疾的速度成熟,脱胎换骨。这样绽开来,就是绝壁牡丹,气势盎盛。换个角度想,假若没有明珠,容若当真只是个低等的旗人,他整天为生计奔波劳碌时,整天卑躬屈膝跟在人身后叫大爷时,我们再读他这句"人生何事缁尘老",感觉到的或许就不是不食人间烟火清高出尘,而是苦闷无奈了。那时的"就中冷暖和谁道"就真的是就中冷暖和谁道了。

【水龙吟】

题文姬图

须知名士倾城，一般易到伤心处。柯亭响绝，四弦才断，恶风吹去。

万里他乡，非生非死，此身良苦。对黄沙白草，呜呜卷叶，平生恨、从头谱。

应是瑶台伴侣。只多了、毡裘夫妇。严寒觱篥，几行乡泪，应声如雨。

尺幅重披，玉颜千载，依然无主。怪人间厚福，天公尽付，痴儿呆女。

【平生恨】

曹操是个很复杂的男人，枭雄一世引动兵祸连连，赤壁数十万大军葬身火海，亦不见他灰心动荡，临终前对诸姬妾却操心十足细腻深长，云："汝等时时登铜雀台，望吾西陵墓田。"又云："余香可分与诸夫人，不命祭。诸舍中无所为，可学作组履卖也。"香料在当时是极为贵重的高档消费品，只有达官贵人的妻妾才能享用。曹操将自己珍藏的香料分给诸姬妾，实际上是在为诸姬妾分割遗产，以保她们安康。分香卖履嘱咐云云，显出一位伟丈夫的柔情牵挂。

因为收罗的美人越来越多，曹操专门为美人们在临漳西南建了一处住所，名为“铜雀台”。台高十丈，周围有殿屋一百二十余间。曹操令其姬妾们都住到这里，无事时便到这里与美人们享乐。铜雀台，实际上是曹操的后宫。

《三国演义》里拿铜雀台做耍，安排孔明编排出“铜雀春深锁二乔”这样的消息来刺激周瑜，说曹操是闻说二乔好美色，特造了铜雀台准备占领了江东就把二乔带回家金屋藏娇。年轻气盛的周郎当然不服气，于是乎，坚定了和曹操对抗的决心。

这当然是文学家的夸张，好像吴梅村作《圆圆曲》言吴三桂“冲冠一怒为红颜”，其实只是为男人无意识地美言罢了！吴三桂哪有那么单纯。利益当先，爱情永排其后。历史是男性主笔的，若有名有利，第一受益人自然是男人。若骂名汹涌无法推卸了，找个连带责任人，朝女人这边一推也是无可厚非的习惯性动作。

事实上若没有其他因素，利益的蛊惑，吴三桂哪里肯为区区一个陈圆圆引兵入关，背负骂名？周瑜若不经过缜密的战略考虑，他就是咬碎钢牙把小乔拴在腰上随身携带也不至于贸然举通国之兵力和曹操对抗。他肯孙权还不肯呢！

曹操对女人也有例外。他的一生，唯一一个景仰，尊重，花了大价钱把她赎回来，却不是因为私心和占有，唯一一个得他如此相待的女人是——蔡文姬。

容若说，须知名士倾城，一般易到伤心处。真是一丝儿不错。蔡文姬名琰，既字文姬，又字昭姬，文姬家学渊源。她的父亲便是东汉大名鼎鼎的大儒蔡邕。蔡邕就是蔡伯喈。有一出京戏，我常常听，唱的是蔡伯喈中状元后，不认发妻，别娶丞相之女，可说是诬陷古人。东汉时根本没有状元，也不存在别娶丞相之女这回事。身后名，何以为凭。为此陆游曾感叹说："身后是非谁管得，隔村听唱蔡中郎。"

曹操早年经常出入蔡府，向蔡邕请教，十分敬重。这也为后来他赎文姬种下契机。曹操肯花黄金千两、白璧一对将文姬赎回，除了爱惜她的才华，更深的原因是故人之思。

蔡邕名重天下，文姬在父亲的熏陶下成长，博学而有文才，后来她被曹操从匈奴赎回，知恩图报。在一次闲谈中，曹操表示出很羡慕文姬家中原来的藏书。当文姬告诉他原来家中所藏的四千卷书，几经战乱，已全部遗失时，曹操流露出失望之色。当文姬表示自己还能背出四百篇时，曹操大喜过望，立即说："既然如此，可命十名书吏到尊府抄录如何?"蔡文姬惶恐答道："妾闻男女有别，礼不授亲，乞给草笔，真草唯命。"文姬凭记忆默写出四百篇文章，文无遗误，满足了曹操的渴求，也可见文姬超凡的记忆力和才情。

这首《水龙吟》是容若长调中的佳作。整篇以蔡文姬生平事打底，夹叙夹议。转折起伏间行云流水，笔力不坠，情感真挚，感慨更是惊心。此词又有两种解读：有词家认为是容若在借文姬事咏吴兆骞事。"名士倾城"，名士即指汉槎。"非生非死"句则用吴梅村送汉槎的诗"山非山兮水非水，生非生兮死非死"，"毡裘夫妇"是叹吴妻葛氏随戎宁古塔。由此论断此词当作于汉槎自塞外还不久。

苏雪林则认为这仍是容若在借古事咏自身感情的不幸。“恶风吹去。万里他乡”，似是在叹恋人入宫，两人之间如远隔重山。而词意也是在感慨与恋人之间事多坎坷流离，像文姬一样身不由己。

我是觉得两种说法可结合起来看，人的思路和情绪是共通交融的，也许他的确是在借文姬图咏吴汉槎的遭遇，然而由此牵引了情绪联想到自身事，笔下有所流露亦是合情合理。

不作索隐，就词而论，容若用极洗练的话道尽了文姬一生坎坷。一路读下来，文姬的身世和容若的感慨相互交融，词脉清晰，情感丰盈。首先是蔡邕之死。东汉末，大将军何进被宦官十常侍杀后，董卓进军洛阳尽诛十常侍，把持朝政。董卓为巩固自己的统治，刻意笼络名满京华的蔡邕，将他一日连升三级，三日周历三台，拜中郎将，后来甚至还封他为高阳侯。董卓在朝中倒行逆施，引起各地方势力的联合反对，他火烧洛阳，迁都长安，终被吕布所杀。蔡邕也被收付廷尉治罪，自请黥首刖足，以完成《汉史》，士大夫也多因惜才出手相救，马日磾更说：“伯喈旷世逸才，诛之乃失人望乎？”但王允量窄，蔡邕终免不了一死。

相传蔡邕曾盛赞今绍兴西南柯亭的良竹。“此地之竹制笛，奇声响绝。”“柯亭响绝”，是说蔡邕已死。

董卓死后，军阀混战的局面终于形成。羌胡番兵乘机掠掳中原一带，文姬与许多被掳来的妇女，一齐被带到南匈奴。正是所谓的

“恶风吹去”。这年她二十三岁，初嫁卫仲道，夫亡无子，归母家。为乱军所掳，流落匈奴十二年。

“万里他乡，非生非死。”容若也算文姬知音了。当初细君与解忧嫁给乌孙国王，王昭君嫁给呼韩邪，总算是风风光光地占尽了身份。远适异域，依然要产生出无限的凄凉，何况被掳掠的蔡文姬！她从一个名门闺秀，沦落到饱受番兵凌辱和鞭笞的落难女，心境的落差可想而知。渺茫不可知的未来，每一步都是深陷苦难，后人怜她际遇，绘文姬图，仿佛窥见她在匈奴时苦况，也不过是隔靴搔痒。

她嫁给了匈奴的左贤王，也为左贤王生下两个儿子，婚姻不算困苦，并且以她的聪明也很快学会了匈奴人的语言，甚至学会了吹奏民族乐器“胡笳”，想来沟通也不至于全无。但是文姬自幼受汉文化熏陶长大，自有坚持。何况古时交通交流一概闭塞，一个女子家破人亡流落域外始终是良苦自知。若非实在难以割舍，文姬也不会选择抛下两个儿子回到中原。

想那文姬自幼精通音律，资质绝高，某夜蔡邕弹琴，弦绝。文姬侧耳听之：“第二弦。”邕曰：“偶得之耳。”故断一弦问之，又对曰：“第四弦。”并无差谬。

光阴闪烁。很多事在少年时不觉得怎样，人越大，少时之事越翻覆如尘，如花刺细微刺心。此时，黄昏的塞外，戈壁滩上落日如血，就是有高山流水的雅才又怎样呢？面对着黄沙白草，用卷叶吹起的曲子叫“平生恨”。

“名士倾城，一般易到伤心处”是高傲语，又是冷落失意之言，抛却了自鸣得意。“怪人间厚福，天公尽付，痴儿呆女”更是沉痛。人复杂，世情更如藤蔓纠结不清，不会按照预想的方向行进。声声叹，声声是绝品聪明人才能生出的无奈和感慨。

想来容若是厌极了自己的身世，甚至是聪明。

【东风齐著力】

电急流光，天生薄命，有泪如潮。勉为欢谑，到底总无聊。

欲谱频年离恨，言已尽、恨未曾消。凭谁把、一天愁绪，按出琼箫。

往事水迢迢。窗前月、几番空照魂销。旧欢新梦，雁齿小红桥。

最是烧灯时候，宜春髻、酒暖蒲萄。凄凉煞、五枝青玉，风雨飘飘。

【照魂销】

据《礼记·月令》载："孟春之月，东风解冻。"唐人曹松有除夕夜诗："残腊即又尽，东风应见闻。"宋胡浩然有除夕词始用，《东风齐著力》调名本此。

三月来到云南，慢慢经过整个春天，高原日照丰盛，每一天都仿佛比别的地方多出一两个时辰。我住的小城，常常有到晚上八点半才天黑的情形出现。与日光相应的是雪山地气，花木总是开谢舒展，娇颜烂漫，如女子驻颜有术一般。东风的力道一直不弱。古人说的"时迈不停，日月电流"在这里仿佛失去效应。

一天过去了，不觉得什么，展眼一个月，看看来时含苞现时开到极盛或者已现谢势的山花，惊然有了“流光容易把人抛”的感觉。我们在时光里急急行过，一个月前在哪里还想得清，再长一点回头看，风光就已经杳然了。

手中身后的虚无，会让人常常忖度存在的意义，像容若说：“勉为欢谑，到底总无聊。”《妙法莲华经》有一段化城喻品，说一队旅行者旅程艰苦卓绝，备受猛兽攻击和险恶威胁，旅人渐渐身心俱疲，心生退意。冥冥中的神秘主宰和指引者施了法术，在荒野中幻化出华美宫殿，让他们得以休憩，获得气力与信心继续前行。而城池的另一边就是陡峭悬崖，河水奔流……

如经所喻示，生命本相一场幻觉，邂逅每一人事都有力量驱动，镜花水月波动开谢，极力跋涉虚无之境追寻，即有所得也是空枉。

我喜欢读容若这样的悲词，悲而有道，合着人生永恒的矛盾，不算是无病呻吟。起句即直抒胸臆，抒发人世匆匆却依旧缁留红尘的矛盾感慨，定下全词悲切无奈的基调。接着道出生活中强颜欢笑，欲说无语的空寥：说一千道一万，心头恨难消。

下阕陷入对往事的漫漫回忆。写夜半梦回，醒来后对钟爱的人思恋之情，窗前月明，梦中情景宛然。结句“五枝青玉，风雨飘飘”，青玉指所燃的灯。《西京杂记》里载：咸阳宫“有青玉五枝灯，高七尺五寸，作蟠螭，以口衔灯，灯燃，鳞甲皆动。”此处不见《西京杂记》里的绮艳，只见凄冷。苦雨凄风里烛影飘摇，窗前人孤枕难眠。

有人说五枝青玉是指竹，代指伊人过去的居所，也不是没有道理。品词意萧瑟，容若心意悲凉，他像一只寂寞的贝壳，自叹天生薄命必有隐情，绝非一句“天遣明慧，多愁易感”能敷衍得过去。

回忆仿佛烟雨飘摇的江南，人在往事中渐行渐深，一幕幕掠过眼前：雁齿小红桥，元宵佳节的漫天烟火，佳人的宜春髻。她把着酒盏劝饮，葡萄美酒映红颜俏。爱使人魂销。

想起关于“宜春髻”的种种，是古时女子立春日梳的发式，以彩纸剪成燕形戴在头上，贴“宜春”二字。这种风雅别致，不是现今女子花个几千块去买一件米兰新款，那种娇媚婉约亦不是精致妆容可以描画得出。

《牡丹亭·惊梦》里有一句春光旖旎的唱词：“你侧着那宜春髻子恰凭栏”，读来真让人意会微笑，心神动荡。

如今的男人也一样，他们的眼睛再也看不到这种微妙春光了，他们一定要春光泻得满地都是，才有兴致观赏。

【河 传】

春残，红怨。掩双环。微雨花间昼闲。

无言暗将红泪弹。阑珊。香销轻梦还。

斜倚画屏思往事。皆不是。空作相思字。

记当时。垂柳丝。花枝。满庭胡蝶儿。

【思往事】

我在想，容若如果不是词人，王昌龄如果不是诗人，他们可以是很高明的小说家。放低自己，脱开形迹，作品中看不到男女性别的界限。

对女性的心理描写是古代的男文人们擅长的。在“女子无才便是德”的大基调下，男性责无旁贷地担负起女性代言人的角色。王昌龄写《闺怨》一诗，将少妇心理的细微变化摹写得深刻入微。容若写《河传》也是这个路子，写微雨湿花时节，闺中女子心中难以诉说的柔情蜜意。

她自梦中醒来，斜倚着屏风思想着梦境同往事，却都是惹人伤感的，连心情似乎也湿答答的。面对一片春景不由伤感，意中人不在身边，对景伤情，薛涛笺写满了相思字也无计可施。回忆起当时与意中人相会的情景，旖旎场景分明还在，杨柳、花枝、蝴蝶……如今前事皆非，空作相思意。

《河传》这种词牌的特点是句型既富于变化，韵脚又再三变换，看似短小，难度却相当高。容若用词曼妙清灵，极尽缠绵婉约之能事。词中一幕幕，如简洁精致的电影画面，构图得当，视角独特。分开来看，是各自静止的，然若以“春怨”的中心将其联系，则成为一组动态的，不断在时间、空间中跳跃转换的画面。这首词的艺术水准相当高。

此词大有花间派的气息。婉约是欲望蛰伏盘踞之地，渐次开出一片阴郁娇媚的花，有的叫愁，有的叫怨。然而这花海是有毒的，郁郁芬芬。耽搁其间太久，会溺死其中。思想也如吸毒之后的孱弱迟钝，无力振作。

太过留恋心底镜像的人，如河流之中摇曳的水仙。

于是，他未曾来得及邂逅，生命底部的真相。相爱若太快，结果也无差别。

【相见欢】

落花如梦凄迷。麝烟微。又是夕阳潜下小楼西。

愁无限。消瘦尽。有谁知。闲教玉笼鹦鹉念郎诗。

【念郎诗】

这首《相见欢》同前首《河传》无论是用词还是文字所构造的意境,都有相似相近的地方。如果把它想象成蒙太奇的表现手法,我们几乎可以看作是同一个女人,在不同时间内的生活画面,展露出的不同的精神状态。

容若以女子的身份入笔,描写闺中人教鹦鹉念诗的细节,取景巧妙,用词精准。语言的锤炼也是容若所注重和擅长的。容若将她的心情细细描画:她镇日思念心上人,奈何不能离开深闺(深宫),无可排遣之下,只有调弄鹦鹉,教它念意中人的诗。这首词描写人物外部的细微动作，反衬人物内心的波动，感情细腻婉曲，含蕴无限情韵。风格绮丽，凄婉缠绵。

容若此词当得起“如诗如画”四个字。然而看似风光如画，却至凄凉，明写闺怨，暗指宫怨。伊人入宫，虽不能相见，容若却对她的处境感同身受。于是，仿佛为她画像一般，他用华丽的工笔，画出伊人花团锦簇深掩落寞。

窗外落花凄迷，如梦如幻；屋内麝烟消散，如幻如梦。夕阳又下小楼。我日日如此消磨时光，心境如水烟迷离，如空山落花。我连最后凋谢都悄无声息。

时光可减尽，愁思却如光阴从无断绝。

为伊消得人憔悴，古人诚不欺我。

“闲教玉笼鹦鹉念郎诗”，这看似风雅的消遣，是我对你无可奈何的怀念。是谁说过的，当你不能够再拥有，你唯一能做的就是不再忘记。

相见欢——单从字面上来解，真是令人伤心的事。穿过人生繁花似锦的假象，若走过，看见它断壁残垣的另一面——乌夜啼，心里的光就会慢慢被暮色遮蔽。

最好的《相见欢》的作者，并不是容若，而是李煜。同样是赤子心的人，重光太悲了，他的两首《相见欢》都是大悲无言之作。

无言独上西楼，月如钩，寂寞梧桐深院锁清秋。　　剪不断，理还乱，是离愁。别是一般滋味在心头。

林花谢了春红，太匆匆，无奈朝来寒雨晚来风。　胭脂泪，相留醉，几时重？自是人生长恨水长东。

后主词中所抒写虽是个人失去故国的痛苦，却另有一种博大深沉的感情。即如这首《相见欢》，写的只是林花，实际象喻着一切美好的事物。所写的是个人的悲哀，却不局限于一己之哀。

李煜词所表现的人生无常、世事多变、年华易逝，种种无可奈何的复杂情绪，远远超出了个人的身世之戚。一个人对世界，对不可知的未来，对人生的渺茫有了体悟，不由得知道敬惜。知道步步留心，处处小心。

容若身上没有亡国之痛，他甚至连家破那一难也有幸避过。生命里即使有愁也如青青河边草。因此，他的《相见欢》和后主的《相见欢》，其境界有如佛家说的“小乘”和“大乘”之别。

【鬓云松令】

枕函香，花径漏。依约相逢，絮语黄昏后。

时节薄寒人病酒。刬地东风，彻夜梨花瘦。

掩银屏，垂翠袖。何处吹箫，脉脉情微逗。

肠断月明红豆蔻。月似当初，人似当时否。

【梨花瘦】

《鬓云松令》是《苏幕遮》的别名，过于颓靡，倒不如《苏幕遮》清袅雅致。《苏幕遮》是唐玄宗时教坊曲名。原曲源自西域龟兹国，“苏幕遮”为“西戎胡语”。

容若写了很多月夜怀人之作。此词据载应作于康熙十六年间，属于容若早年的作品。柔情婉转，语词轻倩，似丽人姿容初展，风神微露。当时容若词中即显出对明月梨花等清冷意象的偏爱，直至后来迭遭变故，明月梨花的意象更多，蕴意也更繁复。

回忆里，在满径春光，枕头都留有余香的美好日子里，与伊人在黄昏时见面，絮语温馨情意绵绵。清初满族上进的贵族子弟，每日晨昏定省弓马骑射，汉文满文蒙文都要学。一天的功课安排很紧。唯有黄昏时分才有空闲——这也是为什么容若词中屡屡出现黄昏夕阳的字眼。

除了《采桑子》里有“月度银墙”之语，《落花时》又写：“夕阳谁唤下楼梯，一握香荑。回头忍笑阶前立，总无语，也依依。”可知容若与伊人相会也多在傍晚时分。

“刬地东风，彻夜梨花瘦。”写与伊人分别后，如今夜间的景况。“刬地”是“尽是”的意思。谓风全无停息，吹落一地梨花。一夜过尽后看起来满树梨花竟似瘦减不少。此处明是写花，暗在写人，指经历风波后伊人的消瘦飘零。此句一些刻本作“刬地梨花，彻夜东风瘦”。据《草堂嗣响》考证，应为“刬地东风，彻夜梨花瘦”。我觉得词意更切，故从此说。

如今夜色沉凉，月光照在院中的红豆蔻上，红豆蔻无忧无虑开得正盛，让人触景伤情。远处箫声微动，触动情肠。这个月下独立花径的人，眉间有一种伤心流出来。遗憾是因为——他留不住，生命里最想拥有的美好。情感毕竟不同于花开花谢循时轮回的植物，感情这东西，一旦错过了花期，就很难再有第二季。

容若以反问“月似当时，人似当时否”结句，清丽而沧桑。断肠明月照梨花。容若心田沧沧，一冷到冰，显然是因为：月似当时，人已不似当时。这一句后来容若词中频出，竟是一语成谶。

【点绛唇】

一种蛾眉，下弦不似初弦好。庾郎未老。何事伤心早。

素壁斜辉，竹影横窗扫。空房悄。乌啼欲晓。又下西楼了。

【伤心早】

这一首也是容若在静夜静月之下思人之作，短小却简洁深长。从功力上看已远胜早年，言辞清淡，意境恰如这词里那句："素壁斜辉，竹影横窗扫。"

冷冷清辉，清清素壁，窗前竹影横斜，摇曳不定，似人思忆不绝有无尽深浅心事。

下弦指农历每月二十三前后的月亮。初弦，即上弦。指农历每月初八前后的月亮。蛾眉是蚕蛾的触须，弯曲细长，以比喻女子的眉毛，此处借指月亮。

蛾眉之说源自《诗经·卫风·硕人》,《硕人》是颂庄姜的美。其中对女子容貌姿态的描写到达了简约的极致。其中第二章“手如柔荑,肤如凝脂,领如蝤蛴,齿如瓠犀,螓首蛾眉。巧笑倩兮,美目盼兮”极具创新力,被人许为“千古颂美人者无出其右,是为绝唱”。当中某些词语更成为后世文人形容美女的专用词。后世诗词歌赋热衷于对这首诗的借鉴和模仿,已经到了流于陈词滥调的地步。

“一种蛾眉,下弦不似初弦好”,亦只是失意情绪在作祟。初弦圆满下弦缺,说的是月,又何尝不是人?才开始的时候,落地的婴孩,人生如饱满花蕾,有无限期许,未被破坏。然后渐渐地,绽开了,损伤了,老去了,单纯美好也遗失了。

容若二十三岁丧妻,故常以庾信自比。伤心人看到的景物总别有一番凄清不足。道家说齐物而论。自然之物并没有承载繁复内容,所有的意念都是个人情绪的投射面。

天地之间时光流转,万物无情在于本质上的殊途同归,悲欢离合,阴晴圆缺,哪一个人都没有特权被赦免。

【落花时】

夕阳谁唤下楼梯。一握香荑。回头忍笑阶前立，总无语，也依依。

笺书直恁无凭据，休说相思。劝伊好向红窗醉，须莫及，落花时。

【落花时】

容若的《落花时》就是写夕阳西下时一对恋人相会之际既相亲又娇嗔的约会。那是百年前，约会难得。伊人从楼上被人唤出，下得楼来与人相亲。

忽然之间，她又“回头忍笑阶前立”，一言不发，叫人摸不着头脑，接着道破原因。她嗔怪情人信中相约，却失约，故假意娇嗔说，书信中的期约竟如此不足凭信，你误期爽约，请你不必再说对我的相思了。然后大约是看见情人慌乱着急，自己心下又不忍，以俏皮的口吻转口来抚慰情人珍重春光好沉醉，不要因为犹豫而耽误了两人相处的好时光。言语间隐着“有花堪折直须折”的雅骚之意，含情女子的曲款心事，不言而喻。

写二人相会，容若却独从女子落笔，写得情致活泼，数十字之间将伊人的形貌神情，心波暗转尽现纸上，读来惟妙惟肖。

“直恁”是民间口语“竟然如此”的意思。《水浒传》里那些粗汉子恁来恁去，一会儿又直娘贼地骂咧咧。我小时候在书上读到这些口语词就觉得辛辣，又迫切又欢喜。好像把那四平八稳的文章打翻了去，却又隐隐觉得不习惯，好像自己说了粗话一样不安和刺激。

这首《落花时》虽写情人幽会，细致入骨，春光亦流转不定，眉目相对时却只见缱绻未露轻薄。风流蕴藉处颇有北宋小令遗风，言辞殊丽，一似月照清荷，珍重而亲昵。这是容若风骨心境高于一般市井词人的地方。

【鹧鸪天】

离恨

背立盈盈故作羞。手挼梅蕊打肩头。欲将离恨寻郎说，待得郎来恨却休。

云澹澹，水悠悠。一声横笛锁空楼。何时共泛春溪月，断岸垂杨一叶舟。

【恨却休】

这首词也是借女子的形象和心态抒写“离恨”的，全用白描，不假雕饰，极朴素，极清丽，几类小曲。上阕追忆往日的幽会，刻画女子娇嗔佯羞的形象，酷似李煜词《一斛珠》“绣床斜凭娇无那，烂嚼红茸，笑向檀郎唾”所描绘的情景。下阕写眼见耳闻之景，伴和着耳畔的笛声，笛声萦绕在空寂的楼阁中，仿佛凝滞在楼中。环境的冷寂更烘托出心灵的凄苦。结句虚笔出之，效果惊艳，勾画了一幅月夜春溪泛舟的美妙画面。以此揭示词中女子的心愿，进一步抒发了离恨。

“欲将离恨寻郎说，待得郎来恨却休。”用语精准，情意缱绻，对离人心态把握非常真实到位。我的离愁，离恨，春草般衍生繁茂。它原是因你这个人而起。你回来了，我的恨就休了，就泯了！

容若词风艳雅，格调清标，此篇同样可为明证。同是写女子情态，容若话“手挼梅蕊打肩头”似喜似嗔，十分静雅，虽然是化自王次回，但王次回则云“大将瓜子到肩头”，言辞粗鄙，举止粗俗。几类村妇妓女。不仅轻狎，而且低俗，境界高下立判。这不是王次回功力不如容若，而是词人对女子的心态理解不尽相同，词品遂有高下之别。

词品同境界，其实是词人与人、与物、与事贴近和尊重的程度。端然亲切是品断诗词高下的重要标准。

在我心里，《落花时》和《鹧鸪天》里的女子是一个人。“回头忍笑阶前立”和“背立盈盈故作羞”情态相似；“劝伊好向红窗醉”和“待得郎来恨却休”心态也相似。中国古典诗词里的思妇、离人都像皮影戏里的人一样，晃晃悠悠，模模糊糊。不一样的身份下，有一样黯然思归的灵魂。

相思不绝……涸了千年。

【琵琶仙】

中秋

碧海年年，试问取、冰轮为谁圆缺。吹到一片秋香，清辉了如雪。

愁中看、好天良夜，争知道、尽成悲咽。只影而今，那堪重对，旧时明月。

花径里、戏捉迷藏，曾惹下萧萧井梧叶。记否轻纨小扇，又几番凉热。

只落得、填膺百感，总茫茫、不关离别。一任紫玉无情，夜寒吹裂。

【了如雪】

自古以来，中秋对月吟者百代不绝。当中翘楚者，豪放词中要算东坡的《水调歌头》（“明月几时有”），婉约词中当属纳兰这阕《琵琶仙·中秋》。此词是容若写于中秋的吟月怀人之作，用词遣句极显容若华丽清雅的底色。譬如“清辉了如雪”之句，不是闲逸公子未有此风骨。下阕忆往日，由花径里戏捉迷藏，曾惹得梧桐簌簌落下可知，所写必是少年往事，又“轻纨小扇”可知所忆者乃女子。

两下合看，当知此词是容若在中秋夜怀念青梅竹马的恋人。这一首与苏子风骨迥异，有如杨玉环和赵飞燕风情各擅。容若于长调中用小令做法，别有一番风味。想起他还有一首《采桑子》，几乎可看做“碧海年年”的同题异体之作，抒写的也是月夜怀人的遗憾。

海天谁放冰轮满，惆怅离情。莫说离情，但值凉宵总泪零。　只应碧落重相见，那是今生。可奈今生，刚作愁时又忆卿。

“刚作愁时又忆卿。”语简情深，哀婉处动人心魄。愁上浇愁，苦上加苦。容若心思之凄婉低回，由此亦可见一斑。“碧落”语出道教《度人经》：“始青天乃东方第一天，有碧霞遍满，是云碧落。”白居易《长恨歌》诗里有“上穷碧落下黄泉，两处茫茫皆不见”之语，是说贵妃死后，明皇命方士通天彻地去寻。容若作此语，说明爱人亡故。

由景入情，向来是词家通感。容若说“一任紫玉无情，夜寒吹裂”。婉约中有萧壮，竟让我想起李璟“小楼吹彻玉笙寒”。

时在五代。战乱不断，赵匡胤欲一统天下节节进逼，李璟虽然软弱，也不是昏庸之辈。他眼见南唐国势衰微，有如亭外池中，满池破败的荷叶，心中震颤，想到自己国家也会如这荷叶一样，于凛冽秋风的摧折之下，枯萎而死。杳杳地，风中传来笛音，如泣如诉，不知是何处庭院又动笙箫，愁从心起。李璟很快写出了一首《摊破浣溪沙》：

菡萏香销翠叶残，西风愁起绿波间。还与韶光共憔悴，不堪看。　　细雨梦回鸡塞远，小楼吹彻玉笙寒。多少泪珠无限恨，倚栏干。

他把词拿给冯延巳时，冯延巳说道："陛下这道词，情景交融，感人肺腑，尤其'小楼吹彻玉笙寒'一句，真千古绝唱也。"冯延巳文人天真，单解词意境好处，看不到李璟心里的担忧惊怕，更忘记了有句话叫"国家不幸诗家幸"。南唐都要亡了，李璟就是诗词作得再好，作为一国之主，于国家来说，他也是有不可推卸的责任。

中秋月光照耀，本该是众家欢聚之时，容若心中却荒凉如大漠。吹裂紫玉箫也难散愁心，回忆使他缩成贝壳一样的男人。他的心，越来越怕被人触碰。

月缺时，我会心伤，月圆时，我又惆怅。越到良宵，我越有说不出的消沉难过。难道是见不得别人的美满幸福么？

团圆的人共度团圆夜，不得聚首的人呢，无端添愁惹恨罢了。

我心湖荡漾与你种种，花间迷藏的娇痴，轻罗小扇的风流，在流年中如烟消散。

一地如雪清辉，耳边箫声欲碎。

我是桃源里酣睡的孩子，梦中繁花如锦。从你走后，我才知道，人间为什么会有良辰美景的惆怅。

你离去，我竟成了这样一个百无聊赖的人。

我想着，尽力去获得苍天的怜悯。它将我贬谪在回忆里久久不放，这样的煎熬我甘心承受，这样的话或许待我一生行尽，在云海水天相接处，会重见你的倩影。那么，这一世的悲苦都可以付之一笑，挥手落入海天之间。

请你告诉我，一种暂时忘记你的方法，即使是刹那的麻醉也好，这样我就不会在有任何一点愁思的时候都立刻想到你。

无条件地想到你。

等待，与思念之间的角力，已是我余生的宿命。

【秋　水】

听雨

谁道破愁须仗酒，酒醒后，心翻醉。

正香销翠被，隔帘惊听，那又是、点点丝丝和泪。

忆剪烛、幽窗小憩。娇梦垂成，频唤觉、一眶秋水。

依旧乱蛩声里，短檠明灭，怎教人睡。

想几年踪迹，过头风浪，只消受、一段横波花底。

向拥髻、灯前提起。甚日还来，同领略、夜雨空阶滋味。

【唤秋水】

第一个将女人的眉毛比做远山的是天才，第一个将女人眼睛想象成秋水的也是天才。秋水的最早出处在《庄子》的《秋水》："秋水时至，百川灌河；泾流之大，两涘渚崖之间不辨牛马。"庄子言语所及，是秋天里山洪按照时令汹涌至黄河的浑然壮阔，甚至带了几分霸道凶蛮。无论是秋水的本相还是庄子的意旨与女子的清秀眼眸是相去甚远的。道家朴素的哲思比喻与柔媚的情语，能使这两种风马牛不相及的东西联系到一块去，除了爱情的力量，我们还不得不承认色相的重要。

感官上的刺激会最直接地激发人的灵感。像《诗经》里的人会赞美女子的手指是香荑，香荑是白嫩的茅草。比和兴之前必定要有隐然联系，想象力人人都有，只是有心的人会在合适的时候一击即中地想到。

第一个说女子眼眸是秋水的一定是男人，一个为美颜所动的男人。彼时醉在某女的眼波里，神魂颠倒像倒映其中的杨柳，低回摆动。赞美女人注定是男人的事。女人看女人，再美再惊动，也带着三分刻薄。不过淡淡一笑，心下默认，赞好已是了不得，想要那么挖空肚肠地去想词称赞，是断然不可的。

秋天是无端被剥夺了快乐的季节。在文人的笔下，只要和秋沾边的，不由自主地都带点悲凉的色彩，这是宋玉悲秋定下的基调。后世的文人顺着这个调子弹顺了手，也就没几个想改弦更张的了。偶然有个诗人跳出来昂起脖子激扬一把，怎奈大局已定，也没有打破秋悲一统天下的格局。

秋水如女人的眼波有一种愁媚。最初喜欢这首《秋水》就是联想到两字间这种若隐若现的多情感觉，觉得心怡。接着就被首句“谁道破愁须仗酒”惊艳了。

说起来，多亏得这一句的磊落沉凉，才撑起了全词。看多了“破愁须仗酒”这样的陈腔滥调，读到这句话时真是耳目一新。不共着全词，单独看这句更是让人激赏，一如纵马塞上草原，展眼碧空茫茫，大气清朗；合着全词看，后面虽然不脱消沉本色，像“酒醒后，心翻醉"的意思其实脱胎于"抽刀断水水更流，举杯消愁愁更愁""酒入愁肠，化作相思泪"等语，但首句已翻出前人桎梏，在《饮水词》里也清高不俗。

细品词意，此词当是容若在酒醒之后，独听夜雨时所作。采取了现实与回忆错落参差的手法进行描写，一段眼前，一段回忆，将现实的孤寂和往昔毫无痕迹地融合在一起，予人强烈对比，不用过多的赘述，容若就将自己夜阑独听雨的落寞，细致准确地刻画出来了。

"忆剪烛、幽窗小憩。娇梦垂成，频唤觉、一眶秋水。"情微景幽，所描摹的情状既真切又生动，很是真挚感人。他想起某夜晚归，她已经入睡，绮窗烛影淡，他小声地叫了她，惊动了她的梦，乍醒时她满脸娇憨，眼波流转，溢溢盈盈。

《秋水》是容若自度曲，这个词牌或许就坐实了那时她予他的惊美，到现在仍赫然在目。以至于全词所言所写都不离爱人的一双明眸。几年间的风波浪折，原以为会留在身边的人，到最后拥有的，也只是一点依恋不舍的眼光，爱如天际的星，时间一到总会黯淡失色。

虫鸣，雨滴，窗外嘈声不觉。眼前孤灯明灭，凄切的夜雨滴滴答答，像谁在耳边细语，让人无法入眠。我想起你温柔眼波，当时与你在花前月下秉烛相对的缠绵。

现在我内心静默安定。思忆如海水，深长绵延，直抵无光的记忆深处。你是我妻子，更是我知音。若没有你的温柔熨帖，我是行在幽凉世间弱小的一个人，势必更彷徨，更冷落。

我又想起你灯下拥髻的样子，美过通德。我却不能像伶玄对通德一样和你夜夜厮守。(汉伶玄《赵飞燕外传》附伶玄自述："通德(伶玄妾，曾为汉成帝宫婢)占袖，顾示烛影，以手拥髻，不胜其悲。"伶玄对妻子的神态刻画得太幽微，太深刻。后来"拥髻"就常用做夫妇灯下相聚之典。)

那时我行役在外，经常不在你身边，男儿心，千头万绪，一颗心里装的尽是你。我在别离相聚之间费心拉扯，你却为我牵心，一如既往。

爱是一种牵系，约定。一生，我们能遇见多少人，又与其中的几个有约，这约又是否饱满崭新如花苞，一定会安稳地待在枝头等到盛放的那天？

事实上，人情事态的发展常如容若所写的另一阕《临江仙》：

昨夜个人曾有约，严城玉漏三更。一钩新月几疏星。夜阑犹未寝，人静鼠窥灯。　　原是瞿塘风间阻，错教人恨无情。小阑干外寂无声。几回肠断处，风动护花铃。

失约的原因不是两个有情人彼此变心，而是某些不可预知明言的外界因素的介入造成了遗憾——"原是瞿塘风间阻，错教人恨无情"。

"似此星辰非昨夜，为谁风露立中宵。"我以为，那些事已经被遗忘很久，结果想起来，还以为就是昨夜发生。早年的情事，并未甘心随时光潮水中消退，而是一次又一次撺掇着回忆卷土重来。泛滥成灾。

这人世间的风波恶阻，打碎你我长相厮守的美梦。其实，那个未完成的约定，我一直想去完成它。

我知道，能够执手相看不相厌的人不多。让我义无反顾深爱的人也不会多。

曾同你约定一起听雨。而今，你虽不在。我们，约定不改。

【百字令】

人生能几，总不如休惹、情条恨叶。刚是尊前同一笑，又到别离时节。

灯灺挑残，炉烟爇尽，无语空凝咽。一天凉露，芳魂此夜偷接。

怕见人去楼空，柳枝无恙，犹扫窗间月。无分暗香深处住，悔把兰襟亲结。

尚暖檀痕，犹寒翠影，触绪添悲切。愁多成病，此愁知向谁说。

【向谁说】

本篇是容若长调词的代表作之一。上阕写幽会，似是回忆当时与意中人“暗夜偷接”的相会，又像是因怀念亡妻而生的幻觉，词意扑朔迷离耐人寻味。

开头便直言人生苦短却又忍不住坠入情感的纠葛之中，颇有自怨多情之意。语言浅而不陋，真挚感人。接下去说“刚是尊前同一笑，又到别离时节”。欢乐与幸福总是短暂的，如今只剩下自己孤独无依，空自凝咽了。再下二句陡转，诗人突发奇想，说此夜倒可乘“一天凉露”，与她的“芳魂”“偷接”了。似真非真，似幻非幻，极富浪漫色彩。

下阕转回现实，写"人去楼空"后的孤独寂寞。怕看见她曾经住过的楼阁，却偏偏又看到了，如今已是人去楼空，物是人非。接下二句转写痛悔之思，既然没有缘分结合，当初与她就不该双双用情太深，那么多浓情蜜意，以致到如今还难以消解遗忘。又三句再转，说一想到她亦不免伤心流泪，只要想到这样的情景可能出现，就更令人添悲增恨。最后以此时孤独无告的寂寞收煞全词。一句反问，让一切尽在不言中。全词折转跌宕，递进层深，读来令人黯然销魂。

我想：如果曹公的后四十回《红楼梦》传世的话，我们最后所见贾宝玉悼念黛玉时，应该就是容若这阕《百字令》的感觉。多情公子也会"悔"，"人生能几，总不如休惹、情条恨叶"；也会感伤，"刚是尊前同一笑，又到别离时节"。看着人去楼空的潇湘馆，窗前疏竹冷月，会无语凝咽，期待着与潇湘妃子魂梦相会。

无论是容若还是宝玉，失去至爱的人，悼亡的心态没有什么不同。

面对岁月的短暂和无情，不只是多情公子束手无策，连一代霸主喝着美酒、拥着美姬都感叹"对酒当歌，人生几何"。一世枭雄桓温，公元369年，率五万人第三次北伐，途经三十七年前的旧地金城，看见当年手植的柳树已达十围，时光流逝所引发的生命痛感令刚毅的枭雄热泪盈眶，脱口而出："树犹如此，人何以堪。"

情爱的曼妙在于不受控制，不可预知。你永远不会知道，你会在什么时候爱上一个人，又在什么时候，你发现即使眉目相映，也再不能够千山万水。

誓言是开在舌上的莲花，它的存在是教人领悟。爱已入轮回，你们之间已过了那个不需要承诺就可以轻松相信的年代。而这大抵是徒劳的，人总以为得到誓言，才握住实质的结果，就像女人以为拥有了婚姻，就等于拥有了安全感。于是，给的给要的要，结果，在誓言不可以兑现的时候，花事了了。出尘的莲花也转成了愁恨。愁多成病，此愁还无处说。

若早知与你只是有缘无分的一场花事。在交会的最初，按捺住激动的灵魂，也许今夜我就不会在思念里沉沦。

可惜我们不是圣人，不能清心寡欲。拒绝一场花事，荼蘼心动，可以那么简单轻快么？

人生似一场聊斋艳遇，走进去的时候看见周遭花开成海，灯下美人如玉。一觉醒来，发现所处的地方不过是山野孤坟，周围灵幡残旧冥纸惶惶，内心惊迴。红楼里那场爱这样，世间的爱，收梢都是这样。只是寻常人不被惊起，就习惯在坟墓里安然睡到命终。

【十年踪迹十年心】

北京是个特别有故事的城市。譬如有时走到后海，看到醇亲王府(北府)，就想到纳兰容若曾在这里出生，度过他短短的一生。

那些词，会像什刹海边春波，忽然苏醒过来，一字一句，清晰如刻，像情人的眼泪，在心里闪光。

银床淅沥青梧老。屧粉秋蛩扫。采香行处蹙连钱。拾得翠翘何恨不能言。　　回廊一寸相思地。落月成孤倚。背灯和月就花阴。已是十年踪迹十年心。

这首凄美欲绝的《虞美人》，因为这座王府的存在而有了更具体的意象。

醇亲王府（北府）最早是纳兰明珠的府邸，后来，纳兰一族败落，此宅落入了权臣和珅之手，再然后，被嘉庆赐予其兄成哲亲王永瑆，依照王府的规制将此宅加以重修改建，是为成亲王府。

光绪年间，因原先的醇清王府（亦称南府，在西城区太平湖东里，为今中央音乐学院所在地）已作为潜邸（光绪帝在此出生，皇帝出生居住过的地方，依例旁人不可再居，类同雍和宫，乾隆在此出生，登基之后，雍和宫辟为皇家寺庙），又赐此处作为光绪帝之父醇亲王奕譞的新府邸——为区别于旧居，此处又称北府。

光绪帝驾崩之后，新一代醇亲王载沣之子溥仪入继大统，载沣为监国摄政王。溥仪继位之后，依例这座醇亲王府（北府）也不可以再住人，但此时中南海西侧新的摄政王府尚在规划建设之中，载沣仍暂居于此。这里又习惯性地被称为摄政王府。

顺便说一句，当年革命青年汪精卫年轻时欲效荆轲，计划在银锭桥边行刺摄政王，事败被擒，在狱中有“引刀成一快，不负少年头”的豪语。载沣是个明白事理的豁达人，并未刻意想杀他，只判他终身监禁——这当中固然有肃亲王的极力斡旋，但载沣本身的胸襟气度也不可小视，有此因缘，汪精卫才有机会获释。

说句公道话，晚清的贵胄公卿并不全是我们以为的颟顸之徒，当中不乏清醒睿智之辈。他们之所以不能力挽狂澜，有时候，是时移世易，有时候更是身在局中，身不由己。

如纳兰词中所叹“而今才道当时错”，评断别人的功过是非，总是容易的，只需动动嘴，当真换作你我上手去做，未必比当时的他们做得好。

……再后来，醇亲王府西路的花园归宋庆龄所居，现在对外开放，坊间称之为宋庆龄故居。除却西路的花园以外，整个王府分别划给国家几个不同的部委作为办公场地……

回首前尘，风云变幻，亦如纳兰所叹：“月似当时，人似当时否。”一座醇亲王府几乎囊括了康乾盛世到晚清的所有跌宕。

虽然这里几易其主，风貌也不似当年；但我读到《饮水词》时，总不自觉地想起，三百多年前的某段时光里，他曾在这里生活过，那些悲欢喜乐都似乎还有迹可循。

不信你看啊：“花径里、戏捉迷藏，曾惹下萧萧井梧叶。”——《琵琶仙》，这是两小无猜浑不知愁的时节；“正是辘轳金井。满砌落花红冷。蓦地一相逢，心事眼波难定。”——《如梦令》，这是年岁渐长，情愫暗生；“夕阳谁唤下楼梯。一握香荑。回头忍笑阶前立，总无语，也依依。”——《落花时》，这是两情相悦，心甜情浓时；“曲阑深处重相见。匀泪偎人颤。凄凉别后两应同。最是不胜清怨月明中。”——《虞美人》，这是别后相思哀怨，欲将愁心寄明月。

细读这些词，我真是不能一身正气地假装纳兰心中除了妻子之外没有别的女人。他和卢氏是明媒正娶,嫁娶之前不可能常见,很可能是不见,这字字句句,却分明是怀念一个曾经与他朝夕相处关系亲密的情人。

想想李后主写他和小周后偷情的词吧:"画堂南畔见,一向偎人颤。奴为出来难,教君恣意怜。"

眼熟吧?男人是很诚实的,写偷情暗悦的词和名正言顺的悼亡词明显是两种心情,两种气调,两个频道。你要是感情纯洁,坚决捍卫正室地位,非说这是写他和卢氏,我也只能默然,纳兰公子已往生多年,我既不能刨坟,也无法让他托梦,就算是托梦,也无法证明。

"泪咽却无声。只向从前悔薄情。凭仗丹青重省识,盈盈。一片伤心画不成。"看清楚,用心感觉下,这才是时过境迁之后写给老婆大人的忏悔词。如果不是伊人在世时,他心有牵挂,不自觉地对妻子有所忽视冷落,以他们的相敬如宾,伉俪情深,日后又何来自悔薄情之语?

凭我浅识,纳兰容若就算除却卢氏之外另有不能忘怀的意中人,也不算什么天大的过错,更不算不专情。人都已经叫容若了,还能不容许他生命中出现一些假设吗?

毕竟他与那人是不得已而分离,毕竟他对卢氏也算又爱又愧,一往情深。自始至终,他都没有负过他人。

"背灯和月就花阴,已是十年踪迹十年心","梦好难留,诗残莫续，赢得更深哭一场"，为那人，为亡妇——不管为谁伤怀，总之，纳兰公子往后的几十年过得那是相当不快乐啊！

俗话说，各有前因莫羡人。每个人，出现在别人生命中的时间、彼此的际遇、最终的位置都不一样，追求感情的忠贞和纯粹没有错，但不好义正词严地强调一个人一辈子只爱一个人。

【一别如斯。落尽梨花月又西】

纳兰容若写词，意境其实很窄，窄得只剩下情；然而，说它宽，它也宽，人生万事，但凡涉及“情”字，皆可入内。

人生一旦撇了浮名，去了利欲，最让人百转千回的，可不正是一个情字么？容若一生独钟此意，可写情写到极深处，水落石出的便是一个“悲”字。

若无力勘破这“悲”字之后的深广玄机、广大慈悲，便会别有幽愁暗恨生。

人间情事，总是欢娱者短，长恨者多。惆怅旧欢如梦，那两情相悦的瞬间、短暂如露的欢愉，是偶然的际遇，是不期而遇的惊喜，是值得追忆的片刻，却总如雾亦如电。

有些人，注定在生命里渐行渐远，像一滴墨滴进水里，晕染开来，直至消失不见。

如纳兰一般的追梦人，在如梦般的人生中浮沉，在热闹中孤寂，在孤寂中想望，欲求而不可得，此种惆怅便统统化作了满纸凄凉。

“风淅淅，雨纤纤。难怪春愁细细添”；“伏雨朝寒愁不胜，那能还傍杏花行”；“一钩残照，半帘飞絮，总是恼人时”；“风絮飘残已化萍。泥莲刚倩藕丝萦”；“一往情深深几许。深山夕照深秋雨”；“再缘悭、剩月零风里。清泪尽，纸灰起”……

落叶飞花、苦雨凄风、冷月残照、清宵寒寂，彻骨悲愁——诸般种种成为《饮水词》大的基调。

诗词一道，在唐宋之后，越发地程式化了。前人才华迥绝，代代遗留下的兴象都已成为定势。写诗填词就如拿已有的图纸材料搭建楼台，只要有基本的知识储备，就不容易出错，虽然看起来精致玲珑，却也很容易堆砌辞藻，言之无物。这是后来诗词越来越少性情佳作的原因。

词与诗比，是要显得娇媚艳冶许多，如才子佳人与侠客浪子之别，容若的心性适宜写词，犹擅小令，于柔媚、婉约、铺陈的安排和匠心之外，渗入丝丝的书卷气，见出他的心性和灵气，格调自不同于寻常寒士。

因纳兰用情太深，几乎全是“有我之境”，代入感超强。他性格本就悲观，经恋人别、爱妻亡之后，悼亡之音破空而起，更是由惆怅而近于凄婉悲怆，一种摧人心肝的痛几乎要透纸而出。

容若写情事之美，情事之哀，算是写到了极致，是合了词的正声；然而，以成年人的眼光来看，比苏（东坡）辛（弃疾）却还是差了格局，这归根结底是性情上的差异。

苏辛俱是于极低徊处还要翻转，生发出希望的性子；而纳兰，真是温室娇花，除了与朋友相交时慷慨侠气之语，面对自己的命运，更多的是顺从和哀怨。即使是心有怨艾，也不敢明确表达，更谈不上反抗。

这种憋屈的状态，翻译过来就是：本宝宝有小情绪了！宝宝好委屈，但宝宝不说。

他能感觉到情爱之悲，却无力参透情爱之幻；他留恋生命的美好，也明白人生必有缺憾，却无法坦然接受破碎之后的局面。

顺从，并不是真正的接受。

人们夸他至情至性，可这何尝不是另一种形式的任性？只想拥有自己想要的，若是不能得偿所愿，便一概推倒，统统不要。这倔强痴心的孩子，提着露水做灯笼，行走在人世间，至死都不愿舍掉心底的残梦。

愿舍性命，不舍相思。可怜他拼尽一身孤勇，最终没有抗过天命巍巍……这态度其实我也欣赏。人生在世，各有各的活法，处处留情洒脱豁达是一种，痴心执着是另一种，分段专情是第三种；但求问心无愧，各得其所，无谓好坏得失。

与其苟且含糊，不如就这样心无旁骛，求个一心一意干脆亮烈。即使是姿态，他也活出了俗人难以企及的高度，以死酬风流，并不是人人都可以轻易做到。

我只是心疼他。这样作茧自缚的结果是，人家是含苞待放，他是含苞而死。以他的聪慧灵透，本来可以更快乐一点儿的。

容若留在人间的形象，是那个梨花树下，低眉怅恨的公子；是明月高楼独倚，玉箫吹裂的不眠人；是满腹伤心欲言又止的才子。

在云南大理的洱源县，有一处梨花开得极好的村落，我无意中发现之后，每年春天都会去短住几日，村前屋后漫山遍野的素白，风过如雪，那种冰清玉洁的美感，极清寂又极华丽。

因为容若，我对梨花有了不一样的情结。在那样的情境下，我常常想起"从此伤春伤别，黄昏只对梨花""春情只到梨花薄。片片催零落""一别如斯。落尽梨花月又西"这样的句子。

容若的词，容易刻骨，只言片语，在特别的情境下想起，很是铭心。

以我的经验，《饮水词》适合片段式的阅读。整本连续阅读，那真是伤心催命的节奏。在这种情绪中浸淫久了，会移了性情。

等闲心意不坚，多愁善感的人容易读得心绪凋零，万念俱灰，升起一种巨大空落无法添补的伤心，或者升起不切实际的向往，连累人生都错了方向。

他有才有貌有底气，除了感情一事自寻烦恼之外，人生几乎完美无缺。他可以作，他有条件作，因为他是纳兰容若。我们不是，我们只是普通人，有太多的事情等待着去经历和解决。

所以少年时，不妨阅过即放下，不要深究。没有那么多深的感受，就不要勉强。留待日后渐渐想起，慢慢回味，也未尝不可。

【西风多少恨，吹不散眉弯】

说实话，我是乐于接受纳兰除了正妻卢氏之外有个初恋情人这种八卦套路的。要是没有这点儿全不可考的野史逸闻，那《饮水词》读起来，也少了几分可意会不可言传的凄楚。

当然，纳兰是绝不可能和康熙抢女人的。他首先是个忠臣孝子，其次才是痴情种子，退一万步说，就算真有恋人入了宫，以他的闷骚性格也只有苦忍和唏嘘而已。

惦记皇帝的女人，可不是什么能拿到明面儿上说的事。他不顾着自己的性命，也得顾着纳兰家的声誉和前途，这就是世家子与生俱来的悲剧。

爱情，包括他自己的人生理想，都必须排在家族利益之后。

“西风多少恨，吹不散眉弯。”纳兰一生的痛楚，不在于命运或旁人的拨弄，而在于他自己内心的矛盾冲突。他用一生经历诠释了什么叫“求不得”之苦，明明白白地告诉我们，人在任何阶段都会有烦恼，我们以为得偿所愿，功成名就之后就会心满意足，那只是，我们以为。

不如意事常八九，可与人言无一二。

这些年来，我长大了，也经历了，也因此，领会他的伤心、他的不如意，甚至他的矫情，皆有了不同的层次和况味。我不是那么认同他，却能够理解他。

纳兰容若之所以是纳兰容若，正在于他的清贵之身。满清贵胄，毕生都生活优渥，金身未破，不消为生计所苦，不曾磨砺于风尘，若非如此，他的深情就会变得很寒酸很絮叨，充满了酸葡萄的味道，让人很不耐烦。

无须否认，他的出身为他的才华加分不少，若是汉人文士写这样主题的词作，大抵也就是两宋词里平均水准，不会撩得少女哇哇乱叫，心儿一片粉红了。

说句题外话，继他之后，乾隆年间的汉族文士黄仲则诗词双绝，可知名度就是那么低……

清人好复古，不单复古，且好将“古已有之”的东西都归纳成学问，是所谓“考据派”而已，词也不免沾染其风，所以能见性情明风骨的佳作少。在一片残山剩水、形容枯槁中,"纳兰词"别开生面,格调直接两宋,不啻为其间的一股清流。我想,这也是王国维格外推崇他的原因之一。

他是心中有悲就写悲,有愁就抒愁,喜怒哀乐一目了然,绝不会假惺惺勉强拈出一个微言大义的"寄托"来,这便是王国维所称许的:"以自然之眼观物,以自然之舌言情,此初入中原,未染汉人风气,故能真切如此。北宋以来,一人而已。"

能够被阅词无数、口味精刁的王大师赞为"赤子之心",拿他和李后主相比,纳兰自然有过人之处。

他从不掩饰自己的多情善感,情(感情)欲(欲望)是一种鲜活的滋味,是生而为人的本能向往,没有这点敏感度,根本做不了诗人好嘛。

读他的词,满纸皆是伤心语,心有缺憾的时候更容易牵动情思。

"春情只到梨花薄。片片催零落。""爱他明月好,憔悴也相关。最是繁丝摇落后,转教人忆春山。"——纳兰咏物也是咏人,看花开,是轻颦浅笑,脉脉含愁;看花落,是离多会少,离人血泪。阴晴圆缺,皆可纳入人生聚散离合的大主题。花开花落,雁去雁还,雨丝风片,微雪清寒,落入俗人眼中都是寻常景事,当它在词人心眼中与大自然融为一体,难分彼此之时,便有了不一样的情味。更何况,作为一个很有故事的"男同学",纳兰公子心底还影影绰绰藏着一个欲说还休的"旧时秋娘"。

除却爱妻早夭之痛，最令纳兰痛苦的，恐怕是生错了时代。若他生在两宋——文人待遇最好的时代，一则于诗文之道他会更容易有同好知己；二则以他的文才，即便不靠家世出身也妥妥的是个进士。

靠自己，显然更符合纳兰公子对自己人生的预设和自信。

两宋不似清朝，皇帝待文臣很是优容，文人也自有其"嚣张"和优雅，说白了还留有点儿读书人的体面和自尊。生在清朝，任他出身再显贵，侍上时，心理上也不免战战兢兢，何况担任的还是个侍卫之职，就算是一等侍卫，说到底也是个侍卫啊！这不免让纳兰公子郁郁寡欢，自比寒士。

两宋时的朝中大佬，乃至大儒、史学家、理学家、道学家，调转笔头都可以尽情抒写闲情。《资治通鉴》(古代皇帝职业教科书)的执笔者司马光写《西江月》："宝髻松松挽就，铅华淡淡妆成。青烟翠雾罩轻盈，飞絮游丝无定。相见争如不见，有情何似无情。笙歌散后酒初醒，深院月斜人静。"——歌筵上舞女之容光，以及随后可能发生的故事……旖旎艳冶，艳情乍露，时人不以为怪，视之自然，众口传扬。

这事要在清朝，一个不小心就成了私德有亏的把柄，发酵成"政治＋文化"事件。所以纳兰容若在清朝写词也写得不嗨森！

生不逢时，他怎么可能开心得起来？

【我是人间惆怅客，知君何事泪纵横】

晶帘一片伤心白。云鬟香雾成遥隔。无语问添衣。桐阴月已西。　　西风鸣络纬。不许愁人睡。只是去年秋。如何泪欲流。

新寒中酒敲窗雨。残香细袅秋情绪。才道莫伤神。青衫湿一痕。　　无聊成独卧。弹指韶光过。记得别伊时。桃花柳万丝。

读这些词，我们都看得见，他一直在思念着，从未从思念中离开。

爱是不值得坚持的吗？当然不是。

如我近日时常单曲循环的一首歌所唱："如果红颜命不曾单薄，这世间有没有传说？身为飞蛾，若是不敢扑火，这宿命凭借什么壮阔？似绫罗缠绕着，似枷锁金妆玉裹，似雪花飞舞着坠落，美丽啊！向死而活。爱若能参破，终究是寂寞。忘却了前因后果。苦守的执着，虚晃的一诺，空耗这青春许多……"

我初听的时候心下大恸，觉得这首歌真是合了容若一生的心迹。那荣华富贵，于他而言何尝不是金玉枷锁？他的一生又何尝不是美如雪花，向死而活？承诺未践，耗尽青春，他一生所念所执又如何不苦？

"年月里蹉跎，轮回中错过，被遗忘的人是我，熟悉的轮廓，泪眼中斑驳，望着却无法触摸，爱是可念不可说。"

少年时看《红楼》，真心不觉得林黛玉和贾宝玉有多凄苦，锦衣玉食中的一对男女，两心相悦，还能朝夕相处，真是应了李白那句："郎骑竹马来，绕床弄青梅。"

黛玉一见宝玉便吃一大惊，心中想道："好生奇怪，倒像在那里见过一般，何等眼熟到如此！"宝玉则没她那么矜持，直接脱口而出："这个妹妹我曾见过的！"第一眼就能将对方从人群中认出，这得是多么深的夙缘？即便今生要以泪还债，以命相赔，我也认了！值了！

宝黛二人被家人护着宠着，即使小有龃龉，也是少年情侣之间吃醋怄气，不一时便好了，彼此感情又深了一层。幼时的我，只能看出他们的矫情，实在看不出悲情。

后来读多了《红楼》，渐渐品出悲意来。如容若一般，宝黛一生所盼所执，何尝不苦?

老天给了你一切，偏不给你自由。它让你与生俱来拥有，习惯到难以摆脱，轻易让你拥有一切身外物，却偏偏取走你心里最渴望的拥有。当初越是情根深种，日后就越是痛断肝肠。

命运一直在那里，微笑着看你天真烂漫，万劫不复。

说实话，我对贾宝玉这种从来都没有好感，文不能经国治世，武不能弯弓射雕。只能写一些精致无用、聊以寄情的诗文，我要是贾政我也得气死。这偌大的家业交给他，指着二世祖重振家声，再现辉煌，谁不得一夜愁醒好几回啊!

直至后来，我看到清人札记里有这么一笔，说和珅进呈《红楼梦》，乾隆读后曰:“此盖为明珠家事作也。”

光荣伟大正确的十全老人乾隆，可谓是第一位“红学家”，一句点评，就把《红楼梦》与纳兰家事联系起来。我一琢磨，如果贾宝玉的原型是纳兰容若，联系他那欲说还休的情事，盛极而衰的家事，那还真有点儿味道。

纳兰憋屈归憋屈，起码不是个怂人。他文武双全，一点儿都不文弱，史料记载“上马驰猎，拓弓做霹雳声，无不中”。素日里待人，他又是个一诺千金、诚恳热血的真汉子，仗义疏财，深得满汉文士的敬重。这才是世家公子应有的范儿好嘛。

容若与曹雪芹的祖父曹寅同为大内侍卫，他们与康熙皇帝是一起玩儿大的年龄相近的年少君臣。

容若与曹寅两人关系融洽，最好的佐证，便是时任江宁织造的曹寅与当时随康熙南巡驻跸织造署的纳兰之间的诗文往还。曹寅亲密称呼容若的号“楞伽山人”，对他的才华风仪赞不绝口。

同是帝王近臣，他们都很有文采和才能，容若作为帝王身边与文化人士联系的桥梁和纽带，在其父明珠的授意和安排下，得以亲近那些失意的名士文人。曹寅外放江南，曹家任江宁织造之职长达六七十年，监视江南文人举动。

不管是有意无意，两人的工作都是为新朝笼络人才。

纳兰家族和曹氏家族均系钟鸣鼎食之家。纳兰家是正统满洲贵族，与爱新觉罗氏有亲近的血缘关系。曹家祖上则是明朝辽东驻军的军官，降清改籍，入包衣列，属帝王家臣。曹寅的生母是康熙的乳母，曹寅当过皇帝的侍读，曹雪芹的姐姐嫁与礼亲王五世孙，平郡王纳尔苏为妃。

纳兰家与曹家在家世传承上也有许多相似之处。他们祖上都是从龙入关的老资格，立有功勋，数代承袭官爵，两个家族也都有一定的文化传统，都是注重满汉互融的“诗书簪缨之族”，都经历过“烈火烹油，鲜花着锦”的鼎盛，也都遭到帝王的厌弃，遭遇了撤职抄家的厄运。

诚如容若所叹:“我是人间惆怅客,知君何事泪纵横。”曹雪芹何尝不是心有戚戚。他在家族败落之后,回思往事,写起《红楼梦》,将自家的经历和记忆中曾听闻的如谪仙般的纳兰公子结合起来,创作了一个全新的人物“贾宝玉”,并不是完全没有可能的事。

多年以前,我曾在京郊,据说是与纳兰有关的一处地方吃饭饮茶。当时在座的,都或多或少爱读诗词,喜欢纳兰,引我谈他,我只笑笑说我年少无知,随意写写,并不是很懂。

不是不想交流,只是觉得容若这个人,一腔悲苦,满腹豪情,一生离多会少,悲辛交集,个中心酸得失,已不是我等置身事外、远不如他的人,可以闲谈置评的了。

即使要谈他,我亦愿意落于文字,一字一句地斟酌,如描画一位故人的容颜,添添减减,像与不像,似与不似,都是很私人的事。

【平生纵有英雄血，无由一溅荆江水】

假如要评选纳兰容若的名句，“人生若只如初见，何事秋风悲画扇”“被酒莫惊春睡重，赌书消得泼茶香。当时只道是寻常”“一生一代一双人。争教两处销魂。相思相望不相亲。天为谁春?”“若似月轮终皎洁。不辞冰雪为卿热”“唱罢秋坟愁未歇，春丛认取双栖蝶”……这些已沦为QQ空间签名档的名句都是必然上榜的。

他留给当时人的形象，他留给后人的形象，都是一个痴心专情的公子。这形象太鲜明，几乎让人忘记了，纳兰容若其实是个豪气干云的汉子，是一个有着游牧民族血液的男人。

身为一个有担当、有格调的男人，他这辈子做过最帅的事，不是苦逼地跟皇帝抢女人，而是仗义施救一个素未谋面的朋友。

时间倒回到顺治十四年（公元1657），那时纳兰容若年方三岁，身为当朝相国的嫡长子，他在府中过着天真烂漫、无忧无虑的生活。人间的风波离他尚远，他并不知道，在远离京城的江南一带，发生了一起科场舞弊案，有几个书生，在遥远的将来，需要他的帮助。

因为在此之前，顺天（今京津一带）刚巧发生了另一起科场舞弊案。取士为国之重事，两案连发，引得顺治帝震怒，下旨严惩。江南科场案发生后，主考官方猷、钱开宗被正法，举人方章钺等八人被判流放宁古塔。

本来此事与容若毫无关系，只是他日后刚好认识了顾贞观，视顾贞观为知己挚友。而这流放的八名举人中，恰好有顾贞观的故交吴兆骞。

顾贞观在纳兰府中做门客，他之于纳兰容若，是高山流水的知己，是相见恨晚的忘年。若说纳兰一生，最爱的女人是谁，好事者或有几句评论，一旦论及他的友情，却无人可以否认顾贞观是他最看重的莫逆之交。

人的性格有很多层面，对待情事，容若总表现得像一个低声抽噎、欲哭无声的孩子，对待友情，容若却显出一贯的豪情纵逸，勇于担当。《饮水词》中的“雄浑”之语多因友人之事而发。

我自己是格外喜欢这些雄浑之语的，譬如：

德也狂生耳。偶然间、淄尘京国，乌衣门第。有酒惟浇赵州土，谁会成生此意。不信道、遂成知己。青眼高歌俱未老，向樽前、拭尽英雄泪。君不见，月如水。　　共君此夜须沉醉。且由他、娥眉谣诼，古今同忌。身世悠悠何足问，冷笑置之而已。寻思起、从头翻悔。一日心期千劫在，后身缘、恐结他生里。然诺重，君须记。

再譬如：

凭君料理花间课。莫负当初我。眼看鸡犬上天梯。黄九自招秦七共泥犁。　　瘦狂那似痴肥好。判任痴肥笑。笑他多病与长贫。不及诸公衮衮向风尘。

这些自抒胸臆、略显激愤的词句，都显出纳兰的不同俗流，绝对性情。他不以家世为傲，不以出身为贵，结交朋友纯以心性相投为要。

依着他的心性和夙愿，若不是被身份和家世所累，他何尝不愿一箫一剑，像个浪子豪侠一般云游天下，浪迹江湖；醉卧在江南杨柳岸，看二十四桥，晓风残月；又或者在塞上策马弯弓，踏万里孤烟，迎漫天飞雪。

若是天遂人愿，他又何尝不愿放下俗世之责，与意中人二人一马，赏三月桃花，奔明日天涯？

在他心里，对自己人生的预设和期待，恐怕也是这样吧！只可惜，身不由己，命不由己。

所以，他在看了顾贞观所写的《金缕曲》，听了吴兆骞的遭遇之后，才有那么强烈的触动和使命感吧。

“我今落拓何所止，一事无成已如此。平生纵有英雄血，无由一溅荆江水。”自己的命运虽然木已成舟，对别人的命运总还能略施援手。救人一命胜造七级浮屠，不是吗？

可怜那吴兆骞被流放塞外，生不如死，几十年后终于有机会捎回一封求救书信。顾贞观闻知老友尚在人世，想方设法救援，而在他的朋友圈里，唯一能够指望的正是容若。

顾贞观把自己写给吴兆骞的《金缕曲》拿给容若看：

季子平安否？便归来平生万事。那堪回首！行路悠悠谁慰藉？母老家贫子幼。记不起从前杯酒。魑魅捉人应见惯，总输他覆雨翻云手。冰与雪，周旋久。　　泪痕莫滴牛衣透。数天涯团栾骨肉，几家能够？比似红颜多薄命，更不如今还有。只绝塞苦寒难受。廿载包胥承一诺。盼乌头马角终相救。置此札，君怀袖。

词如血泪凝成，一片落魄文人的悲凉和对命运的无力抵抗，容若读了感同身受。感动之余，和诗表示一定极力援救，许诺："绝塞生还吴季子，算眼前、此外皆闲事。"

哪个男人心中没有英雄情结？不曾为兄弟两肋插刀，不曾对朋友肝胆相照的男人，不算真汉子。

他找机会带着顾贞观一起去见了明珠。顾贞观下跪请明珠帮忙。明珠想着宝贝儿子出面求情，总不好伤了他的心，况且这事也算前朝旧案，时过境迁了翻翻亦无妨，且吴兆骞也确实冤枉，又在塞外苦熬了这么多年，就同意在朝中斡旋。纳兰费数千金，最终救回了吴兆骞。

容若仗义施以援手的事一直为人所称道，但我除了感佩之外，总隐约觉得不是滋味。

顾贞观托纳兰容若解救自己流放在宁古塔的老友，本是万不得已之时走的人情门路，这种事只有在人情重于法理的社会才会拿来说道，甚至隆重的是赞美。

如果他不认识纳兰，又或者纳兰袖手旁观，施救无门呢？他恐怕只能眼睁睁看着老友陷入死地，埋骨异乡，事后闻讯，写几首悼亡词罢了。

除却人情和权势之外，一无凭借，寒士平民命如草芥，任凭强权碾压，这难道不是悲哀么？

【跋】

【世事消磨绿鬓疏】

这些年来，纳兰容若在我心中的形象是不断变化的。从一开始贾宝玉式不谙人间疾苦的公子哥，到日后弓马娴熟、侠肝义胆的才子，再到后来心如残阳、郁郁而终的中年文士，最后，又回归那个心思执着、无欲有求的天真少年。

我明白，他是值得写的，即使是在今天的时代，他也具备大众情人的偶像潜质。

最开始的时候，他所有的词作中，最打动我的一句，并非后来广为人知的“人生若只如初见”，亦非“当时只道是寻常”，而是那一句：

“我是人间惆怅客,知君何事泪纵横。”

实不相瞒,当年的我抱着《饮水词》,最大的难点不是去理解词里的情绪,而是苦参一个谜题:“这位大哥,公子爷,你能告诉我,你惆怅啥么?”一个锦衣玉食的名门贵子,也确实没有受过风尘流离之苦(最奔波也就是扈从康熙到关外嘛,那算出公差对不?),内心却惆怅得跟经历了半世播迁的寒士似的。

你要是真如杜甫和黄仲则那般苦衰我也认了,可你是纳兰公子啊!这还真是应了他自己说的:“别有根芽。不是人间富贵花。”

一声叹息,富贵是真富贵,矫情是真矫情。

后来我算是整明白了。有些人生来是心带缺憾的,一点点小事小情绪都会被无穷放大,悲观的完美主义者是不容易幸福、不容易快乐的。心中向往着长久的拥有,眼中却看到了无常幻灭。

春暖花开了,他想到春归花谢,人们正欢聚着,他已经想到曲终人散。“及时行乐”对他们而言是抵死不从的,那岂不是等同于自我麻醉?

清醒是好的,但过于清醒难免怏怏不乐。又不是彻底清醒,彻底参破反而能随缘任化,和光同尘了。

幸而纳兰会写词!嗷嗷写了三百多首,不然他得把自个儿憋死。就这么着,他还把自己愁死了呢!

精神的苦闷,欲求超脱,属于身而为人高阶位的挣扎和需求,说句刻薄话,这真不是汲汲于功名和勉强求生存的人所能领会的。如果一定要类比，我觉得，纳兰容若不早逝，易地而处，他最后的选择应该与仓央嘉措同出一辙。

如我们感慨仓央嘉措的诗句："世间安得双全法，不负如来不负卿。"他又何尝不是"家家争唱《饮水词》，纳兰心事几人知"？

清宵尚温，一词吟罢无人寄，碧落黄泉，两处茫茫皆不见，有情人难厮守，想想也是心塞。

纳兰一生所执，说破了是一个"情"字，这倒也怪不得他。人对情感的重视程度不同，有人视之为奢侈品，有人视之为易耗品，有人欲求灵魂之唯一伴侣，有人凑合着跟谁都能过。

爱恨情仇亦都有不同的层次——少年时以为天大的悲愁，时过境迁之后会觉得不值一提；年轻时以为会一笑而过的遗憾，经年累月之后会变成如附骨之疽般的苦痛。

他在现实之中郁郁，少有人明他苦衷，唯有将心中情思困扰尽付笔端，成就了哀感顽艳的辞章。《饮水词》的曼妙多姿，时而灿如春花，时而洁如霜雪，尺幅之间，诉尽人间情痴情怅。人皆道他深情，我看见的，却是孩子气的不满足。

所谓名动天下又怎及你回眸一笑，所谓的"爱之于我，不是肌肤之亲，不是一蔬一饭，它是一种不死的欲望，是疲惫生活中的英雄梦想……"都是高段位的矫情，什么都有的人反而更会在意那些说不出口的小缺憾，如刺在心，如鲠在喉。

说句至无情的话，相爱的人，不能在一起，就不能在一起吧。得不到的，就得不到吧，人的一辈子也没有想象的那么长。

山河岁月空惆怅，今生今世已惘然，谁的人生能彻底不留一丝遗憾？

事实上，他的生活在寻常人眼中已完美如天人。明珠待他，亦不是贾政对宝玉那种恨铁不成钢的态度；还是宠爱有加，很引以为荣的。

我要是明珠我也会长叹："痴儿，何至如此？"说白了，你折腾，你高兴，你随意，你开心就行，可偏偏你不折腾，也不开心，你总是郁郁，这叫人如何是好！

功名心热如明珠，自然难以理解他那心性志趣皆不同俗流的儿子。明珠一生周折于官场，有起有伏，荣辱参半，老成谋事的政治家对感情的态度必不同于他那心如赤子的儿子。

"此身天地一蘧庐，世事消磨绿鬓疏。毕竟几人真得鹿，不知终日梦为鱼。"容若一生为情所苦，不过，暗暗折磨自己，总好过仗着出身和才名四处祸害别人。

如果是那样的他，也就俗了，泯然众色男矣！不值当如今的众多少女将其奉为男神，列为梦中情人。

人们都津津乐道他的词作。他的词，在清代也确实写到了无人可及的高度，可那完全是以心血为墨，墨迹之下百般困顿，泪渍斑斑。凡人不要轻易效仿，那是要命的。

慧极必伤，情深不寿，心如灯焰，血似灯油，一朝心血熬干，如若不江郎才尽，便只有溘然长逝一途了。

康熙二十四年，公元1685年5月30日，纳兰容若亡于寒疾。他死后三年，康熙二十七年（1688年），其父纳兰明珠因朋党之罪被康熙罢黜，随后虽官复原职，却不再受到重用。再后来，他的弟弟纳兰揆叙因支持皇八子胤禩，卷入九王夺嫡之乱局，为康熙和雍正所厌弃，纳兰家族再不复昔日荣光。

上天对容若不算不仁慈，连家族的衰败都留待他死后才发生。我很好奇，如果他在世时遭遇了类似贾府的变故，他会怎样应对？是趁势放舟五湖逍遥自在去？还是舍弃个人理想，背负起重振家声的世俗责任？

斯人已逝，这一切都是不能解的谜了。